Celia Fremlin

Gefährliche Gedanken

Roman

Aus dem Englischen von Irene Holicki

Diogenes

Titel der 1991 bei
Victor Gollancz Ltd., London,
erschienenen Originalausgabe:
›Dangerous Thoughts‹

Umschlagillustration:
Winslow Homer,
›Eine Sommernacht‹, 1890
(Ausschnitt)

*Für Leslie,
die durch ihre
liebevolle Unterstützung
viel zur Entstehung
dieses Buches
beigetragen
hat.*

150/94/24/1
ISBN 3 257 06005 X

Kapitel 1

Wie haben Sie sich gefühlt«, werde ich gefragt, »als Sie die Mitteilung erreichte, Ihr Mann sei den Terroristen entkommen und befinde sich auf dem Weg nach Hause?«

Was soll unsereiner darauf sagen? Denn natürlich bin ich nicht die einzige: ich bin nur eine von vielen Ehefrauen, Müttern, Schwestern und Freundinnen. Denn wie oft hat man Ihnen nicht in den letzten Jahren in Großaufnahme das verwirrte Gesicht irgendeiner Frau präsentiert, die gerade nach einer Antwort auf eine solche Frage suchte? – Wie haben Sie sich gefühlt, als Sie hörten, daß er unter den Überlebenden ist...? Als Sie hörten, daß er gerettet werden konnte...? Etwas in der Art. Und Sie denken sich: Was kann die arme Frau schon darauf sagen? und manchmal geht Ihnen noch der – vielleicht ein wenig boshafte – Gedanke durch den Kopf: Wie schafft sie es nur, in einem so erschütternden Moment ihres Lebens so perfekt frisiert zu sein?

Doch solange Sie nur als Zuschauer bequem vor Ihrem Gerät sitzen, sehen und wissen Sie vieles nicht. Zum Beispiel wären Sie nie darauf gekommen, daß die Leute vom Fernsehen alles umgeräumt, daß sie sämtliche Möbel verstellt haben, sogar das Klavier, vermutlich, um Ihrem schlichten, kleinen Wohnzimmer etwas mehr Ähnlichkeit mit der Umgebung zu verleihen, in der man eine Frau, die Schlagzeilen macht, vermuten würde. Oder geht es vielleicht gar nicht darum, wollten sie nur Platz schaffen für die fünf Kameras nebst zugehörigen Kabelsträngen und Stativen? Warum gleich *fünf*, denkt man, nur um ein einziges

Durchschnittsgesicht zu fotografieren – aber natürlich fragt man das nicht laut. Die *Fragen* stellen nämlich in einem solchen Fall nicht Sie: Sie sind nur diejenige, die sie beantworten muß. Wie auch immer, es sind fünf Kameras und die entsprechende Anzahl von Kameramännern und Technikern, groß, schlaksig und raumfüllend, die mit ihren Taschen und ihren Gerätekisten hereindrängen und ihre Kabel auf dem ganzen Teppich verteilen. Auch ein Toningenieur ist dabei und ein ernsthaftes, kleines Mädchen mit einem Notizbuch; außerdem ein größeres Mädchen – um einiges größer, stramm wie eine Hockeyspielerin, das hin und wieder zwei Bretter zusammenschlägt und etwas sagt, das wie »Klapp!« klingt. Und dann natürlich der umwerfend gutaussehende junge Mann (wahrscheinlich ist er bereits an die vierzig, aber Sie wissen schon, was ich meine) in Jeans und Pullover, der alle anderen überragt, offenbar den ganzen Laden schmeißt und, wenn es soweit ist, die dummen Fragen zu stellen hat.

Ach ja, die Fragen: ich glaube, ich habe sie immer noch nicht beantwortet, nicht einmal die erste; aber zum Glück scheint der Toningenieur irgendwelche Schwierigkeiten zu haben; er läßt das kleine Mädchen mit dem Notizbuch etwas in ein Mikrofon quäken; das verschafft mir noch einen Augenblick Zeit zum Nachdenken. Wie habe ich mich denn nun wirklich gefühlt, als ich zum ersten Mal hörte etc. etc.?

»Wie im Himmel!« lautet die Standardantwort, ich weiß – und natürlich hätte sie auch von mir prompt kommen müssen, egal, ob mit oder ohne Ton. »Wie im Himmel!« oder »Es war der glücklichste Moment in meinem Leben!«

Etwas in der Art hätte ich sagen müssen. Genau wie alle anderen auch.

Bin ich die einzige – wirklich die einzige –, bei der die erste Empfindung – und ich meine wirklich die *aller*erste Empfindung, die ganz spontan und unzensiert über einen hereinbricht – ein Aufseufzen war: »O Gott, die kleine Verschnaufpause ist zu Ende! Jetzt geht der tägliche Kleinkrieg wieder los!«

Glauben Sie mir, ich wollte nicht so empfinden. Und auf keinen Fall würde ich es vor all den Kameras eingestehen – obwohl ich im Rückblick glaube, sie wären begeistert gewesen: endlich etwas Neues für den abgestumpften, inzwischen schon ganz verblödeten Zuschauer, der aus aller Welt bei jeder nur vorstellbaren Katastrophe von den Opfern und ihren Angehörigen immer nur die gleichen, zuverlässig richtigen Empfindungen zu hören bekommt.

Erst wenn man *nicht* die richtigen Empfindungen hat, stellt man fest, daß man eine Sekunde zögert, und man hofft inständig, niemand möge es bemerken. Denn die Wahrheit kann man natürlich nicht sagen, sie klänge zu abscheulich, und zwar deshalb, weil sie abscheulich *ist*. Ich meine, wie kann eine Ehefrau solche Gefühle haben! Wie *könnte* ich wollen, daß die Leidenszeit von Edwin – eingesperrt, vielleicht bedroht von gräßlichen Terroristen in einem gräßlichen Slum im Nahen Osten – auch nur einen einzigen Moment länger dauerte als diese fünf Tage?

Ich wollte es *nicht*. Natürlich nicht. Ich wollte nur Frieden und Ruhe; jenen häuslichen Frieden, der mit einem in ständiger Unruhe und Gereiztheit anwesenden Edwin absolut unvereinbar ist, sich aber mit einem weiterhin Tausende von Meilen entfernt, ohne Zugang zu einem Telefon in Haft sitzenden Edwin erschreckend, bestürzend gut vereinbaren ließe.

Verdammt, der Ton läuft wieder! Die Kameras sind aufnahmebereit. Die beiden Mädchen, das große, stramme und das kleine, zierliche, sind auf Posten, um ihre wie auch immer gearteten Pflichten zu erfüllen. Alles wartet darauf, daß meine Lippen sich öffnen, und tatsächlich, sie tun es auch.

»Wie im Himmel«, sage ich. »Einfach wie im Himmel!«

Natürlich habe ich es gesagt. Manchmal muß man lügen. Außerdem, wie ist es wohl dort oben? Allem enthoben, im luftleeren Raum. Trostlos, kann ich mir vorstellen. Trostlos und furchterregend. Und deshalb war es vielleicht gar keine Lüge.

Wie auch immer, es ist überstanden. Sie stapfen hin und her, packen ihre Siebensachen zusammen, schieben, ziehen und schleppen sie nach draußen und erzählen mir dabei, ich sei phantastisch gewesen. Schade, sagen sie, daß mein Sohn noch nicht von der Schule zurück ist; sie wollen später wiederkommen, um ihn zu interviewen, wenn das okay ist? Ja, das ist okay, warum auch nicht? Auf Jason kann ich mich verlassen, er wird die vernünftigen, richtigen Antworten geben, genau wie ich. Wer weiß, vielleicht hat er sogar die richtigen Empfindungen. War er andererseits insgeheim und mit schlechtem Gewissen genauso erleichtert über die lange Abwesenheit seines Vaters wie ich? Er hat nichts dergleichen geäußert, aber ich schließlich auch nicht. So gemein wäre ich nie. Keiner von uns wäre das.

Nachdem die Fernsehleute weg waren, ließ ich mir alles durch den Kopf gehen und gelangte zu der schmerzlichen Erkenntnis, daß ich völlig im dunkeln tappte, was die wahren Gefühle meines Sohnes anging. Erst gestern abend, als er so geschickt, so zielstrebig und konzentriert an seinem batteriebetriebenen Meccano-Roboter arbeitete, den er teils nach eigenen Entwürfen, teils nach einer ganzen

Reihe abschreckend komplizierter Diagramme und Computerausdrucke baut, hatte ich mich unwillkürlich gefragt, ob er es wie ich in vollen Zügen genoß, keine väterliche Stimme abfällig sagen zu hören: »Mit *Meccano* spielen! In *deinem* Alter! Ich hätte eigentlich gedacht...«

Oder so ähnlich. Momentan war alles falsch, was Jason auch tat. Brachte er Freunde mit, so hieß es: »Muß das sein, daß diese ungehobelten Flegel überall herumtrampeln?« Tat er es nicht, so hieß es: »Was ist nur mit dem Jungen los, immer hockt er allein in seinem Schmollwinkel. Als *ich* in seinem Alter war...« Und wenn (die letzte Möglichkeit) Jason am Abend seine Freunde besuchen ging, dann hieß es: »Er verwechselt unser Haus mit einem Hotel.«

Was er unterließ, störte seinen Vater nicht weniger als das, was er tat. Warum war er nicht in der Cricketmannschaft? Warum war er keinem Fahrradclub beigetreten? Warum hatte er noch keine Freundin, er war doch hoffentlich normal? Oder – einen Tag später: »Wer zum Teufel war denn das Flittchen, mit dem ich ihn gestern im Bus gesehen habe?«

War das schon immer so gewesen? Nein, gewiß nicht. Als Jason noch klein war, kamen sie sehr gut miteinander aus, denn Jason stellte Fragen, auf die Edwin die Antworten wußte, und ließ sich jeden Schritt von ihm zeigen. Erst als Jason lernte, auf eigenen Beinen zu stehen, ohne den Rat seines Vaters – als er anfing, sich die Antworten auf seine Fragen nicht mehr von seinen Eltern, sondern aus Büchern, von Freunden, in der großen weiten Welt zu holen – da begannen die Schwierigkeiten. Etwa zur gleichen Zeit kündigte Edwin auch seine Stellung beim *Daily Winnower*: es gab Differenzen mit dem Chefredakteur über die Art und Weise, wie er irgendwelche undurchsichtigen Verwicklungen in Westafrika dargestellt hatte – er hatte mir nie genau erklärt, was eigentlich schiefgelaufen war, aber, wie auch immer, es endete damit, daß er mit – anfangs – nur sehr mäßigem Erfolg unter die freien Journalisten ging. Das bedeutete nicht nur Geldsorgen – Edwin hatte sich immer um Geld gesorgt, auch als beruflich noch alles klappte –, es bedeutete außerdem, daß er nun tagsüber lange Stunden zu Hause verbrachte, in denen er früher auswärts gearbeitet hatte. Er war zum zweiten Frühstück zu Hause, er war zum Lunch zu Hause, und er war auch zu Hause, wenn Jason, voller Übermut über die wohlverdiente Freiheit und oft mit einer Schar Freunde im Schlepptau, aus der Schule kam. Genau dann pflegte Edwin, der den ganzen Tag kaum etwas anderes getan hatte, als gähnend vor dem Fernseher zu sitzen, plötzlich voller Tatendrang an seine Schreibmaschine zu stürzen, nur um sich (wie mir schien) lauthals und bitter über dieses Tollhaus beklagen zu können, in dem es unmöglich sei, seine Arbeit zu erledigen.

Ja, damals hatte es angefangen: eine leichte – aber nur ganz leichte – Besserung war eingetreten, als Edwin allmählich mehr Aufträge an Land zog – und noch besser war es natürlich, wenn er wegen einer Reportage ein paar Tage unterwegs sein mußte.

So war es für uns alle ein Freudentag gewesen, als er das Angebot erhielt, mit einem Team möglichen Hinweisen auf den Verbleib mehrerer Geiseln nachzugehen, die einige Wochen zuvor von ihrer Arbeitsstätte in der Nähe von Beirut verschleppt wurden und seither verschollen waren. Edwin war von dieser Chance ganz begeistert gewesen und ich ebenfalls – obwohl ich es frustrierend fand, daß er mir kaum etwas darüber erzählen konnte.

»Weißt du, Clare, ich bin zu absolutem Stillschweigen

verpflichtet«, hatte er geprahlt, ganz der wichtige Geheimnisträger mit strahlenden Kinderaugen, genau wie vor Jahren, zu Anfang seiner Karriere, als er noch auf dem aufsteigenden oder zumindest noch nicht auf dem absteigenden Ast war. Ich mußte daran denken, wie sehr ich diesen Blick einst geliebt hatte, damals, ehe ich erkannte, daß darauf unweigerlich ein Fiasko oder eine Enttäuschung folgte, eine Ungerechtigkeit, daß irgendein kleinlicher Dreckskerl ins Spiel kam, der sich an einer vollkommen harmlos gemeinten Bemerkung von ihm aufgehängt hatte.

Doch der Mensch wird nie klüger, jedenfalls nicht viel. Wir haben etwas in uns, was sich gegen alle Erfahrungen sträubt, und ich könnte schwören, daß uns dieses Etwas genau zu diesem Zweck von der Evolution eingepflanzt wurde, als unentbehrlicher Überlebensmechanismus, der uns in Gang hält, auch wenn wir kein Ziel mehr vor uns haben, wenn alle äußeren Anzeichen uns Einhalt gebieten.

Wie sonst ließe sich erklären, daß mein Herz auf diesen längst verdächtig gewordenen Blick immer noch mit einem (wenn auch etwas müden) Satz reagierte? *Diesmal* wird alles gutgehen, dachte ich, mein alle Erfahrungen leugnender Überlebensmechanismus trat automatisch in Aktion, und ich ließ mich von Edwins kurzlebiger Euphorie anstekken, als sei es das erste Mal.

»Wenn mir das gelingt – und es *wird* gelingen, das weiß ich – ist es der Knüller des Jahres. Für wie lange ...? So lange es eben dauert, mehr kann ich dir nicht sagen. Tut mir leid, Clare. Ich würde dir gern mehr erzählen, wenn ich könnte, aber... na ja... es geht um brandheißes Material. Also bitte, stell mir keine Fragen.«

Ich hatte ihm gar keine Fragen gestellt, so dumm bin ich nun wieder nicht, aber er wollte sich einreden, ich hätte es getan, und so widersprach ich nicht. Ich widersprach ihm in diesen letzten ein oder zwei Tagen *überhaupt* nicht – ich sagte nicht einmal, daß es mit Rücksicht auf den Stoßverkehr besser gewesen wäre, eine gute Stunde früher zum Flughafen aufzubrechen. Edwin genießt es, zu spät loszufahren, sich in wilde Hektik hineinzusteigern, die vor ihm dahinkriechenden Autoschlangen zu verfluchen und jeder Ampel zornige Blitze geballter Willenskraft entgegenzuschleudern, mit dem einzigen Erfolg (wie mir scheint), daß auch die grünen auf Rot umschalten. Er genießt das Gefühl, sich durch alle Widerstände hindurchzukämpfen, mit hängender Zunge ans Ziel zu kommen – wobei in diesem Fall eher meine Zunge betroffen war, da ich am Steuer saß –, um sich dann am Flughafen mit dem Panzer des in Zeitnot Geratenen zu umgeben, sich durch wartende Menschenschlangen zu drängeln, hastig einen Gepäckwagen an sich zu reißen, barsche Fragen auf vorübergehendes Flugpersonal abzufeuern, argwöhnisch auf Anzeigetafeln zu starren, die Angaben auf seiner Armbanduhr zu kontrollieren, schließlich alles beiseite zu stoßen und im Laufschritt knapp vor dem letzten Aufruf Ausgang Sowieso zu erreichen. Er genießt das Gefühl, es eben noch geschafft zu haben, mit der Zeit persönlich einen Strauß ausgefochten und sie besiegt zu haben; das Flugzeug noch erwischt zu haben, ehe es ohne ihn starten konnte. Vermutlich kommt er sich dabei wie ein Manager oder ein Filmstar vor.

Natürlich wird ihm in letzter Zeit sein Auftritt regelmäßig verdorben, weil die Maschinen erst mit zwei oder drei Stunden Verspätung starten, und obwohl es sicher keinem von uns leichtfällt, diese aufreibenden Stunden durchzustehen, noch viel schwieriger ist es, sie zu durch*eilen*, und genau das versucht Edwin jedesmal wieder.

Ist es da ein Wunder, daß ich beinahe zum Parkplatz tanzte, nachdem ich mich von ihm verabschiedet hatte? Und als ich mich in paradiesischer Einsamkeit durch das Verkehrschaos schlängelte, sang ich auch – sang im Herzen und gelegentlich sogar laut, wenn die Freude über Edwins Abwesenheit mich überwältigte. Er war nicht da und würde noch tagelang nicht da sein – wie es aussah, mindestens zwei Wochen lang. Zwei volle Wochen, in denen niemand nörgeln und mich kritisieren würde; in denen ich staubsaugen konnte, ohne daß sich jemand über den Heidenlärm beschwerte; in denen ich das Staubsaugen auch *lassen* konnte, ohne mir Bemerkungen über Krümel auf dem Teppich und Verhältnisse wie in einem Schweinestall anhören zu müssen!

Und auch Jason konnte kommen und gehen, wie er wollte, Freunde mitbringen oder auch nicht... sie zum Essen einladen... sie über Nacht dabehalten... oben in seinem Zimmer Platten hören... laut über alberne Witze im Radio lachen und unausgegorene Ansichten über den Gemeinsamen Markt oder die Ozonschicht zum besten geben...

Und ich? Ich konnte mich einmal in meinem Leben davon erholen, ständig die Wogen glätten zu müssen.

Wie wundervoll!

Das war alles, was ich in diesen ersten, euphorischen Stunden dachte: wie wundervoll!

Kapitel 2

Seit Edwins Abflug war erst eine Woche vergangen, eine Woche, in der sich die Ereignisse überstürzten: zuerst die Meldung, er sei mit seinen beiden Begleitern gefangengenommen worden, dann die Mitteilung, er befinde sich auf freiem Fuß.

Es war eine seltsame Woche gewesen. Alle tieferen Empfindungen wurden von Anrufen, Interviews und immer neuen Meldungen verdrängt. Wußten Sie, daß die Radio- und Fernsehprogramme zusammengenommen täglich siebzig Nachrichtensendungen ausstrahlen? Obendrein kostete es mich viel Zeit, wohlmeinenden Mitmenschen geistesabwesend beizupflichten, wenn sie mir immer wieder versicherten, schließlich würde doch noch alles gut werden.

Wie recht sie hatten. Je nachdem, was man unter »gut« versteht, natürlich. Wie auch immer, Edwin hatte alle Aufregungen und Strapazen wohlbehalten überstanden und befand sich auf dem Weg nach Hause. Wenn nichts dazwischenkam, würde er irgendwann im Lauf des morgigen Tages eintreffen.

Ein letzter Abend in Frieden. Ich gab mir Mühe, nicht so zu denken, ich gab mir wirklich Mühe. Aber was nützt das schon?

Wie dem auch sei, es konnte nicht schaden, den Anlaß festlich zu begehen. Wir zündeten Kerzen an, wir besorgten Apfelmost, wir luden zwei von Jasons besten Freunden ein; wer konnte entscheiden, ob wir Dads wundersame Errettung feierten oder unseren letzten Abend in Freiheit? Wer *mußte* es entscheiden?

Wie dem auch sei, dieser Abend ist mir besonders lebhaft im Gedächtnis geblieben, teils, weil wir so viel Spaß hatten, teils aber auch, weil mittendrin ein Anruf kam, der mich etwas beunruhigte. Es war gegen neun Uhr, die Jungen verteilten gerade fettige Essenskartons aus dem indischen Restaurant über den ganzen Küchentisch, ihre manchmal noch überschnappenden Stimmen hallten von den Wänden wider und brachten sogar das Geschirr auf der Anrichte zum Klirren. Der zunehmende Radau war Musik in meinen Ohren; die Freude, ihnen nicht den Mund verbieten zu müssen, durchströmte meine Adern wie Wein.

»Was?« schrie ich in die Muschel. »Moment bitte, ich gehe an den anderen Apparat...«

Und so kam es, daß ich den Anruf im einigermaßen ruhigen Wohnzimmer entgegennahm, außer Hörweite von Jason und seinen Freunden. Natürlich hatten wir in den letzten paar Stunden seit Bekanntwerden der guten Nachricht zahlreiche Glückwunschanrufe erhalten, und als ich den Hörer abnahm, rechnete ich mit einem weiteren: aber dem war nicht so. Ich erkannte die Stimme nicht gleich, erst ein wenig später ging mir auf, daß ich mit Hank Armour sprach, dem Redaktionsassistenten des *International Focus*, jener Zeitung, die zum Empfänger von Edwins »Knüller des Jahres« ausersehen war.

Für einen Gratulanten klang er ziemlich verärgert. Ob Edwin schon zu Hause sei? Ob er mich von irgendwoher angerufen habe? Ob ich etwas Neues wisse? Nein, nein, und nochmals nein, mußte ich sagen. Mir war nicht mehr bekannt, als er aus Radio und Fernsehen vermutlich selbst erfahren hatte. Trotzdem gab ich ihm eine kurze Zusammenfassung des bisherigen Stands: Edwin und die beiden anderen Journalisten in seiner Begleitung waren auf einer

Wüstenpiste in einen Hinterhalt geraten und von einer bisher noch unbekannten Terroristengruppe gefangengenommen worden, eine Lösegeldforderung war nicht eingegangen, und das Motiv für die Entführung war noch unklar. Die Polizei war dabei, den verlassenen Jeep auf Hinweise zu untersuchen...

Ich spürte sogar durchs Telefon, wie gelangweilt und zugleich ungeduldig der Mann war. Verständlich, die nackten Tatsachen kannte er ebenso gut wie ich und wie inzwischen die halbe Welt; also drehte ich den Spieß um und stellte meinerseits einige Fragen. Ob *er* wisse, wo Edwin sich jetzt aufhalte? Ob er schon einen Bericht von ihm bekommen habe?

»Ja... Das ist ja das Problem, Mrs. Wakefield. Wir *haben* einen Bericht erhalten... per Telefon, aus Stuttgart, wie er jedenfalls sagte...«

»Was heißt, ›wie er jedenfalls sagte‹?« hakte ich nach, aber ich bekam nur eine ausweichende Antwort, und etwas im Tonfall des Mannes hielt mich davon ab, ihn weiter zu bedrängen. Ich sehe mich nämlich immer sehr vor, um ja nichts zu sagen, womit ich Edwin in die Quere kommen könnte – es gibt ja leider so vieles, womit man Edwin in die Quere kommen kann –, und so ließ ich das Gespräch nach ein paar belanglosen Höflichkeitsfloskeln im Sand verlaufen.

Im Rückblick ist mir klar, daß mich dieser mißglückte, unbefriedigende Dialog eigentlich mehr hätte verunsichern müssen, als es tatsächlich der Fall war. Aber ich war mit meinen Gedanken ganz woanders. Wie weit ist es von Stuttgart hierher, fragte ich mich. Mit dem Flugzeug wahrscheinlich nur ein Katzensprung. Heutzutage ist es *überallhin* nur ein Katzensprung. Bald kann keiner mehr dem anderen entkommen. Gott sei Dank existiert Hotol bisher nur auf dem Reißbrett, sonst würde Edwin vielleicht in zwanzig Minuten hier hereinplatzen, während die Jungen immer noch diesen Heidenspektakel veranstalten und das ganze Haus nach indischem Essen riecht. Edwin verabscheut Gerichte zum Mitnehmen, und wenn er selbst nicht mitißt, sind sie ihm noch mehr zuwider.

»Ja, sicher, ich gebe Ihnen Bescheid, wenn ich etwas höre«, sagte ich und schrieb mir die Nummer auf, die er mir diktierte. »Ja, ich richte es ihm aus, sobald er kommt... Ja, natürlich... Ja, ganz bestimmt... Ja, vielen Dank... Auf Wiederhören...«

Jason nahm die Nachricht angemessen, wenn auch etwas zerstreut entgegen. »Spitze«, sagte er wohl, und auch seine Freunde murmelten hastig ein paar höfliche Worte – alle drei brannten darauf, das weitaus fesselndere Thema wiederaufzunehmen, das sie gerade in so stürmisches Gelächter ausbrechen ließ, als ich die Küche betrat. Gleichviel, wir ließen den Most noch einmal herumgehen, füllten alle Gläser bis zum Rand, und bald war die Störung vergessen, und der Lärmpegel stieg erfreulich rasch wieder an.

Natürlich kamen im Lauf des Abends noch weitere Anrufe, samt und sonders Glückwünsche.

»Ja, es ist einfach phantastisch!« sagte ich immer wieder, und: »Ja, Ihr Anruf hätte ihn sicher sehr gefreut.«

Das stimmte sogar. Gewöhnlich haßt Edwin das Telefon; er hält es für eine Zumutung, wenn die Leute meinen, ihn jederzeit bei seiner Arbeit – seiner Tasse Tee, seiner Zeitung oder was auch immer – stören zu können, aber er hat ganz sicher nichts dagegen, wenn ihn jemand anruft, um ihm zu sagen, wie großartig er ist.

Als der letzte Anruf kam, war es schon nach Mitternacht. Jason und seine Freunde – sie blieben beide über Nacht hier, die letzte Gelegenheit für wer weiß wie lange – waren zu Bett gegangen, und ich schlenderte im Erdgeschoß herum, machte oberflächlich sauber und räumte ein wenig auf. Normalerweise verschiebe ich solche Pflichten lieber auf den nächsten Morgen, aber heute wurde ich das Gefühl nicht los, »auf Nummer Sicher« gehen zu müssen, und wußte, daß ich keinen Schlaf finden würde, bis das schlimmste Chaos beseitigt war.

»Hallo?« meldete ich mich, ein bißchen mechanisch, fürchte ich; ich hatte dieses ›Ja, es ist einfach phantastisch!‹ eben schon so oft von mir gegeben. »Hallo, hier Clare Wakefield...«

Die Stimme war mir fremd: jung, impulsiv und von einer Unbekümmertheit, die auf Anhieb Sympathie erweckte.

»Oh, Mrs. Wakefield – oder darf ich Sie Clare nennen? Mir kommt es so vor, als kennen wir uns schon *eine Ewigkeit*, obwohl das natürlich gar nicht stimmt, wenn Sie verstehen, was ich meine.«

Ich verstand gar nichts, aber ich hielt es für besser, sie nicht zu unterbrechen. Sie wissen ja, wie das ist, wenn Leute am Telefon ihren Namen nicht nennen: Unterbricht man sie mit der Frage, mit wem man denn spreche, sind sie womöglich tödlich beleidigt, weil sie vorausgesetzt haben, daß man gute Freunde wie sie allemal an der Stimme erkennen würde. Wartet man dagegen ab und läßt sie reden, so geht einem meist doch noch ein Licht auf: Früher oder später erwähnen sie Onkel Robert oder das Durcheinander beim Lunch im Tennisclub, und schon kennt man sich aus.

»Dem Himmel sei Dank, daß ich Sie endlich erreiche!« fuhr die Stimme fort. »Ihre Nummer war den *ganzen* Abend besetzt... Ich war schon ganz verzweifelt! Das heißt, eher meine Schwiegermutter... eigentlich ist sie es immer noch, sie gibt mir fieberhaft Zeichen. (Schon *gut*, Mutter! Ich habe sie erwischt! Ja – ich sage doch – sie *ist* es!) Hören Sie, Clare, Sie müssen entschuldigen, daß ich so spät noch anrufe, aber wie ich schon sagte ... Außerdem können Sie wahrscheinlich gar nicht schlafen vor Aufregung, mir ginge es bestimmt so. Großartig, nicht wahr, diese Nachricht über Ihren Mann? Einfach super! Ich freue mich wahnsinnig für Sie. Obwohl ich schon die ganze Zeit sage ... (Ja, Mutter, *natürlich*! Ich bin ja schon dabei! Deshalb habe ich sie doch angerufen!) Entschuldigen Sie, Clare; aber Mutter sitzt auf glühenden Kohlen, sie zappelt vor Ungeduld und ich natürlich auch, obwohl ich schon die ganze Zeit sage, daß ihnen nichts passieren wird. (Nicht wahr, Mutter? Das habe ich vom ersten Moment an in allen Knochen gespürt).«

»Hören Sie«, unterbrach ich – ich fand, ich hätte nun lange genug auf den rettenden Hinweis gewartet. »Hören Sie, es tut mir schrecklich leid, aber ich weiß noch immer nicht so recht, wer ...«

»*Wer*? Ihr Mann natürlich! Ich spreche von Edwin, Ihrem Mann. Das ist doch klar! Oder ...« Zum ersten Mal dämpfte ein Hauch von Unsicherheit den jugendlichen Überschwang. »Oder – nein – Sie sind doch *die* Clare Wakefield, nicht wahr? Himmel, ich ...«

Dies zu bestätigen, zu sagen, ja, ich bin *die* Clare Wakefield, klingt wohl ein bißchen überheblich; aber es mußte trotzdem gesagt werden; und im gleichen Atemzug – ehe meine Gesprächspartnerin erneut ihre vor Ungeduld zappelnde Schwiegermutter ins Spiel bringen und damit noch mehr Verwirrung stiften konnte – wiederholte ich meine Frage, diesmal ganz klipp und klar. »Bitte«, sagte ich, »verraten Sie mir, wer Sie sind. Ich freue mich sehr über alle

Ihre guten Wünsche, vielen Dank, aber nennen Sie mir doch Ihren Namen.«

»Meinen *Namen*?« Einen Moment lang herrschte betroffenes Schweigen, dann legte sie los: »Ich bin natürlich Sally! Ich hatte selbstverständlich angenommen – nun ja, ich meine, das hätte doch jeder –, daß Sie im Radio von mir gehört haben, genau wie ich von Ihnen! Ich bin Sally. Sally Barlow, Richards Frau. Seit es passiert ist, war ich irrsinnig oft im Fernsehen, haben Sie mich nicht gesehen? Erst heute abend habe ich Sie gesehen, Sie waren super, finde ich, ganz ehrlich, Clare; so ruhig und gefaßt, und wie Sie mit so wenigen Worten geantwortet haben ... Wenn ich bedenke, was ich vor der Kamera immer so daherplappere, dagegen waren ... (*Ja*, Mutter, *natürlich* werde ich sie fragen, was glaubst du denn? Aber sie weiß noch nicht einmal, wer ich bin, stell dir das vor! Nun, jetzt weiß sie es, ich meine, ich habe es ihr eben erzählt, aber ...)«

Ich überließ die beiden sich selbst und war froh, einen Moment Zeit zu haben, um meine Gedanken zu ordnen. Das war also die Frau von Richard Barlow, einem der beiden Kollegen, die Edwin auf dieser Unglücksreise begleitet hatten. Ich hätte ihre Stimme sofort erkennen müssen – ich hatte sie oft genug im Radio und am Fernsehen gehört –, aber irgendwie hatte sie am Telefon anders geklungen. Ihr Gesicht hätte ich bestimmt erkannt – es war ja der halben Welt ein Begriff: jung, blond, unerhört fotogen war sie mit ihren großen, schimmernden blauen Augen, die jedesmal, wenn sie sich das hellblonde, wirre Haar aus der Stirn strich, wie bei einem verführerischen Striptease enthüllt wurden.

Doch jetzt drang nicht mehr Sallys Stimme an mein Ohr, jetzt hatte die Schwiegermutter – das heißt, Richard Barlows Mutter – die Befragung übernommen. Als sie keine

Chance mehr sah, ihre redefreudige Schwiegertochter zu den präzisen Fragen zu veranlassen, auf die man gemeinhin präzise Antworten bekommt, mußte sie der jungen Frau wohl den Hörer aus der Hand gerissen haben – ich konnte es ihr nicht verdenken.

Es wollte ihr nicht in den Kopf, daß Edwin sich noch nicht selbst bei mir gemeldet hatte.

»Aber«, sagte sie, »er muß doch inzwischen angerufen haben. Ja, gewiß, sie müssen vorsichtig sein, das verstehe ich, aber er wird doch zumindest seiner eigenen Frau ›Guten Tag‹ sagen dürfen! Nur ein paar Worte, damit Sie seine Stimme hören! Ich finde es höchst sonderbar, daß er nicht wenigstens ...«

Das klang ja fast so, als gebe sie *mir* die Schuld daran, und das ärgerte mich. Wie konnte es meine Schuld sein, wenn sie – wer immer »sie« auch sein mochten, da drüben in Stuttgart – Edwin nicht erlaubten zu telefonieren? Ich bemühte mich, den Ärger nicht durchklingen zu lassen – die arme Frau war vor Sorge um ihren Sohn sicher ganz verzweifelt und wohl auch enttäuscht, weil ich ihr kaum eine Hilfe war.

»Ja, es tut mir schrecklich leid, aber ich kann Ihnen im Moment gar nichts sagen«, erklärte ich. »Sobald ich etwas Neues erfahre – was auch immer –, rufe ich Sie sofort an. Und wenn Edwin nach Hause kommt, werden wir natürlich gleich ...«

Nun, was werden wir? Wie bei allem und jedem in diesem Haus würde es darauf ankommen, wie Edwin aufgelegt war. Und wie *würde* er nach all den Aufregungen und Strapazen aufgelegt sein? Bestimmt nicht dazu, fürchtete ich, sich von einer hartnäckigen Fremden ins Kreuzverhör nehmen zu lassen.

»Äh – das heißt – ich rufe Sie in jedem Fall an«, improvisierte ich. »Geben Sie mir nur Ihre Nummer...« Allmählich überfiel mich doch die Müdigkeit, und ich mußte mir sehr energisch vorsagen, daß es nicht *ihre* Schuld war, wenn ich weder einen Kuli noch einen intakten Bleistift finden konnte, genauso wenig, wie es *meine* Schuld war, daß Edwin nicht angerufen hatte. Und so plauderte ich mit aller Liebenswürdigkeit weiter, zu der ich fähig war, während ich die Nummer mit dem Daumennagel auf den Rand der Feuilletonseite des gestrigen *Guardian* ritzte.

Kapitel 3

In dieser Nacht hatte ich einen seltsamen Traum. Das heißt, für sich genommen war er vielleicht gar nicht so seltsam, eigenartig war nur, daß ich ihn ausgerechnet in diesem kritischen Moment in meinem Leben geträumt hatte. In diesem Hexenkessel aus gespannter Erwartung und schuldbewußter Selbstprüfung hätte man eher Angstträume, ja sogar Alpträume erwartet: Träume von Bedrohung und Angriff; von versäumten Zügen, Flugzeugen und Fähren und verlorenem Gepäck; etwas in der Art. Stattdessen war mein Traum in dieser Nacht von einer so unbeschwerten, schlichten Heiterkeit, wie ich es in wachem Zustand kaum beschreiben kann. Wir kamen einen Berg herunter, Edwin und ich, und stolperten rufend und lachend durch ein Geröllfeld. Ich nehme an, es war irgendwo im Lake District, denn obwohl Einzelheiten fehlten, hatte ich einen verschwommenen Eindruck von Bläue und Weite, von feuchten, grau glänzenden Felsen. Es heißt, wenn man farbig träumt, sei der Traum psychologisch von besonderer Bedeutung; doch um zu erkennen, daß mein Traum etwas ganz Besonderes war, brauchte ich weder einen Experten noch einen von diesen populärpsychologischen Schwätzern. In diesem Traum *liebte* ich Edwin nämlich noch. Wir hatten wie in den längst vergangenen Tagen zu Anfang unserer Ehe eine Bergwanderung gemacht, und während wir über die losen Steine schlitterten, mokierte sich Edwin wie so oft darüber, daß ich für ein solches Unternehmen Turnschuhe angezogen hatte. »Auf dem Schotter werden sie dir in Fetzen gehen«, prophezeite er stets und wies selbstgefällig auf seine eigenen Füße in den schweren Bergstiefeln. »Ist ja gar nicht wahr!« widersprach ich jedesmal (und ich hatte recht); doch in meinem Traum fügte ich noch hinzu: »Schau, damit kann ich über die Steine gleiten – so! *Du* mit deinen plumpen, schweren Dingern kannst das nicht!« Und tatsächlich, ich glitt über den Schotter, hob vom Boden ab, schwebte über dem Hang, sprang wie eine Gazelle von Fels zu Fels, ohne jede Unsicherheit, vollkommen kontrolliert, immer weiter abwärts. Und Edwin spottete nicht länger, sondern sah mir staunend zu, mit einem bewundernden, überraschten Lächeln. Er hatte die Arme ausgebreitet, und als er mich an sich drückte, überfiel mich eine tiefe Traurigkeit, eine unerträgliche Wehmut: In diesem Moment wußte ich, daß Edwin fortgehen, daß er mich verlassen wollte. Dies war unsere letzte, gemeinsame Bergtour gewesen.

Wo wollte er hin? Warum? Das sind Fragen, die man sich im Wachen stellt, im Traum fragt man nicht: Warum? Und tatsächlich, ich wachte auf. Verschwunden waren die Berge, das Blau und die Weite, es war Morgen. Die Jungen trampelten herum, Türen wurden aufgerissen und knallten wieder zu, Wasserhähne rauschten, laute Stimmen riefen: »Hast du ...?« – »Wo ist mein ...«, und dann ergoß sich der ganze Trubel unaufhaltsam wie eine Flutwelle nach unten ins Erdgeschoß.

Ein wohlbekanntes Angstgefühl schnürte mir das Herz zusammen: wenn nun Edwin in diesem Moment zur Tür hereinspazierte, mitten in dieses Tohuwabohu! Es wäre möglich ... es wäre durchaus möglich ... Wenn er vor sieben Stunden in Stuttgart war, könnte er jetzt spielend hier sein. Spielend! Lieber Gott, betete ich, mach, daß er die Nachtmaschine nicht erwischt hat ...!

Ich war froh über meinen Traum, er bildete so etwas wie ein Gegengewicht zu diesem herzlosen Stoßgebet. Es tröstete mich, daß mein Unterbewußtsein zu anständigeren Regungen fähig war als ich selbst. Ist es normalerweise nicht umgekehrt?

Natürlich riefen die Barlows am Vormittag wieder an. Gewiß, ich hatte ihnen versprochen, mich sofort zu melden, wenn ich etwas Neues erfuhr, aber sie gingen kein Risiko ein. Woher sollten *sie* schließlich wissen, wie zuverlässig ich war? Vielleicht war ja mein ganzes Leben eine einzige Folge nicht eingehaltener Versprechungen.

Wie dem auch sei, sie riefen wieder an, ziemlich früh – aber Gott sei Dank erst, nachdem die Jungen aus dem Haus waren. Nichts ist nervenaufreibender, als ein schwieriges Telefongespräch zu führen, während zwei Besucher höflich darauf warten, ihr »Vielen Dank für die Einladung« anbringen zu können.

Diesmal war Sally am Apparat, nicht die Schwiegermutter. Ich war froh darüber, denn ich hätte es nicht ausgehalten, ein zweites Mal wegen Edwins noch immer nicht erfolgtem Anruf ins Gebet genommen zu werden, und das war bei Sally sicher nicht zu befürchten. Mir kam es eher so vor, als ginge sie fast zu leichtfertig über meine zerknirschten Beteuerungen hinweg, nein, ich hätte nichts weiter gehört, Edwin sei noch nicht zurück, habe nicht angerufen, und deshalb ...«

»Ach, keine Sorge!« fiel mir Sally ins Wort. »Es wird alles gut, das weiß ich. Sie haben Ihren Edwin freigelassen, und das bedeutet – ganz klar –, daß sie auch die anderen freilassen werden. Das ist doch logisch.«

Es lag mir auf der Zunge, sie daran zu erinnern, daß Edwin – vorausgesetzt, die Berichte stimmten – nicht freigelassen wurde, sondern geflohen war, aber ich hielt mich noch rechtzeitig zurück. Wenn Sally es schaffte, die Fassung zu bewahren, indem sie negative Informationen einfach nicht zur Kenntnis nahm, warum sollte ich ihr die Illusion zerstören? Sie konnte ja nichts tun, auch wenn sie den Tatsachen ins Auge sah. Sie würde sich nur unnütz das Herz schwer machen.

»Aber lassen wir das«, sagte sie, »deshalb rufe ich eigentlich gar nicht an. Nein, Clare, die Sache ist die, ich finde, Sie und ich, wir sollten uns persönlich kennenlernen. Schließlich sitzen wir beide im selben Boot. Sie haben mich wahnsinnig oft im Fernsehen gesehen, und ich Sie auch. Warum treffen wir uns nicht auf einen Kaffee oder so? Oder zum Lunch, wenn Ihnen das lieber ist. Jedenfalls bald. Ich meine, warum nicht gleich? Noch heute vormittag?«

Mit einem fast hörbaren Schwirren schaltete mein Inneres auf Panik. Heute sollte Edwin nach Hause kommen. Es hieß, am Nachmittag, aber niemand schien Genaueres zu wissen – er konnte durchaus schon am Vormittag vor der Tür stehen, und wenn ich einfach nicht da war, um ihn zu begrüßen – ich schauderte bei dem Gedanken an den Riesenkrach, der dann zur Feier seiner Heimkehr fällig wäre.

»Seien Sie mir nicht böse, Sally, aber ich kann heute unmöglich weg. Ich *muß* hier bleiben, neben dem Telefon. Das verstehen Sie doch sicher?«

»Ja, aber...! Hören Sie, können Sie wirklich nicht...?« Das klang geradezu bestürzt. Doch dann hatte sie eine Idee: »Hören Sie mal, und wenn ich nun zu *Ihnen* käme? ich könnte in – mal sehen – einer guten Stunde da sein, schätze ich. Es gibt nur ein Problem – ich müßte Barnaby mitbringen. Hätten Sie etwas dagegen?«

Barnaby? Barnaby? Wer – oder was – dieses Anhängsel

auch immer sein mochte, daß ich etwas dagegen hatte, war mir auf Anhieb klar. Sollte Edwin im Lauf dieses Besuches nach Hause kommen, so würde er sich vielleicht gerade noch damit abfinden, wenn ein einziges, immerhin bildhübsches junges Mädchen die Wiedersehensfreude störte; aber daß er so ohne weiteres einen kläffenden, haarenden Hund oder ein gelangweiltes, zappeliges Kind hinnehmen würde... Ja, das war es. Ein kleiner Junge. Jetzt fiel es mir wieder ein, ich hatte ihn einmal im Fernsehen gesehen, ganz allerliebst an Sally geschmiegt – oder hatte er sich gegen sie gestemmt? Es war wirklich nicht zu erkennen gewesen, so geschickt hatten ihn die Fotografen unter dem starken Arm seiner Mutter plaziert. Meiner Schätzung nach war er etwa vier Jahre alt und ein Typ wie der kleine Lord Fauntleroy, mit den großen blauen Augen seiner Mutter und zahllosen goldenen Löckchen – ein Wuschelkopf, wie er früher gemeinhin zu der Bemerkung »Viel zu schade für einen Jungen!« Anlaß gab. Soviel ich weiß, hat Women's Lib damit aufgeräumt, ich begreife nur nicht so recht, mit welcher Begründung. Vielleicht *klingt* der Satz nur sexistisch, und man braucht ihm weiter keine Bedeutung beizumessen. Solche Wendungen gibt es viele. Ich erinnere mich an einen Redner, der klagte, er sei ein äußerst minderbemitteltes Kind gewesen, und sich davon einen Lacherfolg versprach, aber stattdessen ging ganz automatisch ein mitfühlender Seufzer durch das Publikum.

»Okay, dann fahre ich sofort los«, sagte Sally, die mein gedankenverlorenes Schweigen offenbar als Zustimmung wertete. »Wir sind gegen halb zehn bei Ihnen, das heißt, falls der Verkehr nicht allzu schlimm ist.« Damit legte sie auf, bevor ich protestieren konnte. Nicht, daß ich das getan hätte. Schließlich mußte das arme Ding halb verrückt sein vor Angst, trotz ihrer tapferen Worte – oder ihres schwachsinnigen Optimismus, das ist eine Frage des Standpunkts. Mit jemanden, der »im selben Boot« gesessen hatte, wie sie sich ausdrückte, in Ruhe über alles zu reden, auch wenn nichts dabei herauskam, war vielleicht gerade das, was sie brauchte. Die Schwiegermutter eignete sich nicht zur Vertrauten, soviel war mir schon klar, obwohl – oder vielleicht weil – alle beide von den gleichen Ängsten gequält wurden.

»Was für ein entzückender Raum!« sagte Sally und strich sich, genau wie im Fernsehen, das helle, wirre Haar aus der Stirn. »Und was für tolle Blumen!« Die gelben und goldbraunen Chrysanthemen stammten von einem Gratulanten, und es freute mich, daß sie ihr aufgefallen waren; in der blauweißen, chinesischen Vase, die ich dafür gefunden hatte, kamen sie tatsächlich sehr gut zur Geltung. Ich war auch froh, daß sie bemerkt hatte, wie gepflegt das Wohnzimmer aussah. Ich hatte mir letzte Nacht und heute morgen viel Mühe damit gegeben, hatte geputzt und staubgesaugt, alle unbeantworteten und nicht zu beantwortenden Briefe vom Schreibtisch entfernt, den Couchtisch und die Eichenregale poliert und die Bücher, für die eigentlich zu wenig Platz war, so gut es ging in Reih und Glied aufgestellt, so daß es nun einige unschöne Stapel weniger waren. Das alles war natürlich im Hinblick auf Edwins bevorstehende Ankunft geschehen, trotzdem war es nett, wenn es von einer Fremden anerkannt wurde. Edwin selbst würde natürlich nichts auffallen, höchstens, wenn ich mir die Arbeit gespart hätte, und ich wollte selbstverständlich vermeiden, daß unser allererstes Gespräch sich darum drehte, ob unser Haus nun Ähnlichkeit mit einem Schweinestall hatte oder nicht.

»Und Sie haben auch noch Morgensonne«, schwärmte Sally. »Manchmal wünsche ich mir auch ein nach Südosten gelegenes Wohnzimmer, aber eigentlich ist uns die Nachmittags- und Abendsonne wichtiger. Richard kommt nämlich in der Regel gegen vier nach Hause, und dann schauen wir beim Teetrinken durch die Verandatüren in den Garten hinaus. Natürlich muß er hinterher oft wieder weg, er arbeitet an den meisten Abenden, aber er versucht es immer so einzurichten, daß er zum Tee zu Hause ist. Das ist nämlich unsere ganz private Stunde, ehe ich Barnaby zu Bett bringen muß.«

Unsere ganz private Stunde. Eine Welle blanken Neides überschwemmte mich; nicht, weil sie jung und hübsch war – obwohl daran kein Zweifel bestand –, sondern, weil sie es wirklich genoß, ihren Mann bei sich zu Hause zu haben. Die beiden verlebten glückliche Stunden miteinander, ganz private Stunden, auf die sie sich freute.

»Heute werde ich also den Nußkuchen backen, den er so gerne ißt«, plapperte sie weiter. »Man braucht dazu sechs Eier, Eiweiß und Dotter getrennt... Nein, Barnaby, *laß* das. Stell es wieder *hin*!«

Während wir plauderten, hatte Barnaby anfangs dicht neben seiner Mutter auf der Couch gesessen, ganz still und artig, mit anderen Worten, sehr schüchtern. Mittlerweile begann sich sein Unternehmungsgeist jedoch zu regen (ich wußte noch gut, wie kleine Jungen Besuche bei den Freundinnen ihrer Mütter hassen), er war vom Sofa gerutscht und hatte angefangen, die neue Umgebung zu erkunden.

»Ich sagte, stell es hin!« Sally bemühte sich mit geringem Erfolg, ihrer hellen, frischen Stimme einen strengen Ton zu geben. »Du darfst Mrs. Wakefields Sachen nicht anfassen, ohne zu fragen.«

Barnaby drehte sich zu uns um, ohne meinen Briefbeschwerer in Form eines Messingelefanten loszulassen.

»Is' aber ein Spielzeug«, konterte er, und ich konnte der Logik hinter diesen knappen Worten mühelos folgen. Spielsachen gehören von Rechts wegen in die Hand von Kindern und nicht von Erwachsenen, folglich fallen sie nicht unter die Kategorie »Mrs. Wakefields Sachen«.

»Das macht doch nichts«, versicherte ich seiner Mutter hastig. »Er kann gern damit spielen. Es tut mir nur leid, daß wir keine *richtigen* Spielsachen für ihn haben, aber mein Sohn ist schon fünfzehn und natürlich ...«

»Natürlich.« Sally hatte gar nicht richtig zugehört. »Sag Danke zu Mrs. Wakefield, Barnaby, und sei ganz leise, wenn du damit spielst. Laß es nicht fallen.«

»'nke«, kam es kaum vernehmlich von den Lippen des Kleinen, an irgend jemanden gerichtet, nur nicht an mich, und dann trat der Elefant unter Führung seines neuen Herrn eine Reise ins Unbekannte an.

»Eigentlich wollte ich Sie etwas fragen«, fuhr Sally fort. »Als Ihr Mann – als Edwin – Ihnen zum ersten Mal von dieser Expedition erzählte, was hat er da genau *gesagt*? Wo wollten sie hin? Was genau hatten sie vor?«

Ich hatte mir diese Fragen selbst oft genug gestellt und konnte sie noch immer nicht beantworten. Vielleicht hätte ich besser aufpassen sollen, als Edwin diesen Auftrag zum ersten Mal erwähnte – aber wie hätte man voraussehen können, daß dieses Projekt so verheerend danebengehen würde und man sich deshalb später das Gehirn nach dem kleinsten Hinweis zermartern sollte – nach einer Nuance im Tonfall, nach einer versehentlich entschlüpften Silbe? Ich wußte nur – und mehr konnte ich Sally infolgedessen auch nicht sagen –, daß die Expedition den Zweck hatte, Informationen über gewisse (nicht genannte) Geiseln zutage zu fördern – Informationen, die vielleicht – nur vielleicht – ihrer Freilassung förderlich sein könnten. Edwin sollte als Berichterstatter zwei andere Männer begleiten – Sallys Richard und einen gewissen Leonard Coburn. Ja, und es war vorgesehen, daß er – Edwin – allein von Heathrow in den Nahen Osten flog, um erst dort mit den anderen zusammenzutreffen. Die ganze Sache würde »einige Zeit« dauern. Und er würde möglicherweise nicht sehr oft nach Hause schreiben können.

Genaugenommen hatte er gar nicht geschrieben, aber das war nicht ungewöhnlich. Bei Sally verhielt es sich anders. Richard schrieb ihr normalerweise *jeden* Tag, wenn er unterwegs war, oft sogar zweimal, und er vollbrachte wahre Heldentaten, um dafür zu sorgen, daß seine Briefe sie auch erreichten, selbst wenn er sich auf einem Berg befand oder in einem offenen Boot durch einen politisch unsicheren Teil des Ozeans schaukelte.

»Und deshalb *weiß* ich, daß ich bald von ihm hören werde«, erklärte sie mit Nachdruck. »Er wird einen Weg finden, ganz bestimmt; er hat es noch immer geschafft, auch unter den schwierigsten Umständen. Ich halte einfach jeden Tag Ausschau nach dem Postboten und laufe ihm entgegen, und wenn nichts dabei ist – na schön, ein paar Stunden später kommt schließlich die *nächste* Post.

Seine Mutter macht es ganz krank, daß ich so denke: sie möchte lieber, daß ich so niedergeschlagen bin wie sie. Über diesen Kuchen hat sie sich *schrecklich* aufgeregt, wissen Sie, den Nußkuchen, den Richard so gerne mag. Es hieße das Schicksal herausfordern, sagte sie, wenn ich einen Kuchen für ihn backe, obwohl wir gar nicht wissen, ob er noch am Leben ist.

Aber wir *wissen* es doch, Clare; ich meine, wenigstens *ich* weiß es. Ich habe einfach das sichere Gefühl, daß es ihm gut geht. Daphne – das ist meine Schwiegermutter, sie möchte, daß ich sie Daphne nenne und nicht ›Mutter‹, aber ich vergesse es manchmal, ich finde sie auch ein bißchen zu alt, um einfach Daphne zu sagen, Sie verstehen schon – nun, wie dem auch sei, Daphne findet es offenbar regelrecht *falsch* von mir, so optimistisch zu sein. Aber wie kann es falsch sein? Und überhaupt, was kann man schon für seine Gefühle ...?«

Ja, was? Wieder stieg Neid in mir auf. Es mußte doch himmlisch sein, wenn man so sympathische Gefühle zu unterdrücken hatte anstelle von Groll und Feindseligkeit!

Gleichwohl hatte ich unwillkürlich Verständnis für Sallys Schwiegermutter. In einer derart gefahrvollen Situation mit möglicherweise – sogar *wahrscheinlich* – tragischem Ausgang mußte einem so viel blinder, unvernünftiger Optimismus gelegentlich furchtbar auf die Nerven gehen.

Blinder Optimismus. Manchmal frage ich mich, ob er wirklich so blind ist? Ich bin Menschen wie Sally schon öfter begegnet – Menschen, die selbst in schwersten Krisen, einer Scheidung, dem Verlust des Arbeitsplatzes, Obdachlosigkeit, noch mit einem Lächeln herumlaufen und (ohne jeden Anlaß) darauf vertrauen, daß »sich schon etwas ergeben«, daß »sich früher oder später alles finden« wird.

Diese Haltung *erscheint* grotesk, sinnlos in höchstem Grade: aber ist sie das wirklich? Je eingehender ich solche Menschen beobachte – wie jetzt gerade Sally, desto mehr wächst meine Überzeugung, daß ein derart unvernünftiger Optimismus im Grunde gar nicht unvernünftig, sondern auf einer tieferen, möglicherweise unbewußten Ebene vollkommen rational ist. Nicht, weil sich tatsächlich etwas ergeben wird – das ist eher unwahrscheinlich – sondern vielmehr, weil die betreffende Person innerlich spürt, daß sie über gewisse Eigenschaften verfügt, die sie, ganz gleich, *was* geschieht, aus allen Schwierigkeiten retten werden. Ich sah zu Sally hinüber – ganz entspannt saß sie da, bildschön vor den dunkelgrünen Polstern der Couch, mit jungen, festen Brüsten, die ihr saloppes T-Shirt wie ein sündhaft teures Modell aussehen ließen – und erkannte deutlich, woraus sich ihr unverwüstlicher Optimismus zusammensetzte. Sie war ein ganzes Leben lang geliebt, bewundert und begehrt worden, war davon bis ins Innerste durchwärmt, und etwas in ihr wußte mit absoluter Sicherheit, daß sie, Sally, nichts zu befürchten hatte, ob ihr Mann nun zurückkehrte oder nicht, ob er einen tragisch frühen Tod fand oder ein gesegnetes Alter erreichte. Sie würde wieder geliebt, wieder begehrt werden; ihre eigene Liebes- und Glücksfähigkeit war ungebrochen, denn in ihrem kurzen Leben war nichts geschehen, was sie beeinträchtigt hätte. Sally war ein Mensch, der gar nicht verlieren konnte, und bewußt oder unbewußt spürte sie das.

Spürte es vielleicht auch ihre Schwiegermutter? Vermehrte es noch ihre Qual angesichts der munteren, wirklichkeitsfremden Zuversicht dieses jungen Dings?

Ich wollte diese ältere Frau, die ganz allein und entschlossen den schrecklichen Tatsachen ins Auge sah, gern kennenlernen. Aber noch nicht gleich, erst, wenn ich irgendeine Nachricht für sie hatte. Ich verstand, daß meine scheinbare Passivität und Schwäche, meine Unfähigkeit, Edwin oder einer offiziellen Quelle irgendwelche Informationen zu entlocken, sie ebenso zur Raserei bringen mußten wie der hohle Optimismus ihrer Schwiegertochter.

»Sagen Sie Daphne – sagen Sie Ihrer Schwiegermutter,

daß ich sie *sofort* anrufen werde, wenn ich etwas höre«, bat ich Sally, als die beiden sich verabschiedeten (Barnaby zog triumphierend eine glitzernde Spur hinter sich her, eine blinkende, zuckende Kette aus Büroklammern, die er in mühsamer Kleinarbeit ineinandergehängt hatte). Ich hatte mich schon gefragt, womit er sich wohl die ganze Zeit so still unter dem Tisch beschäftigte, und Sally wahrscheinlich auch, aber wir hatten nicht weiter nachgeforscht, denn es hätte ja etwas sein können, was man ihm verbieten mußte. Und dann hätten wir den kleinen Zappelphilipp wieder am Hals gehabt, und mit dem ungestörten Gespräch wäre es vorbei gewesen.

»Aber ich kann nicht versprechen, wann«, schloß ich, auf den geplanten Anruf bezogen. »Wissen Sie, solange ich nicht selbst mit Edwin gesprochen habe ...«

»Aber selbstverständlich«, versicherte Sally, setzte sich hinter das Steuer ihres Mini und beugte sich nach hinten, um Barnabys Sicherheitsgurte festzuschnallen. »Das wird sie vollkommen verstehen. Und ich habe mich wenigstens *bemüht*, nicht wahr? Ich bin persönlich zu Ihnen gefahren, nun kann sie mir doch nicht mehr vorwerfen, daß ich *gar nichts* tue?«

Mit dieser etwas verwirrenden Erklärung fuhr sie los. Ich kehrte langsam ins Haus zurück, Edwins bevorstehende Ankunft lastete schwer auf mir und verursachte einen Druck unterhalb des Herzens – als hätte ich mir den Magen verdorben.

Zu allem anderen kamen nun auch noch die Büroklammern. Was würde Edwin sagen, wenn sie bis auf ein paar verbogene, völlig unbrauchbare Gebilde alle verschwunden waren? Grundlegender und beängstigender war freilich die Frage, die hinter dieser Überlegung stand: In welcher Verfassung würde Edwin nach Hause kommen? Was für ein Problem stand mir bevor? Wie würde ein Mann, der imstande war, wegen einer deformierten Büroklammer die Nerven zu verlieren und durchzudrehen – wie würde ein solcher Mann die furchterregenden, beispiellosen Leiden überstanden haben, die ihm das Schicksal in den letzten Tagen zugedacht haben mußte?

Das war es, was mich am meisten zermürbte: ich hatte keinerlei Vorstellung, wie sich unser Wiedersehen gestalten würde.

Kapitel 4

Als es schließlich soweit war, traf mich fast der Schlag. Ich sagte eben, ich hätte keinerlei Vorstellung gehabt, was mich erwartete, aber irgendein Bild mußte ich mir doch gemacht haben, denn daß es nicht *das* war, wußte ich sofort.

Der Anruf kam nach dem Lunch. Ich sage, nach dem Lunch, obwohl ich diese Mahlzeit hatte ausfallen lassen, weil ich einfach kein Essen anrühren mochte. Ich war zu nervös, außerdem war dies für wer weiß wie lange der letzte Tag, an dem ich zu Mittag nichts auf den Tisch bringen mußte, und das wollte ich auskosten. Also, der Anruf kam am frühen Nachmittag, und ich begriff gar nicht gleich, daß *er* am Apparat war. Anfangs hörte ich nämlich nur Hintergrundgeräusche, laute Musik... wüstes Gegröle... eine schrill protestierende Frauenstimme: »Aber ich habe nie behauptet, er hätte das gesagt, ich wollte nur...« und dann drang Edwins Stimme durch die Lärmbarriere. Wie gesagt, ich erkannte sie erst nach ein paar Sekunden. Sie klang aufgeregt, strahlend vor Glück.

Edwin und Glück?

»Hast du mich denn nicht *gesehen*, Darling?« waren seine ersten Worte – und ich brauchte einen Moment, um zu begreifen, daß er *mich* damit meinte, er hatte mich schon so lange nicht mehr »Darling« genannt –, »wir waren *live* im Fernsehen! Du weißt schon, in den *News at Noon*. Man hat mich vom Flughafen direkt ins Studio geschleppt. Ich dachte, du hättest... Hat denn niemand...?«

Nein, es hatte niemand. »Mir sagt doch keiner etwas«, scherzte ich. Ich hoffe jedenfalls, daß es wie ein Scherz klang, eigentlich war es eher Sarkasmus, denn um ehrlich zu sein, ich war merkwürdig verletzt. Merkwürdig deshalb, weil meine Liebe zu Edwin, wie inzwischen wohl mehr als deutlich geworden sein dürfte, nicht mehr sonderlich groß war; warum also sollte es mich kränken, wenn er sofort, nachdem er heimischen Boden betreten hat, in ein Fernsehstudio eilt, ohne mich vorher anzurufen? Wieso *sollte* er mich anrufen, frage ich mich. Welche Ansprüche habe ich denn, ich, die ich seiner Ankunft, der Rückkehr zu unserem freudlosen Eheleben voller Zank und Streit mit Grauen entgegensehe? Andererseits *bin* ich, verdammt nochmal, seine Frau...

Aber es hat keinen Sinn, sofort wieder mit besagtem Zank und Streit anzufangen. Freue dich lieber über seine gute Laune und bete darum, daß auch unser häusliches Leben davon profitiert, wenigstens an diesem ersten Abend. Der frische Lachs, die Weinblätter, die Champignons, der Weißwein waren also doch keine schlechte Idee. Ich hatte dies alles mit großen Bedenken eingekauft, denn wenn die Sache schiefging und wir uns Minuten nach seiner Ankunft in die Haare gerieten, wäre die Mahlzeit eine Katastrophe. Es gibt nichts Schlimmeres als einen Streit in Verbindung mit einem Festmahl. Ich weiß das, wir haben es oft genug erlebt.

Also, keine Vorwürfe. Nichts, um seinen Überschwang in diesen ersten Stunden zu dämpfen. Trotz allem wußte ich nicht so recht, was ich sagen sollte.

»Wo *bist* du?« Etwas Besseres fiel mir nicht ein. »Bist du noch beim Sender, oder wie? Soll ich dich vielleicht...«

»Nein, nein, Darling«, kam es hastig zurück (schon wieder »Darling«? Was glaubt er eigentlich, mit wem er spricht?). »Ich weiß nämlich nicht genau... nein, wir sind nicht mehr im Studio, wir sind von dort zu ... (Eine Pause; ich spürte, wie er den Kopf zur Seite drehte und einen Blick auf den Trubel im Hintergrund warf.) Tja, mir fällt gerade nicht ein, wie der Bursche heißt – ist ja auch egal, jedenfalls sind wir in einer Riesenwohnung, irgendwo ganz hoch oben, nichts als Himmel und Fenster – du kennst das ja. Weißer Teppichboden, soweit das Auge reicht ... alle Schikanen ...«

Ich hatte inzwischen gemerkt, daß er ziemlich angetrunken war, aber was machte das schon? Er war *glücklich*, das war das erstaunliche. *Glücklich*! Wenn er nur so bleiben könnte.

Es stimmte nicht ganz, überlegte ich in diesem Moment, daß ich ihn *überhaupt nicht* liebte. Was ich nicht liebte, waren seine Unbeherrschtheit und Nervosität; sein Schmollen und seine Schlaflosigkeit; die Art, wie er auf Jason herumhackte; wie er an allem etwas auszusetzen fand, sein Schimpfen und Jammern; seine Verdrossenheit; seine Unrast, die einen ganz kribbelig machte, sein Selbstmitleid; sein ewiges Suchen nach einem Haar in der Suppe ...

Nicht gerade wenig, was? Viel Liebenswertes bleibt da nicht übrig. Aber etwas eben doch.

»... Alles, was Rang und Namen hat!« frohlockte er. »Alle wollen mich kennenlernen ... Angebote in Massen ... Eine von den Überregionalen ... sechsteiliger Exklusivbericht ... Der Produzent von *Heroes Today* und die Leute von *Back of Beyond* ...«

Ich hatte nicht richtig zugehört, aber allmählich ließ ich mich von seiner Begeisterung anstecken und freute mich mit ihm, soweit das am Telefon und gegen diesen Lärm möglich war.

»Das ist wunderbar ... Großartig ...« schwärmte ich auf

gut Glück. »Aber Edwin, ich weiß noch *gar nichts.* Was ist eigentlich *passiert*? ... Wie bist du...? Hör mal, wann kommst du nach Hause? Ich bin schon so gespannt... und Jason geht's genauso...«

Eine Geräuschwoge erfaßte meine und auch seine Stimme und riß sie mit sich fort, dann wurden wir unterbrochen – vielleicht legte er auch auf –, und ich stand da, den Hörer in der Hand, gebeutelt von den widersprüchlichsten Empfindungen. Die Lachssteaks spielten dabei eine große Rolle. Wann sollte ich sie heute abend in die Pfanne legen? Er konnte wirklich *jederzeit* auf der Bildfläche erscheinen oder auch nicht.

Jason, der etwa eine Stunde später aus der Schule kam, nahm die Nachricht gefaßt auf und bemerkte nur, wenn es bis zum Dinner noch Gott weiß wie lange dauere, brauche er zwischendurch eine Kleinigkeit zu essen, ein paar Rühreier vielleicht? Er war natürlich vorgewarnt, daß sein Vater im Lauf des heutigen Tages nach Hause kommen würde, und hatte darauf weder mit einem wenig glaubwürdigen Freudenausbruch noch mit unschicklicher Bestürzung reagiert. Er hatte es jedoch vermieden, Freunde mitzubringen, und er hatte sich unaufgefordert darangemacht, alles wegzuräumen, woran sein Vater Anstoß nehmen könnte. Seine Bumerangsammlung zum Beispiel (»Rate mal, wen man auf Schadenersatz verklagen wird, wenn du mit so einem Ding jemanden triffst!«) und die Schaubilder für Akupunktur, die seit neuestem die Wand seines Zimmers zierten (ich weiß nicht mehr, was Edwin daran mißfallen hatte, jedenfalls hatte er sich entschieden dagegen ausgesprochen, ohne auf die wissenschaftlichen Erkenntnisse auf diesem Gebiet näher einzugehen). Und dann war da natürlich der Meccano-Roboter, der inzwischen fast fertig war und bereits – mehr oder weniger – ein Tablett mit Getränken herumreichen konnte, vorausgesetzt, die Gläser waren stabil und nur halb gefüllt. Er konnte auch mit unnatürlich ruckartigen Bewegungen ein Stück Fußboden von nicht mehr als einem halben Meter Durchmesser sternförmig fegen, war aber bislang nicht fähig, den dabei entstehenden Halbkreis aus Staub, Flusen und Krümeln mit der Schaufel aufzunehmen. Verbesserungen seien jedoch bereits in Arbeit, versicherte mir Jason; bald würde das Ding eine Fläche von einem Meter im Durchmesser bewältigen, wobei natürlich ein doppelt so großer Halbkreis aus Restschmutz anfiele. Nein, mehr als doppelt so groß; hatte das nicht etwas mit r^2Pi zu tun? Die Frage war müßig, denn bis heute abend mußte das Geschöpf samt allen dazugehörigen mathematischen Problemen in einem sicheren Versteck verschwunden sein.

Kapitel 5

Am nächsten Morgen erwachte ich mit einem Gefühl wie seit Jahren nicht mehr: Ich war über alle Maßen glücklich, ohne zu wissen, warum. Das Gefühl erinnerte mich an etwas – an meine Kindheit vermutlich. Kinder erleben dergleichen viel leichter, weil sie aus Mangel an Erfahrung ohne Rücksicht auf die Umstände oder die Folgen zugreifen, wo immer das Glück sich zeigt. Denn Glück gibt es natürlich *in rauhen Mengen*, es liegt in kleinen Körnchen überall verstreut, aber die Erwachsenen trauen sich meistens nicht, sie aufzuheben. Man weiß ja nicht, wo es herkommt, sagen sie: am Ende holt man sich noch etwas dabei.

Es war noch früh, lange vor Sonnenaufgang, der zu dieser Jahreszeit kurz vor sechs zu erwarten ist. Sekundenlang – eine volle Minute vielleicht – lag ich einfach da und genoß dieses ungewohnte, nicht analysierte Wonnegefühl. Gleich würde mir wieder einfallen, woher es eigentlich kam, und dann würde mir – schließlich war ich jetzt erwachsen – sofort bewußt werden, was dabei alles schiefgehen konnte und wieviel Anstrengung es so oder so kosten würde.

Und tatsächlich, nach und nach setzte die Erinnerung an den gestrigen Abend wieder ein, der so gut – so unglaublich gut verlaufen war. Edwin war in solch euphorischer Stimmung zu Hause angekommen, daß all meine ängstlichen Bemühungen, an diesem ersten Abend jeden Stein des Anstoßes aus dem Weg zu räumen, ihren Sinn verloren. Ich hatte mich auf schlechte Laune eingestellt wie auf einen im Wetterbericht vorhergesagten Hurrikan – der dann nicht eintrifft. Man fühlt sich ziemlich ratlos und zugleich erleichtert, wenn man sieht, wieviel Mühe man sich hätte sparen können.

Denn letzten Endes war Edwin von allem rückhaltlos begeistert. Der Lachs, die Champignons, die Spargelsuppe – alles war perfekt. Nichts, das nicht gar gewesen, nichts, das verkocht wäre; nichts zu heiß ... zu kalt ... zu stark gewürzt oder zu fade. Zum ersten Mal in unserer Ehe erinnerte ihn meine *Crème brûlée* nicht an andere *Crèmes brûlées*, die ihm als Student in Cambridge so gut oder noch besser geschmeckt hatten. Der Weißwein funkelte in unseren besten, langstieligen Gläsern, die Kerzen verbreiteten zu Ehren des Helden ihren Schein – und er redete! Es gab weiß Gott viel zu bereden, aber das hatte ihn sonst nie davon abgehalten, bei lästigen Fragen zu mauern: »Wieso sie den Vertrag aufgelöst haben? Wie soll ich das verstehen? Du gehst einfach davon aus, daß jeder, der sich gegen mich stellt, einen guten Grund dafür haben muß, das wolltest du doch sagen?«

So ungefähr. Aber gestern hatte nichts die befreite, festliche Stimmung unserer kleinen Wiedersehensfeier getrübt. Unsere vielen Fragen und Kommentare wurden begeistert aufgegriffen und so anschaulich, so genau und ausführlich beantwortet, daß jeder, der Edwin nicht kannte, ihn verdächtigt hätte, unter Drogen zu stehen.

Aber ich kannte ihn, und ich wußte, daß er nicht unter Drogen stand, sondern berauscht war vom Ruhm. Denn berühmt war er, wenigstens vorläufig. Gestern Fernsehauftritte und Interviews am Radio; heute weitere Termine ... von seiner Begeisterung darüber profitierte auch unser häusliches Leben, mochte es noch lange so bleiben! Es war herrlich – ein wahres Wunder –, meinen Mann und meinen Sohn einmal so vertraut, so einträchtig in ein Gespräch vertieft zu sehen. Der Schein der Kerzen erhellte flackernd die konzentrierten Gesichter, die funkelnden Augen zu beiden Seiten des Tisches. Jason stellte gezielte Fragen, auf die Edwin die Antworten wußte – genau wie vor langer, langer Zeit, als Jason noch ein kleiner Knirps war. Und diesmal wußte Edwin nicht nur alle Antworten, er war auch der einzige Mensch auf der Welt, der sie wissen konnte.

Wo hast du dich nun mit den beiden anderen getroffen? ... Das war also vor Tagesanbruch? Wer von euch ist gefahren – oder hattet ihr einen Chauffeur? Was ist aus ihm geworden? Wie hat es denn ausgesehen ... als die Stadt aufhörte, meine ich, und die Wüste anfing ... Standen da Hütten oder so? ... Gab es überhaupt noch eine richtige Straße? Mußtet ihr Trinkwasser mitnehmen? Und was war mit dem Treibstoff, Jeeps schlucken doch schrecklich viel, oder? Was habt ihr zu essen mitgenommen, hatte jeder selbst etwas dabei, wie bei einem Picknick? ...

Als ich in diesen frühen Morgenstunden des nächsten Tages die Szene an mir vorüberziehen ließ, fiel mir auf, daß die meisten Fragen – jedenfalls die sachlichen – Jason gestellt hatte. Ich dagegen hatte nur stillvergnügt dabeigesessen und meinen Mann und meinen Sohn beobachtet, die sich zum ersten Mal seit vielen, vielen Jahren – so schien es mir – weder gegenseitig ärgerten, noch aneinander vorbeiredeten. Natürlich hörte ich auch zu, natürlich wollte ich genau wissen, wie die Geschichte vom Anfang bis zum glücklichen Ende verlaufen war, umso mehr, als sie – bislang – nicht für alle ein glückliches Ende genommen hatte. Richard Barlow und Leonard Coburn, Edwins Kollegen, saßen immer noch irgendwo da draußen in der Wüste, in der Gewalt irgendwelcher Leute, vielleicht in Lebensgefahr. Wir waren, wie ich jetzt erst merkte, so sehr mit Edwins eigenen Erlebnissen beschäftigt gewesen, daß wir uns kaum nach den beiden erkundigt hatten. Ich mußte ihn schleunigst dazu bringen, die Lücken zu schließen, denn noch heute früh, wenn auch zu einer christlicheren Zeit, würde ich Sally und ihre Schwiegermutter anrufen müssen, um ihnen alles zu erzählen, was ich wußte. Vorerst lag ich einfach da, wartete darauf, daß zwischen unseren nicht ganz dicht schließenden Schlafzimmergardinen der erste Schimmer der Oktoberdämmerung erschien, und bemühte mich, die Geschichte, die Edwin uns gestern abend zum besten gegeben hatte, im Geiste chronologisch zu ordnen, um den Barlows am Telefon einen einigermaßen zusammenhängenden Bericht liefern zu können. Natürlich mußten sie baldmöglichst zu uns kommen, um selbst mit Edwin zu sprechen. Aber nicht heute. »Ganz unmöglich!« hatte Edwin erklärt – zum ersten Mal seit seiner triumphalen Heimkehr eine Spur despotisch. »Ich sagte doch, Clare, ich muß morgen gleich nach Ealing – der Wagen holt mich noch vor neun hier ab. Danach ist dann die Pressekonferenz ... und zum Lunch bin ich mit dem Agenten verabredet, von dem ich dir erzählt habe. Und du hast doch hoffentlich nicht vergessen, Clare, daß Kanal Sowieso, sobald es geht, hier bei uns ganz privat ein paar Aufnahmen von dir und mir und Jason machen will – du weißt schon, die glücklich wiedervereinte Familie. Dafür müssen wir noch eine Stunde Zeit finden. Und am Abend ...«

Demnach würde es an mir hängenbleiben, Sally und Mrs. Barlow die sehnlichst erwarteten Neuigkeiten mitzuteilen und sie – wenn irgend möglich – über Richards Zukunft zu beruhigen. Denn im Grunde klang Edwins Geschichte, soweit es seine Kollegen betraf, keineswegs beruhigend. Immerhin waren sie beide noch am Leben gewesen, und unverletzt, als er sie zum letzten Mal gesehen hatte. Wenigstens diese gute Nachricht konnte ich Richards Frau und seiner Mutter bringen, aber sie würden natürlich Einzelheiten wissen wollen, alles, woran ich mich erinnern konnte: die Fahrt in die Wüste; die Vorbereitungen ... die Hoffnungen und Ängste; worüber die drei sich während der Fahrt unterhalten hatten – »Haben sie denn überhaupt nicht von *uns* gesprochen?« – und so weiter, und so fort.

Wieviel an solch privaten Dingen hatte Edwins Erzählung eigentlich enthalten? Während die Möbel allmählich in ihren Umrissen erkennbar wurden, schloß ich die Augen, um mir alles noch einmal zu vergegenwärtigen.

Wo sollte ich beginnen? An der Stelle, als Edwins Begleiter gefesselt und mit verbundenen Augen in ein wartendes Fahrzeug gezerrt wurden? Oder früher, als sich die drei, in gespannter Erwartung und zu allem entschlossen, kurz vor Morgengrauen in einer engen kopfsteingepflasterten Gasse getroffen hatten, um sich auf ihre gefahrvolle Mission zu begeben? Vielleicht wäre es am besten, genauso anzufangen, wie Edwin es getan hatte.

Zuerst also die Fahrt in die Wüste. Nein, keine weiten, gelben Sandflächen, wie man es sich meist vorstellt, sondern graues Geröll und graues Gestrüpp, so weit das Auge reichte, übergossen vom perlmuttfarbenen Licht der nahenden Dämmerung.

Nein, sie legten keine Essenspausen ein, sie mußten weiter, sie aßen unterwegs einen Happen und wechselten sich am Steuer ab. Als Edwin an die Reihe kam, stand die Sonne schon hoch über dem riesigen, gewölbten Horizont, und er wurde trotz seiner Sonnenbrille erbarmungslos geblendet.

»Dann müßt ihr direkt nach Osten gefahren sein?« hatte

Jason begierig gefragt. »Direkt im Osten von Al Bahaar läge dann diese Siedlung, wo...«

»Na ja, *direkt* nach Osten, ob so *direkt* weiß ich auch nicht... Ich weiß nur, daß mir die verdammte Sonne direkt auf die Augäpfel brannte... Du hast ja keine Ahnung... wenn diese grellen Strahlen fast waagerecht über die Wüste fallen, ist man völlig blind... Man hat Mühe, den Wagen überhaupt auf der Straße zu halten – von einer Straße konnte man inzwischen sowieso nicht mehr reden, es war nur eine Schneise durch das Gestrüpp. Wir wechselten in einem Turnus von drei Stunden... Es muß später Nachmittag gewesen sein, als...«

Und dann folgte die Beschreibung des Hinterhalts. Sie klang ziemlich genau so, wie wir sie in den Nachrichten gehört hatten, nur war es diesmal natürlich ein Augenzeugenbericht und nicht eine im nachhinein aus einzelnen Hinweisen zusammengesetzte Meldung. Im grellen Licht zeichneten sich plötzlich fünf... sechs Gestalten ab... Es wurden immer mehr, ein Dutzend vielleicht, die flirrende Hitze ließ ihre Umrisse verschwimmen. Schüsse krachten... Der Jeep kippte zur Seite, kam schlitternd zum Stehen... totales Chaos, ohrenbetäubender Lärm, Schreie, aufwirbelnde Staubwolken, die fast die Sonne verdunkelten. Edwin und seine beiden Begleiter hatten sich eine Zeitlang gegen die Angreifer gewehrt, aber die Übermacht war zu groß... ein Dutzend bewaffneter Terroristen gegen drei unbewaffnete Journalisten: binnen weniger Minuten waren alle drei gefesselt, man verband ihnen die Augen und stieß sie in ein Fahrzeug. Stunde um Stunde holperte der Wagen durch unwegsames Gelände, vielleicht auch über primitive Straßen, und erreichte nach Einbruch der Dunkelheit eine kleine Stadt oder ein Dorf, wo jeder der drei in ein anderes Haus getragen wurde. Edwin fand sich in einem Zimmer im oberen Stockwerk wieder, das nur von einer Öllampe erhellt wurde (ja, man hatte ihm die Augenbinde abgenommen, sobald er im Haus war). Es gab kaum Möbel, das schmale, hohe Fenster war mit Brettern vernagelt. Dem seltsam schmeckenden Eintopf, den man ihm brachte, hatte man wohl etwas beigemischt, denn als er wieder zu sich kam, war es heller Morgen, durch die Ritzen der verbretterten Fenster schien die Sonne, und er lag auf den blanken Dielen – wo er vermutlich die ganze Nacht tief und fest geschlafen hatte. Jemand kam mit Frühstück – oder war es Mittagessen? – und redete mit ihm, stellte ihm Fragen in einer Sprache, die er nicht verstand... Später wiederholte sich das Spiel mit einem zweiten Mann... schließlich mit einem dritten. Dieser letzte konnte offenbar ein paar Worte Englisch, denn er radebrechte: »Morgen wir fragen wieder: morgen du antworten. Ja, du antworten. Morgen du müssen antworten...«

Als es hinter den Fensterritzen dunkel wurde, brachte man ihm wieder die Öllampe und eine Schale jener Suppe mit dem sonderbaren Geschmack, aber diesmal aß er sie nicht. Er hatte in dieser Nacht einiges vor, und dazu mußte er seine fünf Sinne beisammen haben.

Es war ein Risiko, ein schreckliches Risiko, aber als das nächste Mal einer der Bewacher ins Zimmer kam, um das Geschirr abzuholen, fuhr Edwin herum, als habe er sich erschreckt, und stieß dabei mit einer schnellen Bewegung die Lampe zu Boden. Auf den ölgetränkten Holzdielen breiteten sich die Flammen beängstigend schnell aus.

Der Wächter schrie entsetzt auf, stürzte die Treppe hinunter und rief Worte, die wohl so etwas wie Feuer! Feuer! bedeuteten. Edwin folgte ihm dicht auf den Fersen, und als nun ein heilloses Durcheinander ausbrach und alles mit Wassereimern ein und aus lief, gelang es ihm, durch die äußere Tür in die Nacht hinauszuschlüpfen.

An dieser Stelle, fiel mir jetzt ein, hatte das neue, ebenso erfreuliche wie unerwartete Einvernehmen zwischen Vater und Sohn einen ganz kleinen Knacks bekommen.

»Aber Dad«, hatte Jason unterbrochen. »Wie konnte sich das Paraffin denn so leicht entzünden? Ich meine, ein dünner Film auf dem Fußboden eines ganzen Zimmers... Es war schließlich kein Benzin oder...«

»Du meine Güte, Jason, woher soll *ich* wissen, was das für ein Zeug war? Paraffin? Kerosin? Hätte ich vielleicht einen Chemiebaukasten mitnehmen und es analysieren sollen? Glaube mir, mein Junge, wenn man sich in einer solchen Lage befindet – was Gott dir ersparen möge –, überlegt man nicht lange –!«

»Na klar, Dad! Ich wollte auch nicht... Ich dachte ja nur...« Jason stockte, und ich merkte, daß er über diesen Rückfall seines Vaters in die alte Besserwisserei ebenso bestürzt war wie ich. Der Junge beeilte sich, den Schaden wiedergutzumachen.

»Also weiter, Dad. Du konntest also aus der Tür schlüpfen... und dann...?«

»Und dann«, Edwin ließ sich bereitwillig beschwichtigen – wer den Beleidigten spielt, kann schließlich sein Publikum nicht fesseln – »dann, nun, dann machte ich mich rar, nicht wahr? Ich verschwand in der Dunkelheit. Das war übrigens nicht allzu schwierig, denn inzwischen war alles in heller Aufregung – mit Schläuchen, Eimern und so weiter unterwegs –, alle schrien sich an, und das halbe Dorf war zusammengelaufen und gaffte.

Schwieriger war es freilich, den Rest der Nacht herumzubringen. Ich konnte nicht einfach weglaufen, ohne mich um Richard und Leo zu kümmern, und so mußte ich möglichst in der Nähe bleiben, durfte mich aber nicht sehen lassen. Ich verhielt mich ganz still ... schlich herum ... spähte durch Fenster und lauschte an jedem Gebäude, ob drinnen vielleicht Englisch gesprochen wurde. Zum Glück war es finstere Nacht, nur die Sterne am Himmel, kein Mond, und deshalb ...«

»Aber Dad ...« begann Jason, doch dann überlegte er es sich anders. Ich beobachtete sein Gesicht im letzten Schein der erlöschenden Kerze und sah, wie er sich eines anderen besann.

Ich war froh darüber. Nicht daß ich seinerzeit erraten hätte, was er hatte sagen wollen, aber ich wußte bereits, daß es besser ungesagt blieb, was immer es auch war.

Auf diese Weise gelang es, Edwins gute Laune zu bewahren, und wir tranken zum Abschluß des festlichen Abends noch einen Likör, der – o Wunder aller Wunder! – von Raymond serviert wurde. Hatte ich schon erwähnt, daß Jason seinen halbfertigen Roboter Raymond getauft hatte? Nun, er hieß jedenfalls so, und Edwin hatte sich nicht nur den Namen gemerkt, sondern tatsächlich darum *gebeten*, das Ding anzuwerfen und es zur Feier dieses ganz besonderen Tages als Schankkellner einzusetzen.

Kapitel 6

Sally und ihre Schwiegermutter standen schon auf der Treppe vor der Haustür und hielten nach mir Ausschau. Die Fahrt hatte länger gedauert als erwartet, und ich hatte Mühe gehabt, einen Parkplatz zu finden – dabei hätte ich den Wagen ohne weiteres auf dem Grundstück abstellen können, denn hinter dem Gartentor begann ein breiter Kiesweg. Der Garten wirkte sehr viel imposanter, als ich es mir vorgestellt hatte. Die Auffahrt führte im Bogen um ein liebevoll gepflegtes Rasenoval herum, frisch gemäht, ohne ein einziges, welkes Blatt, die taufeuchten, gleichmäßig gestutzten Grashalme glitzerten in der Morgensonne. In einer breiten Staudenrabatte leuchteten bunte Herbstblumen – Dahlien, Astern, Goldruten – vermischt mit dichten Knäueln der unverwüstlichen scharlachroten und goldgelben Kapuzinerkresse. Dicht neben der Haustür blühten lachsrosa, dunkelrote und zartgelbe Edelrosen in Fülle; ich roch ihren betörenden Duft, als ich über den Kies eilte und mich schon von weitem für alles entschuldigte: dafür, daß ich erst so spät kam, daß ich Edwin nicht mitgebracht hatte, daß ich nur so wenig wußte – während meine beiden Gastgeberinnen höflich lächelnd mit ausgestreckten Händen auf mich zukamen, mich begrüßten und doch wahrhaftig die gesellschaftlichen Formalitäten über jene existenziellen Fragen stellten, die mich hergeführt hatten.

Eigentlich ist das ganz normal; man erlebt es auf jeder Beerdigung. Selbst den Polizisten, die mit der Unglücksbotschaft an der Tür klingeln, dankt man höflich und bietet ihnen eine Tasse Tee an.

»Ich mache uns eine Tasse Kaffee«, erbot sich Sally, als wir die riesige Halle mit dem spiegelblanken Parkettboden und den zottigen, mattweißen Teppichen durchquerten. Vor einer Tür blieb sie stehen und drehte sich um. »Im Salon oder in der Bibliothek?« fragte sie ihre Schwiegermutter. Kein Zweifel, das Haus versprach, sich als ebenso weitläufig und elegant zu erweisen wie der Garten, den ich ja bereits gesehen hatte.

»Ach – in der Bibliothek«, antwortete Mrs. Barlow prompt und fügte, zu mir gewandt, hinzu: »Eigentlich ist sie Richards Allerheiligstes, aber Sally und ich halten uns gern dort auf, wenn er nicht da ist. Sie hat nämlich Morgensonne. Kommen Sie.« Sie führte mich in einen ansprechenden Raum mit Unmengen von Büchern, durchaus behaglich möbliert, aber deutlich erkennbar als Arbeitszimmer genützt. Tonangebend war ein großer, zweckmäßiger Schreibtisch mit Schreibmaschine, Telefon und einem Sortiment von ordentlich gestapelten und mit Merkzetteln versehenen Zeitungen und Zeitschriften.

Neid stieg in mir auf. So hätte auch Edwins Arbeitszimmer aussehen können, wenn er es jemals aufgeräumt, jemals eine Arbeit beendet oder jemals etwas weggeworfen hätte. Ich spreche von all den Briefen, von denen er *wußte*, daß er sie nie beantworten, von all den Zeitschriften, von denen er *wußte*, daß er sie niemals lesen würde – wozu sie aufbewahren? Ganz zu schweigen von den veralteten Aktenordnern, die von anderen, noch nicht veralteten, aus dem Aktenregal verdrängt worden waren, oder von den Bergen von Zeitungen, die alle irgendeinen kontroversen Artikel enthielten oder eine wichtige Statistik für ein Projekt, mit dem Edwin sich anno 1977 beschäftigt hatte... Nun, die Menschen sind verschieden, das ist eine Binsenweisheit. Manche Männer sind von Natur aus ordentlich, während andere das ganze Haus als gigantische Ablage betrachten. Man muß eben mit dem zurechtkommen, was man geheiratet hat.

Ich hatte mit Mrs. Barlow – Daphne – bereits am Telefon gesprochen, aber nun stand sie zum ersten Mal leibhaftig vor mir, und mein erster Eindruck – eine ehrfurchtgebietende Persönlichkeit – bestätigte sich. Sie hatte das faltige, wettergegerbte Gesicht einer Frau, die ein schwieriges Leben tatkräftig und ohne Jammern gemeistert hatte und wenig Verständnis für irgendwelche Flausen aufbrachte. Ich fragte mich flüchtig, ob sie es da mit ihrer Schwiegertochter nicht recht schwer hatte. Daß zwischen den beiden eine gewisse Spannung bestand, hatte ich bereits bei unseren zwei oder drei Telefongesprächen gespürt. Ich schätzte Daphne auf mindestens siebzig, aber sie wirkte sehr dynamisch und entschlossen, als sie nun in ihren blendend weißen Turnschuhen im Zimmer umherging, Stühle zurechtstellte und zum Kaffeetrinken einen niedrigen Tisch heranzog. Sie trug braune Cordhosen und einen weißen Rollkragenpulli: die ganze Aufmachung hätte eigentlich viel besser zu einem Teenager gepaßt, trotzdem machte sie nicht den Eindruck eines alten Schafs, das sich als Lämmchen verkleidet hatte. Vielleicht lag das an ihrer immer noch schlanken Figur und an den lebhaften Bewegungen – oder war es eine allgemeine Zeiterscheinung? Ich meine, wie kleidet sich denn heutzutage ein Schaf beziehungsweise ein Lämmchen? Historisch gesehen ist es ein Kennzeichen alter Damen, daß sie immer noch das tragen, was zu ihrer besten Zeit Mode war. So hoben sich etwa in den Goldenen Zwanzigern die Alten durch ihre langen Röcke aus der Zeit Edward VII. deutlich von den kurzberockten Jungen ab. Aber was war zu den besten Zeiten der heutigen alten Damen modern gewesen? Die

Uniform des Weiblichen Hilfscorps? Sackkleider? Hot Pants? Miniröcke? Pfennigabsätze? T-Shirts mit der Aufschrift »I Love Elvis«? In Wahrheit haben es die Modeschöpfer in den letzten Jahrzehnten endlich doch zu weit getrieben und sich selbst ruiniert, indem sie die Trends so schnell wechselten, daß die Frauen einfach aufgaben.

Dank des technischen Fortschritts, der immer schnellere Veränderungen ermöglichte, mußte es ja einmal so kommen.

»Der Alptraum jedes Modeschöpfers ist es, daß die Frauen eines Tages nur noch tragen, was ihnen gefällt«, klagte einer der Topdesigner der dreißiger Jahre, und der Mann scheint wahrhaft ein Prophet gewesen zu sein.

Weiß oder schwarz? Milch oder Sahne? Zucker? Schokoladenkekse oder Löffelbiskuits? Und dann endlich: Und Edwin?

Ich hatte natürlich bereits am Morgen kurz telefonisch Bericht erstattet, aber das reichte erwartungsgemäß nicht aus; sie hatten noch immer unzählige Fragen... so viele Kleinigkeiten, die sie gerne von Edwin selbst erfahren hätten. Schade, betonte Mrs. Barlow, wirklich jammerschade, daß mein Mann keine Zeit gefunden hatte, mich heute morgen zu begleiten.

Es *war* schade, da war ich ganz ihrer Meinung.

»Es stehen so viele Interviews an«, erklärte ich. »Unzählige Leute wollen mit ihm sprechen...« Ich merkte, wie ich immer schneller redete und unaufhaltsam all jene Ausflüchte herunterrasselte, mit denen Frauen auf der ganzen Welt das Fehlverhalten ihrer Männer zu verbergen suchen. Er sei untröstlich, versicherte ich ihnen, aber der Besuch habe sich wirklich nicht einschieben lassen, jedenfalls nicht an diesem Vormittag; es gibt so vieles, was er *sofort* erledigen muß... Sobald er auch nur ein paar Minuten erübrigen kann, liegt ihm nichts mehr am Herzen...

In Wirklichkeit gab es natürlich genügend Dinge, die ihm mehr am Herzen lagen. Sein Auftritt in der *Mick Dawson Chat Show* zum Beispiel... der Lunch mit diesem neuen Agenten, der im Begriff war, die Leute von *Today and Tomorrow* zu interessieren, und dann die Party, zu der wahrscheinlich auch der Produzent von *Man of the Week* kommen würde... Ja, es gab schrecklich viele Dinge, die Edwin mehr am Herzen lagen, als quer durch London zu fahren, um sich von zwei neurotischen Frauen ins Kreuzverhör nehmen zu lassen.

Edwin hatte Sally und ihre Schwiegermutter sofort für neurotisch erklärt, obwohl er sie nie kennengelernt hatte. Ob sich dieses Urteil auf Bemerkungen stützte, die Richard auf der Reise über seine Frau und seine Mutter gemacht hatte, oder ob (was wahrscheinlicher war) Edwin unter einer Neurotikerin einfach jede Frau verstand, die etwas von ihm wollte, was ihm nicht behagte, wußte ich nicht mit Sicherheit, aber wie dem auch sei, es änderte nichts an meiner jetzigen Aufgabe: den beiden nämlich bis ins kleinste alles zu schildern, was Edwin mir über die Fahrt in die Wüste und ihren katastrophalen Ausgang erzählt hatte. Vor allem wollte ich den verängstigten Frauen versichern, daß (soweit Edwin hatte sehen können) keiner seiner Begleiter bei dem Zusammenstoß getötet oder schwer verletzt worden war: allem Anschein nach waren die Entführer nur an Geiseln, nicht aber an der Ermordung oder Verstümmelung ihrer Opfer interessiert.

»Aber hatten sie denn keine Waffen dabei?« fragte Sally mit großen Augen. »Ich meine, wenn Richard eine Pistole gehabt hätte, hätte er sich doch bestimmt niemals...«

Einen Moment lang war ich ratlos. Edwin hatte sich über Waffen doch gar nicht weiter ausgelassen? Gehörten Pistolen für Berichterstatter in Krisenregionen zur normalen Ausrüstung? Oder doch nicht? Zu meiner Erleichterung schaltete sich Mrs. Barlow ein und enthob mich einer Antwort.

»Sally, Liebes, ich glaube, das war keine sehr kluge Frage. Ein Reporter soll Fakten sammeln und die Menschen zum Reden bringen, aber er soll sie nicht erschießen.« Dann wandte sie sich an mich und fragte übergangslos: »Hatte Richard seine Herztabletten dabei? Das ist meine größte Sorge, daß er vielleicht die ganze Zeit nichts eingenommen hat.«

Herztabletten? Bei einem Mann, der sich auf ein solches Abenteuer einließ? Ich verbarg mein Erstaunen und erklärte, davon habe Edwin wohl nichts gewußt – wie sollte er auch, es sei denn, Richard hätte ihm davon erzählt?

»Und das hätte Richard niemals getan«, unterbrach Sally. »Du *kennst* ihn doch, Mutter-ich-meine-Daphne. Er hat es immer *gehaßt*, wenn jemand über sein schwaches Herz Bescheid wußte – bei mir ganz *besonders*, deshalb tue ich immer so, als hätte ich keine Ahnung. Na ja, nicht nur deshalb, in Wirklichkeit hasse ich es genauso wie er, und so haben wir – na ja, er nimmt die Tabletten nur, wenn ich nicht hinsehe, und ich sehe nicht hin, wenn er sie nimmt. Damit ist es irgendwie okay.«

»Irgendwie«, wiederholte Mrs. Barlow trocken. »Jedenfalls für Sally...« und dann, an ihre Schwiegertochter gewandt: »Sally, Liebes, ich glaube, du mußt Barnaby vom Kindergarten abholen. Es ist schon Viertel vor. Ich kümmere mich inzwischen um das Essen. Sie bleiben doch zum Lunch?« fuhr sie fort und sah mich freundlich an. »Normalerweise essen wir mittags nur eine Kleinigkeit.« Und als ich mich murmelnd bedankte und nachdrücklich beteuerte, auch bei mir gebe es mittags immer nur einen Happen, fügte sie lächelnd hinzu: »Ausgenommen den Nachtisch. Ein ordentlicher Nachtisch muß sein – heute gibt es Biskuitauflauf mit Sirup, ein Druckmittel, damit Barnaby seinen Salat ißt. Er haßt Salat, wie alle Kinder, aber er muß sich daran gewöhnen, denn in der Schule bringen sie heutzutage nichts anderes mehr auf den Tisch. Und dann wundern sie sich, wenn die Kleinen die Mittagspause schwänzen!... Was ist, Liebes, hast du etwas vergessen?«

Sally war in einer flotten, kanariengelben Jacke mit schwarzem Seidenschal zurückgekommen und suchte hektisch das ganze Zimmer ab.

»Die Autoschlüssel? – Da sind sie, Liebes, du hast sie neben das Telefon gelegt.« Als die Haustür zum zweiten Mal hinter ihrer Schwiegertochter zufiel, wandte sich Daphne (sie hatte mich gebeten, sie beim Vornamen zu nennen) wieder mir zu, zuckte die Achseln und lachte leise.

»Sie ist schon ein kleiner Wirrkopf, unsere Sally, aber wir haben uns daran gewöhnt. Selbst Barnaby weiß, daß sie jedesmal binnen einer Minute zurückkommt, weil sie etwas vergessen hat, und fängt erst zu weinen an, wenn er die Tür zum *zweiten* Mal zufallen hört. Kinder denken sehr praktisch, finden Sie nicht? Sie stellen sich so bereitwillig auf das ein, was *ist*, ohne sehnsüchtig nach dem zu schielen, was sein *sollte*... Wie wär's mit einem Glas Sherry? Ich bin gleich wieder bei Ihnen, ich muß nur nach dem Auflauf sehen, er soll nämlich sieden, aber nicht kochen...«

Beim Sherry kamen wir noch einmal auf Richard zu sprechen und auf seine Chancen, freigelassen zu werden – oder gegebenenfalls fliehen zu können, und ich schilderte die

Lage natürlich in den rosigsten Farben. Schließlich habe Edwin die Gefangenschaft unverletzt überstanden, erklärte ich, und das lasse doch hoffen, daß dies auch für die anderen gelten würde. Was immer das Motiv für die Entführung gewesen sei, es treffe vermutlich auf alle drei gleichermaßen zu.

»Ja... Ja, ich weiß; das sage ich mir ständig, seit ich hörte, daß Ihr Mann in Freiheit ist. Ich habe mich natürlich um Ihretwillen sehr gefreut, und ich sehe jetzt auch für Richard weniger schwarz. Sehr viel weniger. Außerdem habe ich natürlich Sally, und sie ist ein kleiner Sonnenschein, wie er im Buche steht! Wie Ihnen nicht entgangen sein dürfte, ist sie *vollkommen* überzeugt davon, daß mit Richard alles gut wird. Andererseits glaubt Sally immer, alles müsse nach ihrem Willen gehen. Sie findet es lästig, wenn etwas schiefläuft.« Sie hielt inne und heftete, während sie nachschenkte, ihre großen, ziemlich vorstehenden grauen Augen starr auf die dunkelrote Flüssigkeit in der Karaffe. Schließlich fuhr sie mit einem gezwungenen Lächeln fort: »Sally ist eine richtige Kindfrau; Richard gefällt es so – na schön, ich habe nichts dagegen. Er ist nämlich ein gutes Stück älter als sie – mehr als zwanzig Jahre – und anfangs hatte ich Bedenken wegen des riesigen Altersunterschieds und auch, weil Sally – nun, sie ist ein liebes Mädchen, aber nicht unbedingt mit überragenden Geistesgaben gesegnet, nicht wahr? Nun, ich habe mich gefragt, ob die beiden nach einer Weile nicht feststellen würden, daß sie eigentlich nicht viel verbindet – keinerlei gemeinsame Interessen. Aber wie sich herausstellt, haben sie doch ein gemeinsames Interesse, nämlich dafür zu sorgen, daß für Sally niemals etwas schiefläuft...«

Hier hielt sie wieder inne, vielleicht weil sie das Gefühl

hatte, gegenüber einer nahezu Fremden wie mir zu offenherzig gewesen zu sein. Doch dann fuhr sie fort: »Mein Sohn hat bereits eine sehr unglückliche Ehe hinter sich, müssen Sie wissen. Seine erste Frau hatte nur ihre Karriere im Sinn und wollte auf keinen Fall Kinder. Ich konnte ihren Standpunkt natürlich verstehen, sie war sehr begabt und hatte einen hervorragenden Posten in einer großen Werbeagentur; aber ich verstand auch Richard. Er wünschte sich einen Sohn ... und vermutlich auch eine nette, kleine Frau, die nach diesen manchmal doch sehr aufreibenden Einsätzen zu Hause auf ihn wartete. Genau das hat er bekommen. Und obendrein noch einen reizenden kleinen Jungen. Er vergöttert sie alle beide – betet sie regelrecht an –, und das macht mich natürlich sehr glücklich. Wenn nur ...«

Hier wurde unser trautes Zwiegespräch unvermittelt gestört, man hörte die Haustür zufallen, und in der Halle verkündete eine schrille Stimme, ihr Besitzer habe das besteste Häschenbild gemalt, viel bestester noch als das von Paul, Pauls Häschen war blau, »Blau is' doof, nicht, Mummy? Häschen sind nicht blau ...«

Nachdem das braune Häschen gebührend bewundert worden war – mir erschien das Blatt Papier für das winzige Gekrakel mit braunem Farbstift unverhältnismäßig groß –, gingen wir alle zum Lunch. Der Eßtisch mit der blauweiß karierten Decke stand in einer großen, umwerfend sauberen Küche voller blitzender, arbeitssparender Geräte. Nun, auch unsere Küche ist voll mit arbeitssparenden Geräten, aber die Zeit, in der sie blitzten oder irgendwelche Arbeiten ersparten, ist lange vorbei. Wenn Edwin nämlich einen seiner Anfälle von guter Laune hat, verfällt er gern in einen Spartaumel und sucht in Gebrauchtwarenläden und auf den Anschlagtafeln der örtlichen Zeitungshändler nach Sonderangeboten; noch am gleichen Nachmittag schleppt er dann zusammen mit zwei kräftigen Burschen einen Riesenapparat an, und erst, nachdem sie das Ding unter lautem Quietschen seiner rostigen Scharniere auf seine gedrungenen, abgestoßenen Füße gestellt haben, wird offenbar, daß die Stromkabel den modernen Sicherheitsbestimmungen nicht mehr entsprechen, daß ein wichtiges Ersatzteil fehlt und sich nicht mehr auftreiben läßt oder daß das ganze Gerät zehn Zentimeter breiter ist als die Nische, die Edwin dafür vorgesehen hatte.

Sie fragen sich vielleicht – wie manche meiner emanzipierteren Freundinnen –, warum ich nicht hin und wieder auf ihn losgehe und brülle: »Schaff das verdammte Ding aus meiner Küche!« Aber Sie dürfen nicht vergessen, daß Edwins Anfälle von guter Laune in unserem Haus so kostbar sind wie Goldstaub und daß man sie nicht zerstören darf, indem man seinen kostbaren Neuerwerbungen einen so unfreundlichen Empfang bereitet.

Außerdem lernt man, damit zu leben, und sie bieten immerhin zusätzliche Abstellflächen. Die Weihnachtskarten vom letzten Jahr ruhen zum Beispiel immer noch unsortiert in der Schale des Apparats, der eigentlich Milch und ungesalzene Butter zu Sahne verquirlen sollte; und auf dem Mikrowellengerät mit dem fehlerhaften Kabel bewahre ich die Töpfe auf, die zu eingebrannt sind, um sie noch zu verwenden, aber nicht eingebrannt genug, um sie wegzuwerfen.

Ordnung ist das halbe Leben, wie unsere Großmütter zu sagen pflegten.

Wir waren mit dem Essen fast fertig – eben war der dampfende Biskuitauflauf in all seiner goldgelben Pracht aufgetragen worden –, als Sally plötzlich herausplatzte: »Oh! Dabei fällt mir etwas ein!« (Ich kam nie dahinter, wieso gerade der Auflauf sie an diesen Vorfall erinnerte.) Die Frau von diesem Leonard hat angerufen. Sie hatte eine wichtige Frage und wollte, daß wir vor zwölf zurückrufen, solange Clare noch hier ist. Aber Clare ist ja immer noch hier, und deshalb ... Na ja, tut mir leid – ich hätte es Ihnen früher sagen sollen.«

Ja, verdammt, das hättest du, dachte ich, und ein Blick auf Daphnes verächtlich geschürzte Lippen verriet mir, daß sie genau das gleiche dachte.

Die Frau von diesem Leonard. Das war natürlich Jessica, Leonard Coburns Frau. Meines Wissens hatte sie bisher noch keine Anstalten gemacht, mit mir oder Sally in Kontakt zu treten, und ich hatte zwar versucht, sie anzurufen, aber ohne Erfolg. Das Telefon schrillte so endlos lange durch das sturmumtoste Farmhaus der Coburns an der Küste von Norfolk, daß ich schließlich den Schluß zog, sie müsse weggefahren sein – vielleicht, um in dieser schweren Zeit bei Verwandten Beistand zu suchen. Nun kam mir jäh der Verdacht, sie könnte sich als einzige von uns drei Ehefrauen nach Beirut durchgeschlagen haben, um – nun ja, was man tun *konnte*, weiß ich auch nicht, aber trotzdem, schon für den Versuch hätte sie einen Orden verdient. Und vielleicht hatte sie ja tatsächlich etwas erfahren?

Wenn ja, so war es uns nicht beschieden, es an diesem Tag zu hören. Wieder schrillte das Telefon endlos durch das leere Haus. Wir hatten uns wohl zu lange Zeit gelassen, und Sally, die schließlich daran schuld war, wiederholte, es täte ihr leid, schrecklich leid, aber schließlich könnten wir es ja später noch einmal probieren, nicht wahr? Mit diesem unbefriedigenden Ergebnis kehrten wir geknickt zu unserem allmählich abkühlenden, goldenen Auflauf zurück.

Kapitel 7

Als ich kurz nach vier nach Hause kam, war Edwin bereits da. Freilich nicht leibhaftig, sondern auf dem Bildschirm, eifrig die Lippen bewegend. Ich schaltete den Ton nicht gleich an, um mir von seinen Äußerungen nicht die Freude verderben zu lassen, es war zu schön, ihn so guter Laune zu sehen.

Doch sobald der Ton lief, merkte ich, daß die Dinge nicht zum besten standen. Der Interviewer hatte Edwin im Visier. Ich hatte diese Technik schon einmal beobachtet – vielleicht sogar bei demselben Interviewer? Jedenfalls sah er ihm sehr ähnlich – ein jugendlicher, aber nicht mehr ganz junger Mann, nicht direkt dick, aber wie aufgeschwemmt vom Wohlleben und vom sozialen Aufstieg. Gewöhnlich werden solche Interviews angesetzt, wenn jemand der Ansicht ist, irgendein armer Teufel sei bisher zu gut weggekommen und brauche einen kleinen Dämpfer. Ich zitterte um meinen armen Edwin. Dem war er sicher nicht gewachsen. Von den letzten zwei oder drei hektischen Tagen einmal abgesehen, hatte er keinerlei Erfahrung mit Fernsehauftritten und war ganz und gar unfähig – soviel war schon jetzt deutlich –, Fangfragen geschickt zu parieren. Ob er überhaupt merkte, daß dieser aalglatte Profi in diesem Moment zum Todesstoß ansetzte?

»Sie haben sich also verdrückt und Ihre Gefährten ihrem Schicksal überlassen – das wollten Sie doch sagen?« Der Interviewer lauerte mit schläfrig gesenkten Lidern darauf, daß Edwin sich aus der Fassung bringen ließ.

Und der arme Edwin tat ihm natürlich den Gefallen.

»Hm – na sowas ...! Also nein, hören Sie mal, so war das aber nicht!«

»Inwiefern?« Jetzt lächelte Edwins Peiniger, es war ein leichter Sieg gewesen. »Soll das heißen, Sie haben sie *nicht* verlassen? Aber Sie erzählten uns doch eben ...«

»Ja, ja, sicher – ich meine, mir blieb doch gar nichts anderes übrig. Ich habe mich wirklich bemüht – wie schon gesagt ... aber ich wußte nicht, wo sie ... und es wurde schon bald Tag. Man hätte mich sofort wieder gefaßt, wenn ich ...«

»Ja, ja, gewiß, dafür haben wir alle Verständnis. Wahrscheinlich hätte ich genauso gehandelt, ich will nicht behaupten, daß ich ein Held bin. Immer mit der Ruhe, Eddie!« (Ja, inzwischen nannte alle Welt ihn »Eddie«, außer seiner Familie und seinen Freunden.) »Nur keine Aufregung, beruhigen Sie sich, kein Mensch denkt daran, Ihnen einen Vorwurf zu machen. Wir wollen nur den Ablauf klarstellen, einverstanden? Sie hatten Angst, wieder gefangengenommen zu werden, und deshalb haben Sie sich verdrückt. Allein. Solange es noch dunkel war. Richtig? Das wäre dann wohl am Dienstag gewesen?«

Ich sah, wie Edwin kaum merklich zusammenzuckte. *Dienstag?* dachte er; und dann nickte er.

»Ja, Dienstag.«

»Schön, Sie sind also den ganzen Dienstag bis in die Nacht hinein – die Nacht zum Mittwoch – durch die Wüste gewandert. Richtig? Wie war es denn, Eddie, so allein in der Wüste bei Nacht? Wie haben Sie sich da gefühlt?«

Edwin hatte sich wieder gefangen. Man sah ihm an, daß er glaubte, wieder festen Boden unter den Füßen zu haben, und da stand er nun, schilderte Millionen von Zuschauern die Szene mit fast den gleichen Worten wie Jason und mir, und geriet richtig ins Schwärmen, als er auf die samtene Schwärze des Himmels und das strahlende Funkeln der Sterne zu sprechen kam.

Der Interviewer warf einen flüchtigen Blick auf ein Schriftstück, das ganz zufällig gerade zur Hand war.

»Scheint so, als hatten wir Dienstag nacht Vollmond«, bemerkte er gedehnt. »Komisch, daß dann der Himmel so schwarz war und die Sterne so funkelten. Man hätte eher gedacht...«

Was nun? Oh, armer Edwin...!

Zuerst starrte er nur ins Leere, und sein Mund ging geräuschlos auf und zu. Dann konterte er: »Sie vergessen, daß ich mich zweitausend Meilen weiter östlich befand. Hier in England mag ja Vollmond gewesen sein, aber wo ich war...«

Ich schlug die Hände vors Gesicht, um nicht Zeuge der Demütigung zu werden, die auf diesen Schwachsinn folgen mußte. Armer Edwin! Armer Edwin, jetzt bist du am Ende...!

Doch als ich meine Hände vorsichtig wieder herunternahm und einen Blick auf den Schirm wagte, sah ich zu meinem Erstaunen, daß nicht Edwin ins Schleudern geraten war, sondern der Interviewer. Dieser hochbezahlte Profi, dieser siegessichere Erfolgsmensch überlegte verzweifelt, ob nun der Mond überall auf der Welt in derselben Phase zu sehen ist oder nicht. Der Mann konnte einem leid tun. Schließlich waren wohl einige Jährchen vergangen, seit die Lehrerin in der Schule etwas über Gezeiten und Mondphasen erzählt und geduldig mit ihrem Stab auf die Schaubilder gezeigt hatte. Und nach der Grundschule hatte es natürlich nie wieder einen Grund gegeben, über den Mond nachzudenken oder ihn sich auch nur anzusehen, wozu auch?

Schließlich arbeitete er in Gottes Namen nicht bei *Sky at Night*, sondern in der Abteilung Tagesgeschehen! Die ganze Sache ging wirklich etwas unter die Gürtellinie – es war, als habe Edwin ein Foul begangen und sei damit ungestraft durchgekommen.

Guter alter Edwin! Ich würde also doch auf der Seite des Siegers stehen!

Seite? Mich auf eine Seite stellen? Weshalb? Gegen wen?

Eigenartig, wie unerwünschte, uneingestandene Zweifel manchmal im Bewußtsein umhertreiben wie ein Schiff voller Flüchtlinge, die man nicht haben will und nirgendwo landen läßt, die aber ständig aufdringlicher werden und sich nicht mehr abweisen lassen. Und wenn einem dann ein Licht aufgeht, ist es kein Schock mehr, weil man erkennt, daß man im Grunde schon die ganze Zeit etwas geahnt hat.

Nicht, daß mir die Episode mit dem Vollmond schon endgültig die Augen geöffnet hätte; das war nur eine weitere kleine Ungereimtheit in Edwins Bericht über seine Erlebnisse, der so viele Lücken aufwies und in dem so viele Kleinigkeiten nicht zueinander paßten, wie zum Beispiel Edwins glänzende Verfassung nach all den Aufregungen und Strapazen. Er war zusammengeschlagen, zwei Tage lang gefangengehalten und verhört worden; man hatte ihm eine starke Dosis einer rätselhaften Droge eingeflößt; er war unter abenteuerlichen Umständen geflohen und mutterseelenallein ohne einen Tropfen Wasser vierzig Meilen weit durch die Wüste gewandert: nach alledem mußte ein Mann doch ziemlich angegriffen und erschöpft wirken, wenn er nach Hause kam?

Ein Mann wie Edwin, meine ich. Natürlich weiß ich, daß es Menschen gibt, die zwanzig Meilen durch haiverseuchte Gewässer schwimmen, um dann sonnengebräunt den Fluten zu entsteigen und lächelnd zu erkären, es sei nichts dabei gewesen, das hätte jeder gekonnt.

Aber nicht Edwin, glauben Sie mir. Edwin kann nämlich so viele Dinge nicht vertragen, und ich bin ganz sicher, daß zwanzig Meilen Schwimmen durch haiverseuchte Gewässer dazugehört, neben dem Einlegen eines neuen Farbbandes in die Schreibmaschine, dem Wegräumen seiner Papiere, wenn der Fensterputzer kommt, und dem Herausangeln von kaltgewordenen, benutzten Teebeuteln aus der Kanne. Er ist einfach nicht der Typ, der in jeder Lage Haltung bewahrt; das war er nie.

Aber warten Sie; vielleicht irre ich mich? Angenommen, jemand käme mit Kamera und Mikrofon und würde ihn *filmen*, während er das Farbband einlegt und sich mit den gebrauchten Teebeuteln herumplagt – würde sich das Szenarium dann nicht grundlegend ändern? Würde er diese Arbeiten nicht mit Begeisterung erledigen, wenn nötig so oft, bis alles stimmte? (»Bitte etwas weiter nach links, Eddie, damit das Licht auf die Hand mit der Teekanne fällt.«) So gesehen war es durchaus möglich, daß der Ruhm, die hellen Scheinwerfer des Fernsehens seine Reaktion auf die durchlittenen Gefahren und Strapazen ...

So weit war ich mit meinen Spekulationen gekommen, als das Telefon klingelte, und sobald ich hörte, wer am Apparat war, eilte ich zum Fernsehgerät und schaltete es aus. Dieses Gespräch verlangte volle Konzentration.

Konzentration und auch Takt, denn ich erriet sofort, was die Anruferin wollte, und mir war auch klar, daß Edwin nicht begeistert davon sein würde, nein, ganz und gar nicht; aber das konnte ich ihr kaum offen sagen.

Die Anruferin war nämlich Jessica Coburn, das dritte Mitglied in unserem Club – im Club der Ehefrauen, meine ich, dreier willkürlich zusammengewürfelter weiblicher Wesen, wohl oder übel unzertrennlich, weil unsere Männer gemeinsam diese Unglücksreise Gott weiß wohin geplant hatten. Diese Mrs. Coburn und ich, wir hatten uns noch nicht persönlich kennengelernt; unser Verhältnis bestand bislang vor allem aus dem vergeblichen Versuch, uns gegenseitig telefonisch zu erreichen, gelegentlich hatte man auch die andere auf dem Bildschirm beobachtet, wenn sie honigsüße Nichtigkeiten von sich gab.

»Ach, Jessica!« begann ich (wir würden ohnehin nichts Eiligeres zu tun haben, als uns mit Vornamen anzureden, warum also nicht gleich?). »Wie schön, daß wir endlich in Kontakt kommen, ich habe versucht, Sie von Sally aus anzurufen, aber...«

»Von Mrs. Barlow aus«, verbesserte sie mich sanft. »Ja, da haben Sie sich leider ziemlich lange Zeit gelassen, Mrs. Wakefield, ich mußte weg. Ich habe so lange auf Ihren Anruf gewartet, wie ich konnte, aber ich war um vier Uhr fünfzehn beim Arzt bestellt, und da...«

Nach knapp vierzig Sekunden hatte ich bereits eine ganze Menge wiedergutzumachen. Ich hatte sie mit unangebrachter Vertraulichkeit »Jessica« genannt, während sie mich als »Mrs. Wakefield« ansprach; ich hatte versäumt, sie zur gewünschten Zeit anzurufen; und ich hatte ihre Verspätung beim Arzt verschuldet, wer weiß, mit welch verheerenden Folgen?

Letzteres ließ sich am schwierigsten ausbügeln. Es ist immer peinlich, wenn einem jemand erzählt, er sei beim Arzt gewesen oder im Krankenhaus, ohne zu sagen, warum. Man muß *irgendwie* sein Mitgefühl zum Ausdruck bringen, aber *wie* man das tut, hängt doch sehr davon ab, ob der Arzt ein Hustensaftrezept ausgestellt oder unheilbaren

Krebs festgestellt hat, doch wenn man es wagt, sich eingehender zu erkundigen, gerät man nur in Verdacht, unverschämt neugierig zu sein.

»Das tut mir aber leid«, begann ich, um einen möglichst herzlichen und zugleich möglichst allgemeinen Tonfall bemüht, aber zum Glück ließ mich Jessica (wie ich sie trotz allem weiterhin nennen werde) nicht ausreden.

»Sie können sich ja nicht vorstellen, wie *schwierig* alles ist«, klagte sie. »In London ist es sicher kein Problem, da gibt es immer eine Apotheke, die Nachtdienst hat, aber hier? Wir sind hier in einem kleinen Dorf. Wenn Sie Ihr Rezept nicht bis halb sechs einreichen, ist es aus und vorbei. Wieder eine schlaflose Nacht – ich weiß nicht, wie ich es noch ertragen soll. Sorgen, nichts als Sorgen ... Die ganze Nacht horcht man auf die Brandung. Wir leben nämlich unmittelbar an der Küste ... Stunde um Stunde liegt man so da; im Haus knackt es, und man denkt an die Erosion, die unaufhörlich das Land anfrißt ... Die Küste wird nämlich Jahr für Jahr weiter abgetragen, Sie haben sicher schon davon gelesen ... Ich spreche von Norfolk, von der Nordküste von Norfolk ... Sie wissen doch, daß wir in Norfolk wohnen ...?«

Ja, das wußte ich; es war eine Heidenarbeit gewesen, die Nummer im Telefonbuch zu finden, denn es handelte sich um eines von den Dörfern, wo man bei Nummern mit mehr als fünf Stellen das eine tun muß, bei Nummern mit sieben Stellen oder weniger dagegen etwas anderes. Jessicas Nummer hatte natürlich sechs Stellen, was nach einigem Hin und Her dazu führte, daß man mit irgendeinem Silberstimmchen verbunden wurde, das immer wieder säuselte: »Dieser Anschluß besteht nicht mehr, bitte wählen Sie King's Lynn 50574.« Folgte man diesem Rat, so geriet man an eine zweite

Silberstimme, die einen auf die Nummer verwies, die man ursprünglich nachgeschlagen hatte. Dieses Spiel konnte man beliebig oft wiederholen. Die beiden Silberstimmen verloren nie die Geduld, sie wußten ja, daß sie schließlich gewinnen würden.

Aber jetzt war nicht die Gelegenheit, sich über die Unzulänglichkeiten des Telefonnetzes zu ereifern: Jessica Coburn hatte schließlich etwas auf dem Herzen. »Eine wichtige Frage«, hatte Sally gesagt, und ich wappnete mich innerlich, weil die Frage zweifellos Edwin betreffen würde und er sich leider nicht selbst dazu würde äußern können. Mir war zwar durchaus klar, daß in seinem Beisein alles noch viel schwieriger gewesen wäre, aber auch so würde es nicht einfach sein.

»Und deshalb«, schloß Jessica Coburn, »*muß* ich mit Ihrem Mann reden. Er war der letzte, der Leonard gesehen und mit ihm gesprochen hat, und ich muß einfach – nun ja – Genaueres wissen. Alles, woran er sich erinnern kann, was mein Mann sagte... wie es ihm ging. Ob er – Sie wissen schon, das Naheliegende, wie etwa, ob sie mit einem solchen Zwischenfall *gerechnet* hatten. Ich meine, seien wir doch ehrlich, über irgend etwas *müssen* sie während der siebenstündigen Fahrt schließlich gesprochen haben, und bei all seinen Fernsehauftritten hat Ihr Mann kein Wort davon erwähnt... auch nichts darüber, was die beiden anderen dachten... Nichts!«

Nach Art aller Ehefrauen nahm ich Edwin ganz automatisch in Schutz. Der Druck, unter dem er stand, die nervliche Belastung. Die Sterilität von Fernsehinterviews, wo so vieles herausgeschnitten wird, ehe sie auf Sendung gehen; und schließlich stehe Edwin nach all den Aufregungen immer noch unter Schock...

Was natürlich nicht stimmte, ich hatte ihn noch nie in so guter Verfassung erlebt, so zufrieden mit sich selbst, aber so etwas konnte man natürlich nicht sagen. Inzwischen wußte ich sehr genau, was man sagen konnte, und sagte es auch. Nach ein paar Tagen – ja, schon nach ein paar Stunden – unter den Argusaugen der Medien stellt man fest, daß die eigene Zunge ganz automatisch das Richtige sagt, ohne Nachdenken, ohne Mühe, so wie die Finger die richtigen Tasten auf der Schreibmaschine finden.

»Ja, ja, sicher, dafür habe ich Verständnis«, sagte Jessica ungeduldig (was hieß, daß sie keinerlei Verständnis hatte und Edwins Bericht über die Katastrophe empörend dürftig fand). »Deshalb ist es ja so wichtig, daß ich mich mit ihm treffe ... zu einem ausführlichen Gespräch. Selbstverständlich kann ich ihm den weiten Weg bis zu uns herauf nicht zumuten – dazu ist er sicher viel zu beschäftigt (garantiert eine Umschreibung für »viel zu egoistisch«.) Deshalb ist es vielleicht am besten, wenn ich zu Ihnen komme. Sobald wie möglich, wenn es Ihnen recht ist. Am besten gleich morgen? Ich bin leider auf die Bahn angewiesen. Autofahren kann ich nicht, weil ich diese Beruhigungsmittel nehme, und mein Arzt sagt ... Hören Sie, kurz nach zwölf kommt ein Zug am Bahnhof Liverpool Street an, und ich könnte ...«

Das hieß, zum Lunch. Außerdem mußte ich zur Liverpool Street fahren, um sie abzuholen. Und wenn ich vom Schlimmsten ausging, mußte ich sie eigentlich auch einladen, bei uns zu übernachten, nach der weiten Reise ...

Wieviel von diesem Programm würde ich Edwin schmackhaft machen können? Das kam vermutlich darauf an, wie viele Parties mit berühmten Leuten und prestigefördernde Talkshows er für morgen im Kalender stehen hatte.

Nein, darauf durfte es nicht ankommen. Er *mußte* mit dieser Frau sprechen. Es war grausam, die anderen Ehefrauen in qualvoller Ungewißheit zu lassen, gepeinigt von unbeantworteten Fragen. Diesmal *durfte* er sich nicht drücken.

»Dann also zum Lunch«, hörte ich mich sagen. »Wir freuen uns sehr.« Wir vereinbarten noch schnell, uns am Bahnsteigende zu treffen, und nachdem sie mich darauf hingewiesen hatte, daß sie wegen ihrer Antidepressiva nichts essen dürfe, was Käse enthalte, legten wir auf, und ich entwarf im Stil von Napoleon oder Alexander dem Großen einen detaillierten Schlachtplan, der gewährleisten sollte, daß Edwin sich anständig benahm, wenn es so weit war.

Ich war schon jetzt müde. Man hört immer von Frauen, die als Fußabtreter für ihre Männer herhalten, aber eigentlich kommt man sich eher vor wie ein ganzer Teppich, unter den das gesamte Fehlverhalten des Ehemanns gekehrt werden muß.

Kapitel 8

Jessica Coburn sah in Wirklichkeit etwas älter aus als auf dem Bildschirm – aber das war wohl bei uns allen so – und noch zerbrechlicher. Ihre feinporige, weiße Haut schien sich wie eine Folie über das zarte Knochengerüst zu spannen, was daran liegen mochte, daß sie ihr schwarzes glänzendes Haar so straff aus dem Gesicht gekämmt hatte. Am Hinterkopf war es zu einem prachtvoll schwingenden Pferdeschwanz zusammengenommen und wurde von einer großen Silberspange gehalten.

Wir waren fast fertig mit dem Essen, und Edwin (ich hatte ihm in der Küche unter vier Augen die Hölle heiß gemacht) benahm sich ganz annehmbar, wenn man bedenkt, daß er zwei Stunden seiner kostbaren Zeit auf die Sorgen anderer Leute verschwenden sollte. Ich hatte allerdings den Verdacht, daß der pechschwarze Pferdeschwanz daran nicht ganz unschuldig war – kein einziges graues Haar, obwohl sie mindestens vierzig sein mußte. Sie hätte beim Film sein können, vielleicht auch Schriftstellerin oder etwas dergleichen: eine Frau jedenfalls, die man nicht so ohne weiteres abfertigte. Ich sah, daß er wenigstens so lange auf Sicherheit spielte, bis feststand, daß sie keinen (wirklich keinen?) wie auch immer gearteten Einfluß besaß.

Außerdem war ich ja dabei, um helfend einzugreifen und in meiner Rolle als Gastgeberin mit charmantem Geplauder von allen Fragen abzulenken, die ihn zu irritieren schienen. Wie etwa die Skorpione. Nein, es gab dort keine Skorpione, wieso auch? Nun, Leonard (ja, wir waren endlich doch zu den Vornamen übergegangen) – habe diesen Teil des Landes schon oft bereist. Er sei vor nicht allzu langer Zeit mit einem Team von *Wild Life of the Desert* unterwegs gewesen, und sie hätten großartige Aufnahmen von Skorpionen bei der Paarung geschossen. Seltsam, daß er nichts davon erwähnt hat, obwohl Sie direkt an ...

Edwins Stimme wurde scharf.

»Nun ja, diesmal hatten wir einen wichtigen Auftrag und konnten uns nicht mit irgendwelchen Krabbeltieren abgeben. Wir waren anderweitig beschäftigt ...«

Und *womit* waren sie so beschäftigt gewesen? Sieben oder acht Stunden lang in einem Jeep zusammengepfercht, da mußten sie doch über *etwas* gesprochen haben. Hat er Ihnen denn nicht einmal erzählt ...?

Kleines, rettendes Lachen der Gastgeberin: »Meine Liebe, Sie kennen doch die Männer! Ich will ja nicht sexistisch sein, aber es ist nun einmal so, wenn drei *Frauen* stundenlang miteinander durch die Gegend gefahren wären, hätten sie sich in aller Ausführlichkeit ihre ganze Lebensgeschichte erzählt. Von pflichtvergessenen Vätern über Schwangerschaftsübelkeit, Fahrprüfungen und Epiduralanästhesie bis zu dem Bibellehrer, der ihnen solche Angst vor der Hölle einjagte, wäre nichts unerwähnt geblieben. Aber Männer sind da wirklich ganz anders. Ich kann mir gut vorstellen, daß sie einen ganzen Tag lang nur über die Straßenverhältnisse und den Benzinverbrauch des Wagens reden ...«

Ob Edwin diesen Geistesblitz gebührend zu schätzen wußte, kann ich nicht sagen, jedenfalls gewann er dadurch Zeit, um sich etwas zu überlegen oder seinem Gedächtnis auf die Sprünge zu helfen.

»Hm, Leo hat tatsächlich etwas von Tieraufnahmen erwähnt, jetzt, wo Sie das sagen. Er hat uns auch im Vorbeifahren auf ein oder zwei – ach, Eidechsen und so was im Gestrüpp hingewiesen. Kleine, gelbe Dinger, die sich sonnten.«

»Sich sonnten...? Während ein Jeep vorbeiraste und einen Höllenlärm machte? Man muß doch ganz leise sein und darf sich nicht bewegen, sonst hat man überhaupt keine Chance...«

Wieder diese Schärfe. »Zufällig waren wir in diesem Moment ganz leise. Wir saßen einfach da und ruhten uns aus. In dieser Hitze konnte man nicht einfach pausenlos weiterfahren. Die Leute haben ja keine Ahnung...«

Das klang vorwurfsvoll, es schien ihn zu kränken, daß jemand erwartete, er hätte eine solche Fahrt durchgehalten, ohne ein einziges Mal Rast zu machen.

Der Nachmittag zog sich in die Länge. Jessica war wie die Barlows von Edwins Schilderungen enttäuscht, das war nicht zu übersehen, und ich bemühte mich, den öden, wüstenstaubtrockenen Bericht mit optimistisch klingenden Banalitäten anzureichern, die Sally alle Ehre gemacht hätten (»Es wird *bestimmt* alles gut. Sicher, es war ein Glücksfall, daß Edwin als erster nach Hause kam, aber ich bin überzeugt, die anderen...«) Und so weiter, und so fort.

Schließlich ging auch dieses unbefriedigende Treffen seinem Ende entgegen, wobei Edwin von Minute zu Minute unfreundlicher wurde und immer auffälliger auf die Uhr sah. Inzwischen war er sichtlich zu der Ansicht gelangt, die Dame habe wohl doch nichts mit Film oder Presse zu tun und könne ihn folglich weder auf der Leiter des Ruhms nach oben hieven, noch ihm eine Einladung zu einer weiteren schicken Party verschaffen. Natürlich hatte er längst vergessen (falls er es jemals mitbekommen hatte), daß sein Kollege Leonard Coburn in einem abgelegenen Dorf an der

Nordküste von Norfolk lebte, in einer Gegend also, wo schicke Partys wohl eher dünn gesät waren.

Als unser Besuch sich verabschiedete, war Jason bereits aus der Schule gekommen, und irgendwie fand ich keine Gelegenheit, mit Edwin allein zu sprechen. Worüber, das weiß ich selbst nicht so recht, vielleicht nur über die ungastlichen Blicke auf seine Armbanduhr. Aber wo sollte ich anfangen? Den Ehemann wegen seines Benehmens in Gesellschaft zur Rechenschaft zu ziehen, gehört zu den heikelsten Dingen in einer Ehe, und bei der Heirat erhält man diesbezüglich keine Unterweisung. Vielleicht sollte man geloben: Nie will ich über dein Verhalten richten. Ein schützend Schild will ich dir sein. Jeden will ich anrufen, den du gekränkt hast, um ihm zu versichern, du hättest es gar nicht so gemeint, du hättest es ganz anders gemeint und dich nur ungeschickt ausgedrückt.

Man kann natürlich auch einen Streit vom Zaun brechen, der dann unweigerlich in den Worten gipfelt: »Wenn du nicht so todlangweilige Freunde hättest, bräuchte ich bei ihrem Gerede auch nicht einzuschlafen.«

Dazu kam es diesmal freilich nicht. Jasons Anwesenheit und die ständigen Anrufe, die in letzter Zeit unser Leben begleiteten, hielten uns so auf Trab, daß wir uns erst wiedersahen, als wir uns alle drei in gespannter Erwartung zu den Sechs-Uhr-Nachrichten vor dem Fernseher versammelten. Jedenfalls war ich sehr gespannt, denn ich rechnete jeden Moment mit einer Meldung über das Schicksal von Leonard und Richard. In Gedanken hatte ich schon ausgiebig geprobt, wie ich mich verhalten würde, falls es sich – was leider nur allzu wahrscheinlich war – um eine Todesnachricht handelte. Trotz der ermutigenden Phrasen, die ich bei jedem Gespräch mit den verängstigten weiblichen Angehörigen der Vermißten ganz automatisch einflocht, wußte ich im Grunde, daß ein glücklicher Ausgang höchst zweifelhaft war. Nur wenige Opfer von Geiselnehmern aus diesem Teil der Welt waren jemals mit dem Leben davongekommen, und die Wahrscheinlichkeit, daß diese beiden noch lebten, wurde mit jedem Tag geringer. Wenn man sie entführt hatte, um Lösegeld zu bekommen oder irgendwo auf der Welt gefangene Terroristen freizupressen, dann wäre die Forderung inzwischen doch längst eingegangen?

Das mußte auch Edwin klar sein. Seine Haltung, der vorgebeugte Oberkörper, die zusammengepreßten Lippen, die krampfhaft geballten Fäuste, all das verriet mir, daß er nicht weniger unter Druck stand als ich. Eher noch mehr, denn er kannte diese Männer persönlich; es waren seine Kollegen.

Welche Erleichterung! Welche Freude! Sie waren freigekommen, alle beide, und sie waren auf dem Weg nach Hause! Nein, das noch nicht, denn Leonard Coburn lag offenbar mit einer Gehirnerschütterung und mehreren Rippenbrüchen in irgendeinem Krankenhaus – aber trotzdem, es war großartig! Ich drehte mich um, ganz außer mir vor Glück, um diesen Moment mit Edwin zu teilen.

Teilen? Aber was war das? Was war mit Edwin los...? *Was zum Teufel* ging mit ihm vor... Er hatte sich tief in seinen Sessel geduckt, starrte auf den Bildschirm wie ein in die Enge getriebenes Tier... und in seinem verzerrten Gesicht stand – was? Entsetzen? Wut? Ich war wie gelähmt. »Wie herrlich!« hatte ich sagen wollen – oder etwas dergleichen –, aber die Worte blieben mir im Halse stecken. Ja, ich spürte ganz deutlich, wie mir etwas die Kehle zuschnürte.

Hatte Jason die Reaktion seines Vater bemerkt? Oder die

meine? Aus den Augenwinkeln – ich wagte nicht, mit dem Jungen Blickkontakt aufzunehmen, aus Angst vor der stummen Botschaft, die dabei übertragen werden könnte – suchte ich seine Gedanken zu ergründen, aber es war unmöglich. Er schien sich immer noch ausschließlich für den Bildschirm zu interessieren, wo jetzt ein engagiertes Gesicht mit vielen Fältchen seine engagierte und entschiedene Meinung über die Neue Mathematik verkündete, oder war es die Mode für Kinder unter fünf? Wie auch immer, Jason sah weder mich noch seinen Vater an – vielleicht hatte er uns während der ganzen Sendung keinen Blick gegönnt. Sein Gesicht verriet weder Bestürzung noch Erregung, aber das bewies natürlich gar nichts, das war bei mir nicht anders. Ich hatte meine Züge wie von selbst beherrscht; ich spürte, wie glatt und ausdrucksleer sie waren. Und jetzt fiel mir auf – fast als hätten wir uns alle drei gegenseitig mit einem Virus angesteckt –, daß auch aus Edwins Gesicht die so unüberlegt gezeigten Gefühle spurlos verschwunden waren.

»Ja, ganz phantastisch«, brachte er sogar heraus, als Antwort auf die Worte, die *ich* mir hatte abringen können: »Ist es nicht herrlich?« – »Welche Erleichterung!« und so weiter.

Nun wurde es beklemmend still – oder wäre still gewesen, wenn einer von uns dreien sich dazu aufgerafft hätte, am Ende der Nachrichten das Gerät abzuschalten. Tatsächlich untermalte ein Schwarm von Pinguinen, die im Takt zu flotter Tanzmusik mit den Füßen stampften – ein Werbespot für irgendein Darlehen, glaube ich – den Aufruhr, der heimlich in unseren Köpfen tobte.

Als erster setzte sich Jason in Bewegung, er stand ziemlich abrupt auf und murmelte etwas von Hausaufgaben. Sein Weggang verschlimmerte die Lage und verbesserte sie zugleich: verbesserte sie, weil unser Sohn die furchtbaren

Dinge nicht mehr hören konnte, die Edwin und ich uns womöglich vorhalten würden; verschlimmerte sie, weil wir sie nun um so hemmungsloser aussprechen konnten.

Letztendlich fiel kaum ein Wort.

»Ich sollte wohl die Barlows anrufen«, wagte ich einen schüchternen Vorstoß, nachdem ich mich überwunden hatte, den Fernseher auszuschalten, unser letztes Bollwerk gegen die Notwendigkeit, etwas sagen zu müssen. »Sie sind bestimmt überglücklich. Ich – wir – müssen ihnen gratulieren.«

»Du hast recht. Nur zu. Gratuliere ihnen.«

Bei diesen krampfhaft hervorgestoßenen Worten stockte meine Hand, die schon nach dem Telefon gegriffen hatte. Wie konnte ich Daphne und Sally anrufen, wenn Edwin neben mir lauerte und finstere Verzweiflung um sich verbreitete, wo doch alles eitel Freude und Licht sein sollte?

»Nun ja... ich meine... vielleicht nicht jetzt gleich. Sie sind sicher auch... das heißt...«

»Wie ist die Adresse? Gib mir ihre Adresse«, unterbrach Edwin hastig, und ich gehorchte ohne Widerspruch. Gewiß, es war eigenartig, daß er die Adresse nicht *kannte*, aber das schien kaum mehr von Bedeutung. Mich konnte nichts mehr überraschen.

Nicht lange danach hörte ich den Wagen anspringen und stellte mir vor, daß der Regen genauso gegen die Windschutzscheibe peitschen mußte wie gegen die Fenster hier. Erst jetzt fiel mir auf, daß das Wetter umgeschlagen war, aber ich dachte nur: »Ein Jammer, all die schönen Blumen werden durchnäßt am Boden liegen, wenn Richard als strahlender Sieger heimkehrt.«

Kapitel 9

Ein blendend aussehender Mann, das war mein erster Eindruck von Richard Barlow. Groß, dunkel, markante Züge wie ein Held aus einem Abenteuerroman, klassische graue Schläfen. Er begrüßte mich mit untadeliger Höflichkeit, führte mich in die Bibliothek und bot mir den ausladenden Sessel vor dem Fenster an. Diesmal flutete kein Sonnenlicht herein wie bei meinem letzten Besuch: draußen war alles Grau in Grau, vom Sturm zerzaust, in Auflösung begriffen, überall lagen nasse Blätter, die Blumen in den Beeten waren umgeknickt, und die kahlen Äste schwankten heftig im windgepeitschten Regen.

Gleichbleibend freundlich und vollkommen beherrscht, obwohl ihm das, was nun kommen würde, äußerst peinlich sein mußte, bot mir mein Gastgeber eine Zigarette und etwas zu trinken an. Als er vom Schreibtisch zum Schrank und wieder zurück ging, fiel mir auf, daß er leicht hinkte, aber erst, als er endlich mir gegenüber Platz nahm, bemerkte ich, wie blaß er wirkte, wie abgespannt. Kein Wunder, schließlich hatte er schwerste körperliche und seelische Strapazen hinter sich und nun stand ihm auch noch eines der sicher schwierigsten Gespräche seiner ganzen journalistischen Laufbahn bevor: Er mußte der Ehefrau beibringen, daß ihr Mann bei einem ungeheuerlichen Betrug auf frischer Tat ertappt worden war und daß ihr Mann die Medien der ganzen Welt mit einer Lügengeschichte wahrhaft gigantischen Ausmaßes an der Nase herumgeführt hatte.

Er hatte gedacht, es würde ein Schock für mich sein.

»Ich fürchte, Mrs. Wakefield«, begann er, »was ich Ihnen

mitzuteilen habe, wird Sie sehr schmerzlich berühren, aber...«

Schmerzlich ja. Und ob! Aber ein Schock, nein. Inzwischen fiel es mir schwer, genau zu bestimmen, zu welchem Zeitpunkt ich durchschaut hatte, daß Edwin log, daß er sich alle seine Abenteuer in der Wüste nur aus den Fingern gesogen hatte. Vielleicht, weil es gar keinen genauen Zeitpunkt gab? Weil es eher eine Serie von Hinweisen gewesen war... von Lücken und Unstimmigkeiten in seinen Erzählungen, die schließlich gestern abend in jenem Ausbruch nackten Entsetzens gipfelten, als er erfuhr, daß seine beiden angeblichen Begleiter weder tot noch in Gefangenschaft waren. Daß sie sich entgegen aller Erwartungen wieder auf freiem Fuß befanden und (wie alle Journalisten) darauf brannten, der Öffentlichkeit ausführlich über ihre Abenteuer zu berichten, wobei sie Edwin zwangsläufig und zu Recht als gewissenlosen Lügner entlarven würden, als Schandfleck für seinen Berufsstand.

Ich hörte wortlos und mit abgewandtem Gesicht zu, während Richard Barlow mir seine Version der Ereignisse darlegte und keinen Zweifel daran ließ, daß Edwins Geschichte von Anfang bis Ende frei erfunden war. Edwin war nie gefangengenommen worden; er war nie in irgendeinem Terroristenversteck eingesperrt gewesen. Er hatte die Fahrt mit den beiden Journalisten gar nicht erst angetreten. Man hatte ihn dazu aufgefordert... er hatte zugesagt, und dann hatte er sie noch im letzten Moment versetzt.

»Hat wohl kalte Füße bekommen«, bemerkte Richard, und seine Lippen kräuselten sich verächtlich. »Zu gefährlich – es *war* natürlich auch ein riskanter Einsatz, und das war von vornherein bekannt. Dabei wurden wir nicht einmal von Terroristen überfallen, sondern von einer Bande von Ganoven, die es auf unsere Kameras und unsere Ausrüstung abgesehen hatten. Und sie bekamen schließlich, was sie wollten – es stand immerhin sechs gegen zwei –, nachdem sie uns, wie ich hinzufügen möchte, ein paar Knochen gebrochen und den alten Leo bewußtlos geschlagen hatten. Das hat uns später so lange aufgehalten. Leo war völlig hinüber, und tragen konnte ich ihn nicht – ich wagte es nicht wegen seiner diversen Verletzungen – von meinen eigenen gar nicht zu reden.

Den ganzen Tag kam niemand vorbei, und als wir schließlich von zwei Dorfbewohnern mit einem Ochsenkarren aufgelesen wurden, gab es nirgendwo ein Telefon ... keinerlei Fahrzeug. Wir saßen ganz schön in der Patsche, das können Sie mir glauben, und Ihr heldenhafter Gatte hatte nicht das geringste damit zu tun. Tja, Mrs. Wakefield, er saß wohl ganz bequem in irgendeinem anonymen, kleinen Hotel, spann sich eine Geschichte für seinen bedauernswert ahnungslosen Chefredakteur zusammen – *International Focus,* nicht wahr? – und vertraute (irrigerweise, wie sich zum Glück herausstellte) darauf, daß wir den Ausflug schon nicht überleben oder lebenslänglich festgehalten würden und daher nicht in der Lage wären, seine Lügen zu widerlegen. Wir beiden waren die einzigen Menschen auf der Welt, die ihn hätten entlarven können, und da wir außer Gefecht gesetzt waren, sah es so aus, als würde er damit durchkommen.

Entschuldigen Sie, Mrs. Wakefield, es ist kein Vergnügen für mich, so über einen ehemaligen Kollegen zu sprechen, aber ich finde, Sie sollten Bescheid wissen.«

Er hatte recht. Ich mußte Bescheid wissen. Ich mußte mich einstellen auf das, was nun folgen würde. Edwins kurze Sternstunde war vorüber. Die Verträge für Bücher,

Berichte, Fernsehauftritte, Filme; die Schlagzeilen – VON DER GEISEL ZUM HELDEN – EDDIE IN SICHERHEIT – ÜBERLEBEN IM WÜSTENSAND –, damit war es vorbei. Von jetzt an war er nur noch eine lächerliche Figur; er würde nicht einfach in Vergessenheit geraten, nein, viel schlimmer. Kein Chefredakteur auf der ganzen Welt würde ihm je wieder einen Auftrag geben. Vor unseren Freunden war er für alle Zeiten blamiert.

»Und – und jetzt...?« begann ich, ohne so recht zu wissen, was ich fragen wollte. Ich begriff durchaus, daß wir letztlich erledigt waren, doch was ich auf dem Weg in die Schande zu erwarten hatte, war mir nicht klar. Was passiert mit einem Journalisten, der sich einen Schwindel dieser Größenordnung erlaubt? Sofortige Bloßstellung? Öffentliche Demütigung in den Weltmedien? Oder eine Hinrichtung in kleinerem Kreis? Eine Verurteilung durch den Presserat? Oder was sonst?

»Nun, diese Entscheidung«, sagte Richard, der jetzt mit dem Brieföffner auf seinem Schreibtisch herumspielte, »liegt ganz bei mir – und natürlich bei Leo, wenn er wieder im Lande ist, was aber noch ein paar Tage dauern dürfte, da man ihn im Moment nicht für transportfähig hält. Bis dahin wäre die Story sowieso völlig passé. Wenn ich nichts unternehme, wenn ich meine eigene Geschichte herunterspiele und alles weglasse, was in krassem Widerspruch zu den Aussagen Ihres Mannes steht, dann passiert gar nichts. Ich nehme an, das wäre Ihr Wunsch?«

Wäre es das? Was wünschte ich mir denn wirklich, außer im Boden zu versinken und nichts und niemanden mehr sehen zu müssen?

Richard fuhr bereits fort: »Ich nehme an, Sie hatten bisher noch keine Gelegenheit, mit Ihrem Mann darüber zu sprechen? Er bat mich, Ihnen nichts zu verraten – er flehte mich regelrecht an (wieder dieses verächtliche Kräuseln der Lippen) –, aber das ist lächerlich. Sie müssen selbstverständlich Bescheid wissen. Als loyale Ehefrau werden Sie natürlich zu ihm stehen und jedes seiner Worte bestätigen, folglich hat selbst ein Feigling wie er nichts zu befürchten, wenn Sie die Wahrheit kennen. Das habe ich auch ihm erklärt, aber leider...«

Jetzt fand ich endlich die Sprache wieder.

»Warten Sie!« rief ich. »Wann hat das alles...? Ich meine, wieso konnten Sie bereits mit Edwin sprechen? Es war doch gar keine Zeit!«

»Meine liebe Mrs. Wakefield, Ihr Mann hat Zeit *geschaffen*, wie man so sagt. Er stand vor meiner Tür, als ich nach einer langen, anstrengenden Reise um Mitternacht nach Hause kam. Meine Frau war bei mir, und wir hatten uns ein paar friedliche, gemeinsame Stunden erhofft – ja, fest damit gerechnet –, aber das war uns nicht vergönnt. Ihr Mann hatte mit seinem Wagen bereits meine Auffahrt blokkiert, er war völlig außer sich, ließ sich nicht abweisen und nahm mich voll und ganz in Beschlag. Alles andere hatte zurückzustehen, ich durfte weder meine Mutter begrüßen, noch meine Post durchsehen...

Wo war ich stehengeblieben? Ach ja: Bei der Bitte Ihres Mannes (etwas unverschämt in dieser Situation, wie ich fand) – bei seiner Bitte, diesen mitternächtlichen Besuch und unser folgendes Gespräch vor Ihnen geheimzuhalten. Wie bereits gesagt, konnte ich darauf nicht eingehen. ›Ihre Frau hat das Recht, die Wahrheit zu erfahren‹, erklärte ich, und ich warnte ihn, wenn er sie Ihnen weiterhin vorenthalte, würde ich Ihnen reinen Wein einschenken. Was, glauben Sie, sagte er darauf?«

Was wohl? Ich überlegte. Sich einfach in den Schmollwinkel zurückzuziehen wie zu Hause, wenn etwas nicht nach seinem Willen ging, hätte hier wohl keinen Zweck gehabt.

»Ich weiß nicht – was sagte er denn?« fragte ich zaghaft, und Barlows ernstes, entschlossenes Gesicht verzog sich zu einem spöttischen Lächeln.

»Er sagte, Mrs. Wakefield, er sagte: ›Wenn Sie es ihr sagen, werde ich Sie töten!‹ – und da mußte ich wirklich lachen! Die Vorstellung, daß ein kleiner Gaun ... entschuldigen Sie, ein Mann wie er – daß ein Mann wie er, der bei einem Auftrag Angst bekommt und kneift, den Mut haben soll, einen Mord zu begehen – ist das nicht grotesk? ›Nur zu!‹ sagte ich. ›Nur zu, planen Sie Ihren Mord – Sie werden schon sehen, was passiert! Wenn es darauf ankommt, werden Sie kalte Füße kriegen und gar nichts tun.‹ Habe ich nicht recht, Mrs. Wakefield? Sie kennen doch Ihren Mann?«

Trotz meiner tiefen Beschämung rebellierte etwas in mir. So durfte er mir nicht kommen, auch wenn sein Zorn noch so verständlich war.

»Wenn Sie damit sagen wollen, mein Mann sei kein Mensch, der einen Mord begehen würde, dann haben Sie ganz recht«, begann ich ziemlich schroff, und sofort schlüpfte er wieder in die Rolle des perfekten Gastgebers: Er entschuldigte sich in aller Form, überspielte die entstandene Verlegenheit und lud mich sogar zum Lunch ein.

»Meine Mutter und meine Frau rechnen fest mit Ihnen«, erklärte er, »und ich möchte sie nicht enttäuschen. Sie sollten wissen, daß ich beschlossen habe, den beiden nichts über diese leidige Affäre zwischen mir und Ihrem Mann zu erzählen. Auch sonst habe ich noch mit niemandem darüber gesprochen. Ich habe es abgelehnt, vor meiner Heimkehr Interviews zu geben. Für mich ist es im Moment das wichtigste, meine Angehörigen nicht zu beunruhigen. Und sie *wären* beunruhigt. Sehr sogar. Die beiden sehen in Ihnen bereits eine enge Freundin der Familie, und sie wären sehr betroffen, wenn diese Freundschaft durch irgend etwas zerstört werden sollte. Besonders Sally«, seine strengen Züge wurden weicher, als er den Namen aussprach, und die Liebe strahlte ihm aus den Augen, »es wäre mir schrecklich, wenn dieser Tag – und für sie ist es ein sehr glücklicher Tag – durch eine so schmutzige Geschichte verdorben würde. Und deshalb wäre ich Ihnen dankbar, Mrs. Wakefield, wenn Sie es mit Ihrem Gewissen vereinbaren könnten, ihnen nichts über unser Gespräch zu erzählen, und sich weiter so verhalten würden wie bisher.

Sollten Sie übrigens befürchten, sich in meiner Gegenwart gehemmt zu fühlen, so kann ich Sie beruhigen, ich werde bei dieser kleinen Lunchrunde fehlen. Ich habe um ein Uhr fünfzehn« (ein Blick auf die Uhr) »einen Termin und werde den ganzen Nachmittag über vollauf beschäftigt sein. Es gibt eine Menge zu erledigen – und wie ich leider sagen muß, wird mir die Arbeit durch die Machenschaften Ihres Mannes nicht gerade erleichtert. Genug davon; ich habe nicht die Absicht, jemals wieder darauf zurückzu… Ach, Mutter! Hallo! Hoffentlich habe ich nicht zu lange mit unserem Gast geplaudert und damit den ganzen Betrieb aufgehalten…« – Und gleich darauf folgte ich Daphne über das blanke Parkett ins Speisezimmer.

Kapitel 10

Ich finde es immer wieder verblüffend, wie schnell die Menschen eine ihnen zugewiesene Rolle ausfüllen. Der unreife Jüngling kleidet sich morgens an und wird zum Polizisten. Der Pantoffelheld schließt das Schultor auf, und schon ist er der Herr Direktor. Die konfuse, ältere Frau, die im Supermarkt mit dem Wechselgeld nicht klarkommt, geht die Straße hinauf und verwandelt sich in die liebe Omi. Vermutlich konnte sich der Mensch erst dank dieser Fähigkeit zu einem geselligen Wesen entwickeln, und deshalb hätte ich gar nicht so überrascht zu sein brauchen, als ich bei diesem Lunch entdeckte, daß auch ich sie in hohem Maße besaß. Kaum war ich mit Daphne und Sally zusammen, kaum stürmte von zwei Seiten unbeschwerte Freude und Erleichterung auf mich ein, als ich auch schon von der festlichen Stimmung erfaßt wurde. Meine Rolle verlangte es so: man hatte mich eingeladen, um mich daran teilhaben zu lassen, und das tat ich denn auch. Kummer und Beschämung waren nicht direkt vergessen, sie schwebten, schemengleich, durch mein Bewußtsein, wie starke Schmerzen, gegen die man eine Tablette genommen hat.

»Siehst du?« rief Sally mit einem seligen Lachen in der Stimme ihrer Schwiegermutter zu. »Siehst du, ich habe doch *gesagt*, es würde alles gut werden, und nun ist tatsächlich alles gut geworden, nicht wahr? Ich habe es in allen Knochen gespürt, ich habe es dir erzählt! *Immer wieder* habe ich es gesagt, aber du wolltest mir nicht glauben!«

»Nein, Liebes. Und dabei hattest du ganz recht. Was hatten wir nur für ein Glück!«

Daphne war sichtlich zu froh und erleichtert, um einen Streit anzufangen: sie überließ ihrer Schwiegertochter kampflos den Sieg. Denn Sallys Knochen waren natürlich kein echter Beweis gewesen, und wer zufällig richtig rät, kann noch lange nicht von sich behaupten, eine Situation besser eingeschätzt zu haben.

Sally hatte schlicht und einfach Glück gehabt.

Glück, Glück, Glück.

»Und wir hatten *noch einmal* Glück«, plapperte Sally weiter. »Richard hat es Ihnen wahrscheinlich nicht erzählt, Clare; er nimmt alles auf die leichte Schulter, was irgendwie gefährlich ist – das ist ja so großartig an ihm, nicht wahr, Mutter-ich-meine-Daphne?«

»Nun, bis zu einem gewissen Grad«, stimmte Daphne lächelnd zu, »allerdings muß ich sagen, daß ich mir bei diesen Reisen weniger Sorgen machen würde, wenn er...«

»Aber was ich sagen wollte, betrifft ja gar nicht die Reise!« fiel ihr Sally ins Wort. »Es passierte auf der Rückfahrt vom Flughafen! Es ist kaum zu glauben, Clare, nach all diesen wilden Abenteuern Gott weiß wo – und dann entgeht man kurz vor der eigenen Haustür nur um Haaresbreite dem Tod! Ein Glück, daß er am Steuer saß, *ich* hätte es sicher nie geschafft...«

»Sally! Sally, Liebes! Die arme Clare hat ja keine Ahnung, wovon du redest! Erzähle die Geschichte doch richtig... von Anfang an.«

»Gut, aber eigentlich *gab* es gar keinen Anfang, es kam alles ganz plötzlich. Also, wir rauschten die High Road entlang und waren kurz vor der Kirche, als plötzlich direkt vor uns ein Verrückter aus einer Seitenstraße geschossen kam! Richard hat sofort das Steuer herumgerissen, voll auf die Gegenfahrbahn – wenn ein Auto gekommen wäre, hätte es uns erwischt, aber zum Glück ist es so spät nachts ziemlich ruhig, und deshalb ist nichts passiert...«

»Na ja, ein zerbrochenes Rücklicht und paar Kratzer im Lack, von *nichts passiert* würde ich da nicht sprechen«, wandte Daphne ein. »Ganz zu schweigen davon, daß dieser Irre – er muß wohl betrunken gewesen sein – ungeschoren davonkommt! Weißt du, Sally, wenn du wenigstens so geistesgegenwärtig gewesen wärst, dir die Nummer zu notieren...«

»Aber Mutter-ich-meine-Daphne, wie *konnte* ich denn? Du hast ja keine Ahnung, wie plötzlich das alles kam. Ich wußte zuerst nicht einmal, ob wir tot waren, wenn du verstehst, was ich meine, und bis ich mich wieder gefangen hatte, war der andere Wagen längst über alle Berge...«

Das sanfte Hickhack drohte schon die Stimmung zu trüben, als Barnaby genau im richtigen Moment für Ablenkung sorgte und das Gespräch in neue Bahnen zwang.

»Ne Raupe is' in meinem Salat«, verkündete er mit sichtlicher Genugtuung. »Eine grüne isses, und sie zappelt!... Pfui!«

Lebhaftes Interesse. Stühle wurden zurückgeschoben, von beiden Seiten beugten sich Erwachsenengesichter über das Kind, spähten beunruhigt auf seinen Teller.

»Wo Barnaby?« – »Zeig sie mir!« – »Wo ist sie...?«

»Da!« Seine Gabel beschrieb irgendwo in der Luft eine Kurve, deutete wahllos auf eine Stelle. »Da isse! Pfui!«

Eine gründliche Suche schloß sich an.

»Barnaby, nun sei nicht albern, da ist nichts; nur leckerer Salat...«

»Barnaby, Liebes, das bildest du dir ein, schau noch einmal nach, dann wirst du sehen, daß da einfach keine...«

»Dann hab' ich sie eben gegeßt«, vermutete der Held des

Dramas: und dann, mit kläglicher Stimme: »Muß ich den Rest auch noch essen?«

Die Wortwahl war genial: »Den Rest der Raupen« hieß das wohl, und welche Mutter – oder Großmutter – könnte so grausam sein, darauf zu bestehen?

»Nun ja...«

»Hör mal, Barnaby, Liebes...«

Die besorgten Stimmen fluteten über seinen Kopf hinweg, gerieten in ein altbekanntes Fahrwasser: »Warum gibst du ihm Salat, Liebes, wenn er ihn doch nicht ißt?« – »Aber Mutter, Salat ist *gut* für ihn. Alle sagen...« – »Das mag ja sein, aber er ist nur gut für ihn, wenn er ihn auch ißt. Wenn du ihn nicht dazu bringst, ihn zu essen, was soll dann...?«

»Aber Mutter! Man sollte ein Kind nie zum Essen *zwingen*! Auf diese Weise erzeugt man Neurosen...«

»Pfui!« Auch Barnaby leistete seinen Beitrag. »Ekliges Raupenfutter!« Damit schob er das verhaßte Grünzeug so weit an den Tellerrand, bis es hinunterfiel, und lehnte sich zufrieden zurück, während seine Lakaien den Tisch säuberten, wobei sie weiter ausgesprochen vernünftig die anstehenden ethischen, physiologischen und erzieherischen Fragen erörterten.

Ich fühlte mich an Edwin erinnert, warum, weiß ich nicht. Und dabei wollte ich keinesfalls an ihn erinnert werden. Zu bald schon mußte ich nach Hause und mich ihm stellen, seiner Verzweiflung, seiner Angst, seiner Beschämung, die er nach Richard Barlows unwiderlegbaren Vorwürfen zwangsläufig empfinden mußte. Außerdem mußte ich mich mit etwas beschäftigen, was mir schon früher aufgefallen war, ohne daß ich ihm Bedeutung beigemessen hätte – ich meine die Kratzer und die kleine Beule in der

Kühlerhaube unseres Wagens. Der Schaden war unbedeutend – ich war nicht einmal sicher, ob er neu war –, und als ich ihn bemerkte, hatte ich nur gedacht, ich muß Edwin danach fragen. Nun dachte ich nur, ich darf Edwin *nicht* danach fragen. Ich muß den Wagen so schnell wie möglich reparieren lassen und darf nie mehr daran denken.

Als ich mich verabschiedete, hatte es zu regnen aufgehört, der Himmel war klar, und die tiefstehende Herbstsonne schien mir ungeheuer grell in die Augen, wodurch jeder Kreisverkehr, jede Einmündung zu einer kleinen Gefahrenquelle wurde. Wie praktisch, dachte ich das eine Mal, wenn ich tatsächlich einen kleinen, einen ganz kleinen Unfall hätte, mit ein paar frischen Kratzern und ein oder zwei harmlosen Beulen, unter denen die schon vorhandenen verschwinden könnten. Nicht, daß diese Überlegungen die instinktive Angst des Autofahrers bei jedem neuen Risiko irgendwie gemildert hätten. Irgendwo habe ich gelesen, daß es vielen Selbstmördern nicht anders ergeht: noch auf dem Weg zum Todessprung hechten sie erschrocken zur Seite, wenn ein Bus kommt; noch während sie das Küchenmesser ansetzen, um sich die Pulsadern aufzuschneiden, überlegen sie, ob es wohl sauber ist.

Je länger ich fuhr, desto größer wurde mein Widerwille, unser Haus tatsächlich zu erreichen: bald kroch ich im Schneckentempo dahin, was mir von allen Seiten verärgerte oder spöttische Hupsignale eintrug, und allmählich sah ich ein, daß ich nur zwei Möglichkeiten hatte: entweder fuhr ich heim, oder ich hielt jetzt an.

Unweit von unserem Haus befindet sich ein Park und dahinter ein kleines Waldstück, das von der Stadtentwicklung noch nicht verunstaltet wurde. Zu diesem Park fuhr ich nun, und nachdem ich den Wagen am Haupteingang abgestellt hatte, strebte ich den Bäumen zu, in der vagen Hoffnung, zwischen den Silberbirken, die im letzten Sonnenschein feucht glänzten, meine Gedanken ordnen und mir darüber klarwerden zu können, wie ich mich weiter verhalten sollte.

»Als loyale Ehefrau werden Sie natürlich zu Ihrem Mann stehen«, hatte Richard Barlow gesagt: und ich beneidete ihn um den starren Sittenkodex, dem diese Bemerkung entstammte. Wenn nur auch ich irgendwelche moralischen Grundsätze hätte, ganz gleich, wie engstirnig, bigott und voreingenommen, von denen ich auf keinen Fall abweichen könnte. Andere Prinzipien kamen mir in den Sinn, weit älter als die von Richard: jener Abschnitt aus dem jüdischen Totengebet für eine verstorbene Ehefrau zum Beispiel, in dem der trauernde Gatte erklärt: »Gutes tat sie mir und nicht Böses alle Tage ihres Lebens.«

Was wäre für Edwin in dieser Lage das Gute? Und was das Böse? Einfach zu ihm zu stehen, ihn in seiner Lügengeschichte zu bestärken, das wäre mit Sicherheit nicht gut: andererseits, nicht zu ihm zu halten, ihn unerbittlich als Lügner zu entlarven – wäre das nicht mit Sicherheit böse? Jedenfalls würde es nach außen so wirken. Was war überhaupt das Böse? Zumindest zur Hälfte bestimmt es sich dadurch, wie es nach außen wirkt und wie das Opfer es empfindet.

Ich war jetzt tief im Wald, kein Sonnenstrahl blinkte mehr auf den nassen Stämmen, und ich sah mich unschlüssig nach einer Sitzgelegenheit um. Im Sitzen konnte ich besser nachdenken – glaubte ich jedenfalls.

Aber alles war naß, triefend naß. Jeder Baumstumpf, auf den ich mich hätte setzen können, war mit glitschigem Moos und Flechten überzogen, den Boden bedeckte eine dicke Schicht durchweichter Blätter. Ich mußte wohl weitergehen, aber langsam ... noch langsamer ... und schließlich lehnte ich mich gegen den tief herunterhängenden Ast einer uralten, absterbenden Eiche und starrte vor mich hin. Die Stille wurde nur unterbrochen, wenn ein Zweig oder ein welkes Blatt, von Feuchtigkeit übersättigt, mit leisem Tröpfeln das Wasser abgab. Große, üppige Pilze, die anspruchlosesten Gewächse, die sich denken ließen, teilten den dicken, sterbenden Ast mit mir und saugten Nährstoffe aus der durchweichten Rinde.

Warum, *warum* nur hatte Edwin sich dieses kunstvolle und zugleich alberne Schauermärchen zusammengesponnen? Was hatte er damit erreichen wollen? Vielleicht war die Frage falsch gestellt: Es ging ihm gar nicht so sehr darum, etwas zu erreichen, er war vielmehr verzweifelt darum bemüht, etwas nicht zu verlieren: nämlich seine Selbstachtung als Berufsjournalist und den Glanz und Flitter der neugewonnen Berühmtheit.

Wenn man ihn seit so vielen Jahren so gut kannte wie ich, dann verstand man genau, wie alles gekommen war. Er war begeistert gewesen – ja, ehrlich begeistert –, als er den Auftrag zu dieser Reise erhielt. Endlich sah er den Erfolg – ja, und die Berühmtheit – in greifbare Nähe gerückt, und als er mit seinen künftigen Kollegen die letzten Vorbereitungen traf, hatte er sicher noch die feste Absicht gehabt, seinen Teil zu dem Unternehmen beizutragen.

Doch als der Zeitpunkt der Abreise näherrückte und die mit dem Projekt verbundenen Gefahren in seiner Phantasie immer bedrohlicher wurden – nun, da bekam er kalte Füße, wie Richard Barlow es ausdrückte. Er geriet in Panik und tat etwas, was für einen Berichterstatter unverzeihlich war: er verlor die Nerven und sprang ab, er ließ seine Kollegen und seinen Chefredakteur im Stich und war damit in seinem Beruf für alle Zeiten blamiert.

Trotz allem, wie hatte er es wagen können, dieses Sammelsurium von grotesken Lügen zu verbreiten, die seine angeblichen Kollegen doch jederzeit widerlegen konnten?

Nein, wie die Dinge sich entwickelten, schienen sie dazu gar nicht so ohne weiteres in der Lage zu sein. Die ersten Gerüchte, gefolgt von der verläßlich scheinenden Meldung, Richard und Leo seien in Gefangenschaft geraten und wahrscheinlich tot, hatten ihm wohl das Gefühl gegeben, er sei aus dem Schneider, und ihn dazu angeregt, um sein Gesicht zu wahren, eine eigene Geschichte zu erfinden, die (aller Wahrscheinlichkeit nach) von niemandem mehr würde angezweifelt werden können und die ihm nicht nur Anerkennung verschaffen, sondern ihn zu einer strahlenden Berühmtheit machen sollte, genau das, was ihn ursprünglich bewogen hatte, den Auftrag anzunehmen.

Ganz einfach zu durchschauen. Dies war also der Mann, der mich heute abend zu Hause empfangen würde. Ein Feigling, ein Lügner, der seine Kollegen verraten hatte. Und nebenbei ein völliger Versager in seinem Beruf.

Nein, nicht nebenbei. Ein Mensch wird zum Lügner und zum Feigling, weil er versagt hat, nicht umgekehrt. Während die Dämmerung sich zwischen den Bäumen ausbreitete, hielt ich Rückschau und dachte darüber nach, was Edwin in all den Jahren aus sich gemacht hatte. Er hatte sich immer für jemanden gehalten, der er einfach nicht war – für einen mutigen, ausdauernden Menschen mit eisernem Willen –, und er hatte sich in einen Beruf gestürzt, der diese Eigenschaften in besonderem Maß verlangte. Als es dann hart auf hart ging und er nicht imstande war, die hohen Ansprüche zu erfüllen, da rettete er sich in Lug und Trug.

War es zu Hause nicht ebenso gewesen? Er hatte sich mit Feuereifer auf seine Vaterrolle gestürzt, obwohl seine bescheidenen Fähigkeiten nur für den Umgang mit einem Kleinkind, allenfalls noch für einen Fünf- oder Sechsjährigen ausreichten, der bewundernd zu ihm aufsah. Als er nach kurzer Zeit einem menschlichen Wesen gegenüberstand, das ihn körperlich überragte, den Videorecorder besser reparieren konnte und noch das ganze Leben vor sich hatte anstatt die Hälfte bereits hinter sich – was blieb einem verängstigten Mann in seiner Not schon anderes übrig als der verzweifelte Versuch, dieses heranwachsende Wesen abzuwerten, seine bedrohlichen Kräfte verächtlich zu machen?

Ich dachte an die noch sichtbaren Striche an der Küchentür, mit denen wir stolzen Eltern einst das Wachstum unseres kleinen Sohnes dokumentiert hatten, ohne einen Gedanken daran zu verschwenden, wohin diese Striche unaufhaltsam führten.

In der Feuchte und der wachsenden Dunkelheit wurde die Stille immer bedrückender, und ich fühlte mich unaussprechlich fremd in dieser geheimen Welt der Pflanzen, die sich friedlich auf ihren langen Winterschlaf zubewegte. Ich dagegen war dazu verurteilt, wach zu bleiben, mein Wesen war darauf angelegt, ständig unterwegs zu sein, tätig zu werden, sich für oder gegen ein Vorgehen zu entscheiden: wenn nicht dies, dann jenes...

Im Unterholz, nur ein paar Schritte entfernt, bewegte sich etwas, der Schreck durchfuhr mich wie ein Blitz: alle vielschichtigen, moralischen Überlegungen waren wie weggeblasen, meine Möglichkeiten reduzierten sich auf die klare Alternative Kampf oder Flucht.

Aber nur für eine Sekunde. Weniger als eine Sekunde.

»Mum!« Jason drängte sich durch das tropfende Blättergewirr und schüttelte sich das Wasser aus dem Haar. »Was in aller Welt machst du nur...? Der Mann am Tor sagte, er hätte eine Frau ganz allein hier herüber laufen sehen, und deshalb... Hör mal, Mum, komm um Himmels willen nach Hause! Dad dreht durch, weil der Wagen...!«

Ich hatte so lange an dem nassen Ast gelehnt, daß meine Schultern ganz steif waren und ich Mühe hatte, mich aufzurichten, aber ich schaffte es.

»Was *ist* mit dem Wagen?« fragte ich, und in meinem Kopf wirbelten Ausflüchte und Ängste wild durcheinander. Ging es etwa um diese Beulen und Kratzer...? Verdammt, das grenzte allmählich an Verfolgungswahn! Wenn mein Argwohn begründet war, hätte Edwin es doch mit Sicherheit vermieden, gerade *dieses* Thema mit seinem minderjährigen Sohn zu erörtern.

»Er ist einfach nicht da, und Dad weiß nicht, wo er sein kann. Ich wollte ihm erklären, ich hätte ihn auf dem Heimweg neben dem Tor stehen sehen, heil und unversehrt, aber... Ach, Mum, du weißt doch, wie Dad ist, wenn ihm etwas im Kopf herumgeht! Verbeißt sich wie ein Terrier und geht jedem an die Kehle, der ihm helfen will... Jedenfalls wollte ich mich vorübergehend aus der Schußlinie bringen und die Lage sondieren.

Und da bin ich. Habe dich richtig angepeilt. Und deshalb...« Plötzlich veränderte sich seine Stimme »Mum! Nicht zu fassen! Weißt du, was du da hast? Schau – dicht neben deinem rechten Fuß –, bewege dich nicht! Es ist nur ein Birkenröhrling, aber ein phantastisches Exemplar. Ob ich wohl... ich muß ihn Tim zeigen, er weiß bestimmt...«

Er trat zwei Schritte vor, bückte sich, löste das gelbliche, aufgeblähte Ding ganz vorsichtig aus seinem Geflecht, umfaßte es mit beiden Händen und richtete sich zögernd wieder auf.

»Ich hätte eine Dose oder sowas mitbringen sollen«, klagte er und schob den Pilz behutsam von einer Hand in die andere. »Es wäre eine Katastrophe, wenn er bricht, ehe Tim ihn zu sehen kriegt.«

Tim Fergusson, Brillenträger, rothaarig und sehr wohlerzogen, war nach der Schule einer unserer häufigsten Besucher, und in letzter Zeit war mir seine Leidenschaft für Pilze besonders aufgefallen, weil die mir bisher unbekannte Mrs. Fergusson immer wieder verzweifelt bei uns anrief, um sich zu vergewissern, daß unser *Eßbare Pilze der Britischen Inseln* und ihr *Warum immer nur Champignons?* in bezug auf das Prachtstück, das ihr Sohn gerade zum Abendessen in Butter braten wollte, auch einer Meinung seien. Jason hatte für dieses Thema bisher ein eher akademisches Interesse bekundet, und ich konnte nur hoffen, daß dieses bemerkenswerte Exemplar, dick wie ein Krapfen und zweimal so groß, ihn nicht zu kulinarischen Experimenten anregen würde. Was *Eßbare Pilze* sagen würde, wußte ich genau – es würde das häßliche Ding nicht nur für genießbar erklären, sondern ihm ein »köstliches Aroma« zuschreiben – oder irgend etwas in der Art, als wolle es Reklame für den edelsten Spitzenwein machen.

Mit Unbehagen beobachtete ich, wie liebevoll mein Sohn das gute Stück mit beiden Händen festhielt, und wie behutsam er seine Füße zwischen die glitschigen Wurzeln des Waldweges setzte, um es ja nicht zu sehr zu erschüttern.

Das hatte mir für meine Auseinandersetzung mit Edwin heute abend noch gefehlt – ein halbwüchsiger Sohn, der uns zum Abendessen Pilze briet. Ich überlegte kurz, ob ich Mrs. Fergusson telefonisch bitten sollte, zurückzurufen und zu sagen, in *ihrem* Buch würde der Birkenröhrling als hochgiftig beschrieben, aber irgend etwas – eher eine Art moralischer Ermattung als echte moralische Skrupel – hielt mich davon ab. Ich wollte mich nicht in einem weiteren Lügengespinst verfangen, davor scheute mein ganzes Wesen erschöpft zurück.

Kapitel 11

»Wo bist du gewesen? Warum hast du mir nicht Bescheid gesagt?«

Weil du noch geschlafen hast, als ich ging. Weil ich wußte, daß es dich wütend machen würde, und weil ich nicht einsah, warum wir zwei Kräche haben sollten, wenn doch einer genügte: der nämlich, der uns nun bevorsteht, nachdem ich wieder zurück bin.

Und vor allem, weil ich nicht weiß, was in aller Welt ich jetzt sagen soll, jetzt, wo ich mit Sicherheit weiß, daß du gelogen hast, daß deine Geschichte von Anfang bis Ende Schwindel war. Nun ja, eigentlich wußte ich das ja schon eine ganze Weile, aber bisher wußte es niemand sonst, es war eine Art Schattenwissen: der normale Alltag konnte einfach weitergehen, als sei es gar nicht da.

Aber das war vorbei. Seit Richard Barlow es wußte, seit ich wußte, daß er es wußte, und seit Edwin wußte, daß ich wußte, daß er es wußte, konnten wir uns gegenseitig nichts mehr vormachen. Und was blieb uns dann noch? Einem Paar wie uns, meine ich?

Ich sah zu Edwin hinüber, und mir sank der Mut. Schon die Umgebung, in der wir uns gegenüberstanden, ließ Schlimmes ahnen. Wir waren in Edwins Arbeitszimmer, und im harten Licht der einzelnen, nackten Glühbirne, die von der Decke hing, wirkte die herrschende Unordnung noch bedrückender. Edwin hatte trotz der Kühle des Oktoberabends nicht einmal den Heizstrahler angeschaltet – ein sicheres Zeichen, wenn es dessen überhaupt noch bedurfte, für drohenden Ärger. Wenn er seine Anfälle von schlechter

Laune hat, umgibt er sich als erstes mit so vielen kleine Unbequemlichkeiten, wie er auf die Schnelle nur finden kann; vermutlich will er damit Mitleid erregen, andererseits ist Mitleid wiederum genau das, was ihn in solchen Fällen am meisten zu reizen scheint. Es hätte also keinen Sinn, ihm die Arme um den Hals zu schlingen und zu wimmern: »Oh, Edwin, Darling, wie schrecklich für dich, es tut mir so leid, ich kann mir gut vorstellen, was du empfindest.« Jede derartige Äußerung wäre mehr als nutzlos gewesen.

Oder vielleicht doch nicht? Das habe ich mir seither manches Mal überlegt, aber wie auch immer, ich sagte nichts dergleichen, und wir werden es nie mehr erfahren. Statt dessen beantwortete ich nur möglichst ungerührt seine Fragen.

»Ich glaube, du weißt, wo ich war, Edwin. Ich habe mit Richard Barlow gesprochen. Er hat mir alles erzählt, auch über deinen Besuch letzte Nacht. Jetzt wissen wir also Bescheid. Du bist durchschaut. Die Seifenblase ist geplatzt; die Katze ist aus dem Sack. Nun müssen wir sehen, wie wir damit fertigwerden.«

Ich hielt inne. Das Schlimmste war gewissermaßen überstanden: der Anfang war gemacht.

Edwin zeigte keine Reaktion. Sein Gesicht – das grelle Licht ließ es faltig und beinahe alt wirken – war völlig ausdruckslos, und so redete ich weiter. Eine wilde Erregung hatte alle Hemmungen hinweggefegt, und unversehens ließ ich einen ganzen Schwall von aufmunternden Worten vom Stapel.

»Aber weißt du, Edwin, davon geht die Welt nicht unter – das heißt, sie muß nicht untergehen. Du bist nicht der erste Reisende, der nach Hause kommt und den Leuten einen dicken Bären aufbindet; das gibt es, seit die Welt besteht, und daran hat sich bis auf den heutigen Tag nichts geändert.

Man könnte fast sagen, es ist die Regel! Denk nur an den Burschen, der behauptete, ganz allein um die Welt gesegelt zu sein, während er in Wirklichkeit nur vor der Insel Wight oder sonstwo herumkreuzte. Oder an den anderen, der damals bei der Erdbebenkatastrophe sechsundzwanzig Tage lang unter den Trümmern begraben gewesen sein wollte, dabei war ihm gar nichts passiert, sein Haus war völlig intakt, er hatte nur das Gefühl, nicht genug Beachtung gefunden zu haben. Und dann natürlich die Sache mit dem Piltdown-Schädel.«

»Was zum Teufel willst du damit beweisen?» schrie Edwin, schwenkte in seinem Drehstuhl herum und sah mir zum ersten Mal in die Augen. »Was soll das Gefasel von Lügnern und Schwindlern? Natürlich ist die ganze Weltgeschichte voll von Lügnern und Schwindlern. Na und?«

Du befindest dich also in guter Gesellschaft, hatte ich ihm vermitteln wollen; aber damit war ich sichtlich ins Fettnäpfchen getreten. In welches Fettnäpfchen? Was hätte ich denn sagen *sollen*? Ich versuchte es noch einmal: »Hör zu«, sagte ich, »damit wir ganz klar sehen. Ich hatte eben ein langes Gespräch mit Richard Barlow, und er hat mir alles erzählt. Jetzt müssen wir überlegen, was wir unternehmen wollen. Er ist natürlich verärgert, kein Wunder, aber er hat mir zu verstehen gegeben, daß er nicht die Absicht hat, dich zu verraten, und deshalb ...«

»*Er* und *mich* verraten! Wie finde ich das denn? Das ist stark, das ist wirklich stark! Zuerst tischt er die unglaublichsten, plumpsten Lügen auf, hat die Stirn, mir vorzuwerfen, ich hätte gekniffen; und dann erbietet er sich aus reiner Herzensgüte, mich nicht zu verpetzen! Hör doch auf, Clare, erzähle mir nicht, daß *du* auf diese unsinnigen Verleumdungen hereingefallen bist! Ausgerechnet *du* ...«

Mir schwindelte. Alles hatte sich ins Gegenteil verkehrt. So wäre sich Newton vorgekommen, wenn der Apfel plötzlich vom Boden abgehoben und sich wieder auf dem Ast niedergelassen hätte. Was wäre dann aus der Schwerkraft geworden, aus dem Gravitationsgesetz ...?

Ich mußte mich an meinen gesunden Menschenverstand halten. Vor allem mußte ich mich an die Tatsachen halten, und Tatsache war unter anderem, daß ich bereits lange vor der schicksalhaften Unterredung mit Richard Barlow erkannt hatte, daß an Edwins Geschichte etwas faul war. Sein Verhalten und die Unstimmigkeiten in dem Bericht über seine Abenteuer hatten mich zu dem Schluß gezwungen, daß er log. Richard Barlows Enthüllungen hatten nur bestätigt, was ich in tiefster Seele bereits wußte.

»Diese doppelzüngige, falsche Schlange!« tobte Edwin. »Er verläßt sich darauf, daß die seriösen Blätter seine Version bevorzugen, weil er da Einfluß hat – er ist älter als ich, bekannter als ich ... Er will seine Beziehungen spielen lassen, um meine Story herunterzumachen! Nur weil er in dem Job ganz oben steht und ich ein blutiger Anfänger bin ...«

Anfänger? Nach zwanzig Jahren? ›Weil er Erfolg hat und du ein Versager bist‹, wäre der harten Wahrheit nähergekommen, aber das sagte ich natürlich nicht; außerdem redete Edwin immer noch, steigerte sich in eine Empörung hinein, die bald nicht mehr gespielt war. Erlebte ich etwa das Anfangsstadium einer wohlbekannten Erscheinung, begann hier ein Lügner langsam, Schritt für Schritt, an seine eigenen Lügen zu glauben?

»Wenn er meint, er kann mich für dumm verkaufen, dann hat er sich getäuscht, denk an meine Worte! Er glaubt, er hat mich in der Hand, weil es keine unabhängigen Zeugen gibt; er baut darauf, daß Aussage gegen Aussage steht ...«

»Aber Edwin«, ich konnte mir den Einwurf nicht verkneifen, »es steht doch gar nicht Aussage gegen Aussage. Leonard Coburn war auch dabei, vergiß das nicht. Ich weiß, im Moment lassen die Ärzte nicht zu, daß man ihn befragt, aber sobald er wieder gesund ist ...«

»Das wird gar nichts beweisen!« Er hob ruckartig den Kopf, und ich erkannte am schadenfrohen Ton seiner Stimme, daß er auf ein seiner Ansicht nach erdrückendes Argument zusteuerte: »Du vergißt, Clare, daß Leo vermutlich eine Gehirnerschütterung hatte. In einer Meldung hieß es sogar, er läge im Koma. Wer wird dem Gedächtnis eines Mannes trauen, der erst kurz zuvor aus dem Koma erwacht ist? Jedermann weiß, daß eine Gehirnerschütterung das Erinnerungsvermögen beeinträchtigt – alles, was vor dem Unfall geschah, wird ausgelöscht, manchmal entsteht eine Lücke von mehreren Stunden. Wenn er also behaupten will, ich sei nicht mit auf der Reise gewesen – nun, dann hat er es einfach vergessen! Posttraumatische Amnesie. Jeder, der auch nur eine Ahnung von Medizin hat, weiß *darüber* Bescheid.«

Das hatte er kurz zuvor im *Medical Dictionary* nachgeschlagen, so viel war klar. Richard Barlow hätte mir sicher sagen können, ob Edwin dieses Argument tatsächlich schon beim gestrigen Gespräch vorgebracht hatte.

Hatte er? In seinem eigenen Interesse hoffentlich *nicht*, denn wenn sich je ein Mann selbst verurteilt hatte, dann Edwin, als er Leonard Coburn eben so voreilig eine Gedächtnislücke unterstellte, um daraus eine Waffe zu seiner eigenen Verteidigung zu schmieden. Denn das bedeutete doch, daß er von vornherein überzeugt war, Leonard würde, wenn er wieder zu sich kam, das gleiche aussagen wie Richard; hätte auch nur die geringste Hoffnung bestanden, daß er Edwins Geschichte bestätigte, wäre von Amnesie gar nicht erst die Rede gewesen.

Eine große Traurigkeit überkam mich. Edwin war nicht einmal ein guter Lügner. Aber die Traurigkeit ging tiefer, viel tiefer. Zum ersten Mal erkannte ich, wie sehr ich mich in diesen letzten Stunden darauf gefreut hatte, Edwins Geheimnis, so schrecklich es auch war, mit ihm zu teilen. Wir hatten seit Jahren nichts mehr miteinander geteilt: unsere vielfältigen Schwierigkeiten hatten uns nur immer weiter auseinandergebracht, hatten sich in schlechter Laune, Ausflüchten und kleinlichem Gezänk geäußert. Nicht ein einziges Mal in den letzten zehn Jahren hatten wir uns zusammengesetzt, um ein Problem gemeinsam anzugehen, ausführlich und offen darüber zu sprechen und miteinander eine Lösung zu finden. Nicht ein einziges Mal: und in den letzten paar Stunden hatte ich mich der Illusion hingegeben, daß genau dies nun endlich geschehen würde. Edwin würde mir alles anvertrauen: seine Lügen, die Ängste, die ihn dazu getrieben hatten. Wie er sich nach dem Ruhm und dem beruflichen Aufstieg gesehnt hatte, die ihm dieses waghalsige Unternehmen zu versprechen schien, und wie er, als es ernst wurde, in Panik geriet und »kniff«. Was natürlich die fast noch größere Furcht vor unwiderruflicher Blamage und Demütigung zur Folge hatte. Wie ihm in diesem verzweifelten Moment die Nachricht von der Gefangennahme seiner beiden Kollegen als Geschenk des Himmels erschienen war, als gefahrloser Ausweg aus seiner Zwangslage. Vorausgesetzt, sie waren tot oder wurden über längere Zeit festgehalten (und nach den Erfahrungen bei früheren Geiselnahmen konnte man davon ausgehen, daß eines von beidem der Fall sein würde), dann brauchte er nur eine Geschichte zu erfinden und dabei zu bleiben. Eine ganz einfache Übung, wobei natürlich eine Lüge die nächste nach sich zog, wie das bei Lügen so üblich ist.

Und dann kam doch alles ganz anders: wider Erwarten war Richard Barlow heil und gesund zurückgekehrt, und damit war der ganze Schwindel aufgeflogen.

Das alles würde Edwin mir anvertrauen, und dann würden wir gemeinsam entscheiden, was nun zu tun war.

Soweit jedenfalls meine Illusion, in der ich als guter Engel die Hauptrolle spielte: einfühlsam, niemals verurteilend, unendlich weise; eine Frau, die alles verstand, alles verzieh und ihm Halt und Stütze war, wenn der unvermeidliche Spießrutenlauf schließlich begann. Ich hatte sogar schon beschlossen, was ich sagen, welchen Rat ich ihm geben wollte. Ich würde ihn darauf hinweisen, daß es für die Presse schlimmstenfalls eine kurzlebige Sensation wäre; bald würde sich niemand mehr dafür interessieren, und dann konnte er in Ruhe abwarten, bis Gras über die Sache gewachsen war; vielleicht ließ sich aus der Katastrophe paradoxerweise noch ein Nutzen ziehen. Etwa mit Schlagzeilen wie:

DIE GETÜRKTE ENTFÜHRUNG

EDDIE LÜGT, DASS SICH DIE BALKEN BIEGEN!

ERZÄHL'S DEINER GROSSMUTTER, EDDIE!

Überschriften dieser Art wollte ich ihm prophezeien, von gutmütigem Spott durchtränkt. Und ich glaube, das wäre tatsächlich der Tenor gewesen, jedenfalls in der Boulevardpresse, denn in den Tiefen ihrer schwarzen Seele liebt die Welt den Versager. Hinter der geharnischten Empörung, mit der sie ihn verdammt, wird die Liebe sichtbar. Das alles wollte ich ihm erklären, und wenn ich ihm mit meinen

Bemühungen wieder ein wenig Mut gemacht hatte, wollte ich ihn wegen der zu erwartenden Karikaturen necken: Eddie der notorische Schwindler, über seine Schreibmaschine gekauert, einen Artikel für den Chefredakteur in die Tasten hämmernd – DIE FAUSTDICKE LÜGE oder etwas in der Art. Am Ende würde er ein bißchen lachen müssen, genau wie die Welt lachen würde... Schritt für Schritt würde er vielleicht sogar zum Volkshelden avancieren, zum Schutzpatron aller Räubergeschichten, möglicherweise würde er unsere Sprache sogar noch um ein neues Wort bereichern, »Eddiefiktion«, natürlich nicht zu verwechseln mit »Edition«.

Dies alles und noch mehr hatte ich mir zurechtgelegt, als Edwin mir eine schallende Ohrfeige versetzte, indem er sogar mir gegenüber auf seinen plumpen Lügen beharrte. Statt daß wir gemeinsam ein Problem anpackten, wir beide gegen den Rest der Welt, klaffte nun ein Abgrund von Täuschung und Gegentäuschung zwischen uns. Ich mußte so tun, als glaubte ich ihm; er mußte so tun, als glaubte er, daß ich ihm glaubte... Wohin sollte das führen? Was erwartete er nun von mir? Wichtiger noch, was erwartete *ich* von mir?

Eine tiefe Müdigkeit überkam mich, und Edwin ging es wohl ebenso. Wir verstummten beide. Er rutschte unruhig auf seinem Stuhl hin und her und legte die Hände vor die Augen, als schmerze ihn das Licht.

Kein Zweifel, Lügen sind anstrengend. Sie müssen durch einen Motor am Leben gehalten werden, der niemals abgeschaltet werden kann. Sie bedürfen ständiger Überwachung, es gibt keinen Feierabend: kein Wunder, daß Edwin so alt und erschöpft aussah.

»Ich mache uns eine Tasse Tee«, schlug ich vor – das unverbindlichste Angebot, das mir auf die Schnelle einfiel –

und eilte in die Küche, ehe Edwin auch daran noch etwas auszusetzen fand. Und das war ein Glück, wie sich herausstellte, denn dadurch stolperte ich und nicht Edwin über dieses scheußliche Pilzungetüm – ich hatte seinen Namen schon wieder vergessen – das wie ein Ausstellungsstück in einer Kuchenform mitten auf dem Küchentisch lag. Ich ließ das Ding hastig hinter dem Brotkasten verschwinden. Warum ich mir so sicher war, daß der Anblick Edwin aus der Fassung gebracht hätte, wußte ich im Moment nicht zu sagen; ich hatte es einfach im Gefühl. Wahrscheinlich waren sich unsere primitiven Vorfahren ähnlich sicher, daß am nächsten Tag die Sonne aufgehen würde, ohne die geringste Ahnung von den Kräften zu haben, die bewirkten, daß die Erde sich um ihre eigene Achse dreht, ja, ohne überhaupt etwas von der Drehung der Erde zu wissen. So einfach ist es, aus vollkommen falschen Annahmen einen vollkommen richtigen Schluß zu ziehen; aber das wird einem natürlich immer erst im nachhinein klar.

Kapitel 12

Ich liege neben einem Mörder, der noch keinen Mord begangen hat.

Der Gedanke sprang mich aus der Dunkelheit an, ohne jede Vorwarnung. Vielleicht träumte ich sogar, auch wenn ich den Eindruck hatte, in dieser nicht enden wollenden Nacht überhaupt nicht geschlafen zu haben.

Sie wissen ja, wie das ist mit der Schlaflosigkeit. Mitten im Gehirn steckt ein Knäuel Stacheldraht, etwa so groß wie eine geballte Faust, und daran spießen sich die Gedanken auf, verheddern sich und können sich nicht mehr befreien. Sie reagieren weder auf vernünftiges Zureden noch auf Entspannungstechniken. Sie haben nicht darum gebeten, in diesem Kopf zu sein, und man selbst hat nicht darum gebeten, daß sie ihn besetzen; aber sie sind da, und man muß sehen, wie man mit ihnen zurechtkommt.

Ein Mörder, der noch keinen Mord begangen hat. Zu Anfang trifft das natürlich auf alle Mörder zu, sogar auf Jack the Ripper, was aber ist es, das sie so verändert, das von einem Augenblick zum anderen aus gewöhnlichen Bürgern Mörder werden läßt?

»Er war doch ein netter, ganz normaler Mensch, genau wie alle anderen«, sagen die Nachbarn hinterher. Und genau das war er natürlich auch, denn vor der Tat war er ja noch kein Mörder, da *war* er ein ganz normaler Mensch. Was hat ihn also binnen Sekunden, von einer Minute zur anderen so vollständig verwandelt? Keine andere Veränderung in der Natur läuft so rasant ab ... Von der Raupe zur Puppe ... Von der Kaulquappe zum Frosch ... das dauert immer eine ganze Weile – meistens Tage, oder zumindest Stunden...

Kaulquappen... Raupen... Zusammengerollte, grüne Dinger, zappelnde, schwarze Dinger ringeln sich hinter meinen geschlossenen Lidern, verschlingen sich, trennen sich wieder, kriechen mit trägen, wellenförmigen Bewegungen hin und her...

Ich glaubte, ich würde einschlafen, aber das wäre zu schön gewesen. Meine Lider klappten auf, und da war wieder der schwache Umriß des Fensters hinter den dünnen Gardinen, scharf abgehoben von der Dunkelheit des Zimmers und merklich heller als beim letzten Hinsehen. Es konnte noch nicht Morgen sein; das Licht im Osten mußte von der Mondsichel kommen, die der nahenden Dämmerung den Rücken zukehrte. Ein dünner, ein hauchdünner Silberstreifen fiel durch den Spalt zwischen den Gardinen über Edwins Bett; ich stützte mich auf einen Ellbogen und beobachtete, wie er sich, Millimeter für Millimeter, auf sein Gesicht zubewegte.

Ich hoffte nicht nur, daß ihn das Licht nicht wecken würde, ich war mir fast sicher. Er hatte einen turbulenten Tag hinter sich, von unserem furchtbaren Streit am Abend ganz zu schweigen, und schlief friedlich wie ein Baby.

Schlafen alle Mörder in der Nacht vor ihrer Tat so fest? Oder hatte Richard Barlow recht? Ich erinnerte mich an den verächtlichen Zug um seine Lippen, als er behauptete, mein Mann würde es niemals wagen, einen Mord zu begehen. »Er würde kalte Füße kriegen. Er würde kneifen!«

Wirklich? Irgendwo hatte ich einmal folgende Definition gelesen: Ein Neurotiker ist ein Verbrecher, dem der Mut fehlt, ein Verbrechen zu begehen.

War Edwin ein Neurotiker? Seine Anfälle von schlechter

Laune ... seine Ängste ... seine Sucht, aus allem und jedem ein Problem zu machen ... addierte sich das zu einer Neurose? Stimmte die Definition überhaupt? Wie sollte man ihre Richtigkeit beweisen?

Ich überlegte flüchtig, wieso dieser Streifen Mondlicht so lange brauchte, um Edwins Gesicht zu erreichen: dann merkte ich, daß meine Augen schon seit einiger Zeit geschlossen waren, ich hatte den entscheidenden Moment wohl verpaßt.

Gleichviel. Bald war es Morgen. Vielleicht würde bei Tageslicht alles anders aussehen?

Kapitel 13

Anders als sonst war vor allem, daß ich verschlief. Es war schon nach neun, als ich die Augen öffnete und auf den eifrig tickenden, kleinen Wecker schaute, der mich um Viertel nach sieben nicht geweckt hatte, und als ich hinunterkam, stellte ich fest, daß Jason sich selbst sein Frühstück gemacht hatte – irgend etwas in der Pfanne, wie es schien – und zur Schule gegangen war. Edwin – in frischem Hemd, Krawatte und seinem besten Anzug – saß mit hängenden Schultern, umgeben von Krümeln und Marmelade am Frühstückstisch und blätterte finster in einem bedrückend dicken Stapel von Zeitungen jeder Kategorie.

Er sah nicht auf, als ich eintrat, und ich blieb einen Moment stehen, um die Zeichen zu deuten, ehe ich es wagte, ihn mit einem »Hallo«, einem »Guten Morgen« oder einer ähnlichen fragwürdigen Äußerung zu stören.

Am beunruhigendsten wirkten der Anzug und die Krawatte. Normalerweise frühstückt Edwin in seinem verschlissenen Morgenmantel und in ausgelatschten Pantoffeln. Andererseits waren die Krümel und die Marmelade ein gutes Zeichen: wenn er wirklich schlechte Laune hat, trinkt er nur eine Tasse schwarzen Kaffee, und den läßt er so lange stehen, bis er kalt geworden ist, um sich dann darüber zu beklagen. Die Bedeutung der vielen Zeitungen – das war schwieriger: abgesehen davon, daß er das Haus verlassen und sie gekauft haben mußte, vor dem Frühstück, auf seinen eigenen zwei Beinen ...

»Dieses raffinierte Drecksschwein!!« brauste er auf, immer noch mit gesenktem Kopf und ohne mich anzusehen.

»Nirgendwo mehr als zwei Spalten! Was zum Teufel hat er vor? Wenn er mich bloßstellen will, braucht er doch nur *seine* Story riesengroß auf die Titelseiten zu bringen! Warum hält er sich zurück? Hier – sieh selbst!« Er schob eine der seriöseren Tageszeitungen über den Tisch und zeigte mit dem Daumen auf eine ziemlich kleine Meldung auf einer der inneren Seiten. ZWEITER JOURNALIST WOHLBEHALTEN ZU HAUSE EINGETROFFEN, lautete die dezente Überschrift, klein und halbfett gedruckt, und dann folgte eine schlichte, sehr knappe Darstellung von Richards Erlebnissen, nur die nackten Tatsachen, ohne den leisesten Hinweis auf Edwins An- oder Abwesenheit in irgendeiner Phase der Expedition. Nach zweimaligem Lesen war mir klar, wie geschickt die Abweichungen heruntergespielt worden waren. Dem Durchschnittsleser würde kaum auffallen, daß Edwins zuvor in allen Medien verbreiteter Bericht in unmittelbarem Widerspruch zu diesem hier stand. Richard mußte bewußt auf einen großen Teil der ihm zustehenden Publicity verzichtet haben, um das zu erreichen. Ein anständiger Mann, dachte ich bei mir, der sich einem Berufskollegen gegenüber anständig benimmt und sich seit der Privatschule, in der er mit Sicherheit erzogen wurde, streng an den Grundsatz »Petzen gilt nicht« hält.

»Nun«, sagte ich vorsichtig und gab Edwin den Artikel zurück, »wenigstens steht er zu seinem Wort. Er sagte mir, er habe nicht die Absicht, dich bloßzustellen, und du mußt zugeben, daß er sein Versprechen bisher gehalten hat. Obwohl es ihn einige Überwindung gekostet haben muß. Ich meine, es wäre doch ein echter Knüller gewesen, wenn er gewollt hätte ...«

Das ganze Plädoyer war ein Fehler, besonders der letzte Teil. Nie, nie darf man sich dazu hinreißen lassen, dem eigenen Ehemann die Vorzüge seines Rivalen aufzuzählen; er reagiert darauf wie ein Stier auf das berühmte rote Tuch.

Ich hatte mich eigentlich an den marmeladeverschmierten Tisch setzen wollen, um mir ein Brot zu streichen, aber jetzt beschloß ich, dem Sturm doch lieber im Stehen zu trotzen.

»›Obwohl es ihn einige Überwindung gekostet haben muß‹! ›Ein echter Knüller!‹ Wirklich, Clare, wie kann man nur so naiv sein! Begreifst du denn nicht, was er vorhat? Er spielt auf Zeit, er sammelt Material, um mich zu vernichten! Morgen – übermorgen – nächste Woche wirst du in jeder Zeitung die dicken Schlagzeilen sehen, die mich als Lügner und Betrüger brandmarken! Er kriegt seinen Knüller schon noch, keine Sorge, und bei dem Aufsehen, das ich erregt habe, wird es eine Sensation!

Zur Zeit trifft er seine Vorbereitungen – siehst du das nicht? Er führt etwas im Schild! Hast du nicht bemerkt, Clare, daß die Medien mich immer mehr fallenlassen? Da steckt er dahinter, ohne jeden Zweifel. Ist dir klar, daß gestern kein einziger Anruf vom Fernsehen gekommen ist? Nicht einmal der Rundfunk hat sich gemeldet. Ich weiß nicht, welche Beziehungen er hat spielen lassen, um mich rauszudrängen – vermutlich die alte Schulclique –, Tatsache ist jedenfalls, daß für mich nichts mehr läuft, seit er wieder im Lande ist. Weißt du, daß ich heute morgen in den Nachrichten *mit keinem Wort* erwähnt wurde? Ich habe sie mir um sieben angehört und dann wieder um acht. Keine einzige Silbe. Die haben mich *fallenlassen*, Clare. Er hat sie unter Druck gesetzt, und sie haben mich fallenlassen wie eine heiße Kartoffel! Aber damit kommt er nicht durch, das schwöre ich! Ehe er sich's versieht, hat er selbst eine heiße Kartoffel in der Hand und wird sich gehörig die Finger verbrennen!«

Das klang so rechtschaffen empört, daß es fast lächerlich wirkte. Bildete Edwin sich wirklich sein, Richard sei für das schwindende Interesse der Medien verantwortlich? Hatte er tatsächlich geglaubt, der ganze Rummel um seine Person würde ewig dauern? Gerade er sollte doch wissen, wie schnell selbst wichtige Ereignisse aus den Schlagzeilen verschwinden und am Zeitungskiosk nicht mehr groß angeschrieben werden. Berühmten Leuten ergeht es fast wie den Gottlosen in der Bibel: Sie grünen wie das Gras, nur um vertilgt zu werden für immer.

Aber darauf konnte ich in diesem Moment wohl kaum verweisen. Mein Geist füllte sich, Tropfen um Tropfen, wie eine Zisterne mit nicht unbedingt taktvollen Bemerkungen. Früher oder später würde die Zisterne überlaufen. Eher früher als später.

»Edwin, die weißt doch, wir waren gestern beide viel unterwegs, da könnte doch leicht der eine oder andere Anruf...«

Ich unterbrach mich aus zwei Gründen. Erstens klang »der eine oder andere Anruf« vielleicht nicht respektvoll genug für ein so weltbewegendes Ereignis wie eine Einladung zur *Bright and Early Chat Show* oder dergleichen, und zweitens wollte ich den alten Streit über die Anschaffung oder Nichtanschaffung eines Anrufbeantworters nicht wieder aufwärmen. Edwins Argument war ja gerade, daß ihm möglicherweise wichtige berufliche Chancen entgingen, wenn er nicht prompt reagierte. Ich hielt dem entgegen, daß Edwin ohnehin nie prompt auf berufliche Chancen reagierte, selbst wenn er zu Hause war und den Anruf entgegennehmen konnte.

Ein Vorwurf, der im Moment freilich nicht zutraf. Seit er so plötzlich zu Weltruhm gelangt war, schlich er um das

Telefon herum wie ein liebeskranker Teenager; aber das würde nicht ewig so bleiben; bestimmt nicht so lange, wie es dauern würde, bis das Gerät bestellt, die letzte Horde Techniker zum letzten Mal durch unser Haus getrampelt und das Ding tatsächlich installiert war.

Und danach stünde mir das bevor, wovor mir am meisten graute: die Aufgabe (und sie bliebe mit Sicherheit an mir hängen), mich bei all den Anrufern dafür zu entschuldigen, daß Edwin ihretwegen nichts unternommen hatte. Wenn wir tatsächlich einen Anrufbeantworter hätten, ging es mir durch den Sinn, müßte der Text auf dem Band etwa folgendermaßen lauten: »Wenn ich Ihren Anruf nicht beachte, so liegt es daran, daß Sie mich zu Tode langweilen und ich keine Lust habe, mich bei Ihnen zu melden. Weitere Anrufe wären also reine Zeitverschwendung.«

Seltsam, wie blitzschnell einem so eine ganze Serie von bösen Gedanken durch den Kopf schießt. Ich möchte schwören, daß nach »der eine oder andere Anruf« keine merkliche Pause eintrat, ehe ich mich hastig in die Wiedergutmachung stürzte. »Ein Anruf vom Fernsehen, meine ich – oder so etwas. Vielleicht auch vom *International Focus*? Dabei fällt mir ein, Edwin, dein Chefredakteur hat wieder nach dir verlangt. Seit du zurück bist, versucht er ständig, dich zu erreichen ...«

»Teufel auch! Sag ihm, er kann mich mal, Clare! Der Mann ist nicht der Nabel der Welt, das könnte er allmählich begreifen. Als er den Aufmacher im *Daily Recorder* gesehen hat, muß ihm doch klar geworden sein, daß ich ...«

Die Erinnerung an vergangene – nun ja, zwei Tage alte – Glanzzeiten hatte sein Gesicht aufleuchten lassen; nun verdüsterte es sich wieder.

»Aber das ist es nicht allein, Clare! Sein Ton gefällt mir

nicht! Anfangs wußte ich nicht, was ich davon halten sollte, aber jetzt ist mir alles klar. Dein heißgeliebter Richard hat sich an ihn rangemacht. Hinter meinem Rücken hat er meinen Chefredakteur gegen mich aufgehetzt – findest du nicht, daß das für einen Kollegen eine ziemliche Gemeinheit ist? Findest du nicht, Clare? Du schwärmst immer von seinen Privatschulgrundsätzen – sind *das* vielleicht die Grundsätze der Privatschulen? Seine Kollegen anzuschwärzen? Ihnen hinter ihrem Rücken Schwierigkeiten zu machen? – Wenn das so ist, dann kann ich nur sagen, ein Hoch auf die staatliche Realschule...«

»Die staatliche Realschule gibt es nicht mehr«, erklärte ich, auf alle weiteren Beschwichtigungsversuche verzichtend. »Außerdem bist du wirklich unfair, Edwin. Du hast überhaupt keinen Beweis dafür, daß Richard von deinem Chefredakteur auch nur gehört, geschweige denn, daß er dich bei ihm verpetzt hätte. Warum in aller Welt sollte er? Wozu sollte er so etwas tun? Du glaubst anscheinend, daß er dich ruinieren will – aber *warum*? Wozu? Was hätte er denn davon?«

»Hör mal, Clare, so viel Einfalt kann doch wohl nicht wahr sein! Wahrscheinlich liegt das an dem behüteten Dasein, das ich dir ermögliche; du hast ja keine Vorstellung, durch was für einen Dschungel von Verrat, übler Nachrede und Intrige *ich* mich kämpfen muß. Was er davon hätte, fragst du? Ich werde dir sagen, was er davon hat. Ich werde dir auseinandersetzen, was er auf lange Sicht plant. Er will mich erpressen. Daß er meine Story abwürgt, ist erst der Anfang; die Drohungen kommen später. Er wird drohen, mich als Lügner bloßzustellen, und ich kann nichts dagegen machen, weil er in diesem Job ganz oben steht und alle Fäden in der Hand hält. Er glaubt, er hat mich in der Tasche und kann mich nach Belieben für seine schmutzigen Geschäfte benützen, immer mit der Drohung, ›mich zu verpetzen‹, wenn ich mich weigere ...«

Hier sprang er auf und stieß seinen Stuhl so heftig zurück, daß die Beine mit lautem Knirschen Toastkrümel zermalmten und neue Rillen und Schrammen in das Küchenlinoleum gruben.

»Wofür hältst du mich eigentlich, Clare, daß ich einer so infamen Drohung nachgeben soll? Wenn ich doch weiß, daß alles gelogen ist? Und diese absurde Geschichte, ich sei nicht dabeigewesen, ist eine einzige Lüge ... das ist dir doch sicher klar? Ich dachte immer, Clare, wenigstens du würdest mir Vertrauen schenken ...«

Vertrauen. Ein schwammiger Begriff. Irgendwo habe ich einmal gelesen, wie ein Schuljunge ihn definierte: Vertrauen heißt, an etwas glauben, obwohl man weiß, daß es nicht wahr ist.

Ich zögerte eine Sekunde mit der Antwort. Dann sagte ich: »Aber selbstverständlich vertraue ich dir.«

Kapitel 14

Erst nachdem er in der üblichen Hektik das Haus verlassen hatte – er war zu spät dran, wo war seine Aktenmappe, nie hatte er Zeit, um richtig zu frühstücken –, stellte ich mir die Frage, wofür er eigentlich zu spät dran war. Über unserem Streit – Wortwechsel, wie immer man es nennen mag – beim Frühstück waren wir nicht dazu gekommen, uns über das Tagesprogramm zu unterhalten.

Er hatte eine wichtige Verabredung, so viel war sicher; Edwin war nicht ohne Grund schon vor dem Frühstück fertig angezogen. Allerdings hatte er in den letzten paar Tagen alle seine lebenslangen Gewohnheiten auf den Kopf gestellt, und auf einen Wink der Medien wäre er überallhin geeilt, zu jeder Stunde, in jeder Kleidung, sogar im Anzug.

Doch seine große Stunde war vorüber. Nach eigenem Eingeständnis hatte seit vorgestern abend niemand aus der Funk- und Fernsehwelt mehr etwas von ihm gewollt oder ihn irgendwohin bestellt. Gestern war er ein Held gewesen; heute war er ein alter Hut, tief begraben unter einem Berg aktueller Ereignisse. Die Welt hatte sich ohne ihn weitergedreht, und heute morgen war selbst das winzigste Ereignis im hintersten Winkel der Welt wichtiger als er, denn es passierte *jetzt*.

Also hatte ihn wohl nicht das wiedererwachte Interesse der Medien so früh aus dem Bett getrieben. Auch von keinem der Verleger und Chefredakteure, die in den letzten Tagen so unverbindlich verheißungsvolle Äußerungen von sich gegeben hatten, war ein neues Angebot gekommen, denn davon hätte er mir sicher erzählt. Trotz unserer schwerwiegenden Meinungsverschiedenheiten, trotz der abgrundtiefen Mißverständnisse zwischen uns gab es nämlich einen Bereich, wo Edwin weiterhin rührend auf Nähe Wert legte, und das waren seine Erfolge, sofern vorhanden. Ein Brief von einem seiner Bewunderer; ein freundliches Wort von einem der Redakteure; eine lobende Erwähnung eines seiner Artikel, und er kam zu mir gelaufen wie ein Kind mit einem guten Zeugnis. Die freundlichen Worte wurden mir nicht ein, sondern ein halbes Dutzend Mal vorgelesen; die lobende Erwähnung wurde kopiert, damit ich ein Exemplar ganz für mich allein hatte und es aufbewahren konnte. Und ich bewahrte alles auf, auch wenn das *Wo* ein ständiges Problem war. Ein paar solcher Blätter lagen im Moment in der Schublade der Anrichte zwischen den Geschirrtüchern; der noch unübersetzte Beitrag aus Japan steckte unbeachtet hinter der Teebüchse und harrte der Klassifizierung.

»Ordnung ist das halbe Leben«, pflegte meine Großmutter zu sagen; aber sie war schließlich mit meinem Großvater verheiratet und nicht mit Edwin.

In gewissem Sinn war sie entwaffnend, diese Angewohnheit, denn sie zeigte, daß er wenigstens meine Bewunderung und meinen Beifall schätzte. Zwar schätzte er auch die Bewunderung und den Beifall jedes, aber auch wirklich *jedes* anderen Menschen, aber das konnte dieses schmale Band zwischen uns nicht völlig zerstören. Ich weiß nicht, warum, aber es blieb bestehen.

Ein lukrativer Auftrag von irgendwoher war es also nicht. Was sonst könnte es sein? Was sonst könnte einen Mann dazu treiben, sich in Schale zu werfen, um, sorgsam darauf bedacht, seiner Frau nichts über sein Ziel zu verraten, zu ungewohnter Zeit das Haus zu verlassen?

Etwa eine Stunde später, ich schlug mich immer noch mit diesen Fragen herum, klingelte das Telefon: Sally.

»Ach, Clare!« hauchte sie aufgeregt, »Ihr reizender Mann ist hier – wußten Sie, daß er kommen wollte? *Wir* wußten nichts, es war eine wundervolle Überraschung. Er wollte nur kurz vorbeischauen, sagt er, um sich zu erkundigen, wie es uns geht, ist das nicht entzückend? Ich nehme an, er wollte eigentlich Richard sprechen; nach allem, was sie gemeinsam erlebt haben, gibt es sicher eine *Menge* zu erzählen, aber leider ist Richard im Moment nicht hier. Komisch, im Büro ist er offenbar auch nicht. Ich habe dort angerufen, aber er hat sich den ganzen Vormittag dort nicht blicken lassen... vermutlich ist ihm irgend etwas dazwischengekommen...«

Sie hielt inne; aber ehe ich Gelegenheit hatte, auch nur eine der Fragen, die langsam aus meinem Unterbewußtsein auftauchten, in Worte zu fassen, fuhr sie fort: »Wie dem auch sei, er ist sicher zum Lunch zurück... und deshalb rufe ich Sie an, Clare. Es wäre doch schade, wenn Edwin Richard gar nicht zu sehen bekäme, nachdem er den weiten Weg gemacht hat, und da habe ich ihn zum Lunch eingeladen; und dann habe ich gedacht, wie nett es doch wäre, Sie auch dabeizuhaben. Ich meine, wenn er nun schon mal da ist. Und wenn Sie mit dem Wagen kommen könnten, Clare, dann bräuchte er nicht wieder mit diesen umständlichen Bussen zurückzufahren. Es ist einfach gräßlich, wenn man mit öffentlichen Verkehrsmitteln durch ganz London muß, finden Sie nicht? Wenn ich mit Barnaby zum Zahnarzt gehe, kann ich nicht anders – unser Zahnarzt hat seine Praxis nämlich in der Harley Street; kein Parkplatz weit und breit...«

Es ist nicht einfach, Sallys Telefonmonologe zu unterbrechen, aber diesmal gelang es mir. Vor Überraschung konnte ich nicht an mich halten: »Soll das heißen, daß Edwin nicht mit dem Wagen gekommen ist? Er hat die ganze Strecke ohne Auto zurückgelegt – zur Stoßzeit?«

Das klang nun ganz und gar nicht nach Edwin. Erst der Anzug, die Aktenmappe und das ganze Theater beim Frühstück und nun auch noch das.

»Moment mal«, sagte ich, ging ans Fenster und sah hinaus. Sie hatte recht: der Wagen stand noch da.

Rätsel über Rätsel. Vielleicht sollte ich die Einladung doch annehmen, um wenigstens zu erfahren, was in aller Welt eigentlich los war.

Zuerst würde ich jedoch die Küche fertig aufräumen, nachdem ich schon einmal damit angefangen hatte; und so sagte ich Sally, ich würde kurz nach zwölf da sein, und machte mich wieder an die Arbeit.

Die Küche hatte schon schlimmer ausgesehen. Das größte Problem ist immer das viele Papier, das einem ungebeten ins Haus flattert und überall herumliegt: kostenlose Zeitungen, Warenproben und Werbeprospekte sowie die diversen braunen Umschläge, denen man sofort ansieht, daß sich das Öffnen nicht lohnt, und die man trotzdem nicht einfach wegzuwerfen wagt.

Dem Himmel sei Dank, wenigstens war der Riesenpilz verschwunden. Jason hatte ihn wohl mit in die Schule genommen, um ihn dem sachkundigen Tim zu zeigen. Mit etwas Glück würde besagter Tim ihn mit *zu sich* nach Hause nehmen und ihn auch dort behalten, dann brauchte ich Edwin nicht mehr davor zu bewahren, daß ihn das Ding aus der Fassung brachte. Ob Tims Mutter wohl niemanden hatte, den sie in dieser Weise beschützen mußte?

Die Frau war zu beneiden!

Kapitel 15

Der Altweibersommer war zurückgekehrt. Barnaby kam zur Haustür herausgelaufen, als er meinen Wagen vorfahren hörte, und führte mich durch eine Pforte neben dem Haus in ein sonnenbeschienenes, in Grün-, Gold- und Bronzetönen erstrahlendes Paradies. Vor uns lag eine ausgedehnte Rasenfläche, umrahmt von Sträuchern und hohen Bäumen in leuchtenden Herbstfarben, und inmitten dieser Pracht hatte Edwin es sich in einem rot-weiß-gestreiften Liegestuhl bequem gemacht. Zu seiner Rechten stand auf einem schmiedeeisernen Tischchen ein Glas mit etwas Sprudelndem, während sich zu seiner Linken Sally auf einer Decke räkelte und ihm Gesellschaft leistete. Sie blickte lachend zu ihm auf, als habe er eben eine hinreißend komische Bemerkung gemacht. Edwin liebt es sehr, wenn man seine Witze hinreißend komisch findet – nun, das geht uns wohl allen so – und ich sah auf den ersten Blick, daß er sich glänzend amüsierte; nur war mir immer noch nicht klar, was ihm die Ehre verschaffte. War er der kleinen Familie einfach ins Haus geplatzt? Oder hatte jemand ihn angerufen? Was war passiert?

»Is' nicht Daddy«, verkündete Barnaby und marschierte zielstrebig auf das friedliche Paar zu. »Is' nur Clare. Dann können wir ja noch'n bißchen ›Plink‹ spielen, ja, Edwin?« *›Plink‹* wiederholte er bedeutungsvoll und sah Edwin fordernd an. »›PLINK‹«. Und dann, um seinem saumseligen Spielkameraden auf die Sprünge zu helfen: »Du mußt mich fragen: Was bedeutet ›Plink‹?«

»Na schön. Was bedeutet ›Plink‹?« fragte Edwin entgegenkommend, ohne die Augen aufzumachen – die Sonne schien ihm voll ins Gesicht, man konnte es ihm nicht verübeln – »Los – was bedeutet ›Plink‹?«

»Es bedeutet, daß ich bis zum Ende des Gartens laufen und sechsmal auf der Schaukel schaukeln und dann wieder zurücklaufen muß«, kreischte Barnaby und ließ seinen Worten die Tat folgen: doch viel zu früh, lange bevor das Gespräch der Erwachsenen abermals in Gang kommen konnte, war er schon wieder zurück.

»›Grum‹!« quiekte er. »Edwin, Edwin, du mußt jetzt fragen: Was bedeutet ›Grum‹?«

Offenbar bedeutete ›Grum‹, daß Barnaby zu den Sträuchern laufen, etwas Rotes, etwas Gelbes und etwas Braunes holen und es uns bringen mußte: als er den Auftrag in sage und schreibe zwölf Sekunden ausführte, merkte ich, daß Edwins Geduld so gut wie erschöpft war.

»Was bedeutet ›Crig‹? Nun, das bedeutet, daß du hundert Mal um den Rasen laufen und dann eine Stunde stillsitzen mußt und nicht sprechen darfst«, verkündete er streng; und als Barnaby und seine Mutter stutzten, überlegten und dann in schallendes Gelächter ausbrachen, wirkte er überrascht und zugleich erfreut. Eine so schmeichelhafte Reaktion auf seinen geplanten Todesstoß hatte er nicht erwartet.

»Na, meinetwegen: sag *du* mir, was ›Crig‹ bedeutet«, gab er nach; und so ging das Spiel weiter, sehr zu Barnabys, aber auch zu Edwins Befriedigung, wie mir schien, denn Sallys mütterliches Lob bekam ihm sichtlich gut.

»Ihr Mann kann phantastisch mit Kindern umgehen, nicht wahr?« schwärmte sie, als Barnaby bei einer seiner freiwilligen Unternehmungen gerade außer Hörweite war. »Sie müssen eine wunderbare Zeit erlebt haben, als *Ihr* Sohn noch klein war.«

Wehmut schnürte mir das Herz zusammen, und nicht zum ersten Mal in Sallys Gegenwart stieg der blanke Neid in mir auf. Edwin *hatte* phantastisch mit Jason umgehen können, als der etwa in Barnabys Alter war. Zwischen der Vater-Sohn-Beziehung von damals und dem heutigen Verhältnis der beiden bestand ein fast unerträglicher Gegensatz. Ich war eifersüchtig, eifersüchtig, eifersüchtig. Nicht (wie manche andere Frauen), weil mein Mann am hellichten Tag mit einem hübschen, jungen Ding flirtete, sondern weil er bei einem fremden Kind so mühelos Erfolg hatte, während er bei unserem eigenen Sohn so traurig und kläglich versagte.

Es wurde Mittag, und immer noch kein Richard weit und breit.

»Das ist wirklich eigenartig«, bemerkte Daphne, während sie die übigens ausgezeichnete Tomatensuppe mit Fenchelgeschmack aufstellte. »Dabei hat er ausdrücklich gesagt, er würde rechtzeitig zum Lunch zurück sein. Er muß noch die letzte Folge der Serie *Changes in the Eastern Bloc* fertigstellen. Ich nehme an...«, sie wandte sich an Edwin, »Ihnen hat er wohl nichts über seine heutigen Pläne erzählt? Vielleicht, als Sie sich mit ihm verabredeten...«

»Aber Mutter-ich-meine-Daphne, Edwin ist doch ganz spontan gekommen.« Sie wandte sich an mich. »Es war so komisch, Clare, Sie kennen doch den kleinen Weg, der hinten an allen Gärten vorbeiführt? Nun, ich war gerade im Schlafzimmer und sah aus dem Fenster, weil Barnaby sich auf der Schaukel um die eigene Achse drehte – er kann nämlich noch nicht richtig schaukeln; Richard hat versucht, es ihm beizubringen, aber...«

»Ich kann *schon* richtig schaukeln!« unterbrach Barnaby mit finsterer Miene und schlug wütend mit dem Löffel gegen den Tellerrand. »Das *war* richtig geschaukelt!«

»Ja, Schätzchen, ja, natürlich«, versicherte Sally ihm hastig. »Nun ja, er schaukelte also richtig, und plötzlich bemerkte ich einen Mann, der ihn über die Hecke hinweg beobachtete. Zuerst war ich ziemlich erschrocken – Sie wissen schon, ein fremder Mann – man hört ja heutzutage die entsetzlichsten Dinge, ich dachte, vielleicht ist es ein Mörder oder so, und stürzte sofort hinunter... aber es war alles in Ordnung, von wegen ein Mörder, es war *Edwin*!«

Sie blickte strahlend in die Runde. »Der Ärmste hatte sich verlaufen, nicht wahr, Edwin? Er dachte, es sei eine Abkürzung, das denken viele Leute, aber von diesem Weg gibt es keinen Zugang zu den Gärten, er führt nur zum Golfplatz und zum Botanischen Zentrum ...«

»Sally hat mich freundlicherweise auf den rechten Weg zurückgelotst, so daß ich wie jeder anständige Mensch das Haus durch den Vordereingang betreten konnte«, erzählte Edwin weiter, dann wandte er sich an Daphne: »Nein, ich weiß leider gar nichts über Richards Aktivitäten. Wie Sally schon sagte, gab es keinerlei Verabredung, ich bin nur auf gut Glück vorbeigekommen. Und ich bin sehr froh darüber... Ein ganz reizender Vormittag in entzückender Gesellschaft...«

Er hatte den Katzenjammer vom Frühstück sichtlich gut überwunden, und beim Essen setzten er und Sally ihren Flirt mit immer gewagteren Neckereien fort und amüsierten sich köstlich dabei. Daphne schien freilich weniger begeistert, ein stummer Vorwurf lag in ihrem Blick, und abgesehen von ein paar höflichen Bemerkungen in ihrer Eigenschaft als Gastgeberin sprach sie kaum ein Wort.

Erst als wir nach dem Lunch allein im Salon waren – Sally

und Edwin unterzogen sich mit vereinten Kräften der schwierigen Aufgabe, Barnaby zu seinem Mittagsschläfchen zu überreden –, verlieh sie ihrem Unbehagen Ausdruck.

»Hoffentlich, Clare«, sagte sie, »hat Sallys Benehmen Sie nicht gestört? Glauben Sie mir, es hat nicht das geringste zu bedeuten. Sie spielt gern die Kokette, aber in Wirklichkeit ist es nur ihr Temperament, und wenn sie in Stimmung ist, flirtet sie mit jedem; das ist einfach ihre Art. In vieler Hinsicht ist sie nämlich ein richtiges Kind, das sich nicht darum kümmert, welchen Eindruck es hinterläßt. Hin und wieder versuche ich, ein ernstes Wort mit ihr zu reden, aber als Schwiegermutter muß ich natürlich *besonders* vorsichtig sein. Auf gar keinen Fall darf sie das Gefühl haben, ich wolle sie kritisieren. Außerdem weiß ich natürlich, daß sie meinen Sohn im Grunde vergöttert. Es besteht also wirklich kein Anlaß, sich Sorgen zu machen ...«

Sie betrachtete ihre Hände und drehte rastlos den Ehering an ihrem weißen, wohlgeformten Finger hin und her.

»Trotz alledem möchte ich nicht, daß Außensstehende ein falsches Bild bekommen. Als Schwiegermutter hat man einfach keine Chance. Ob man eingreift ... ob man nicht eingreift ... es ist schwierig ... Immer kämpft man mit seinem guten Willen ganz allein gegen das übermächtige Schreckgespenst der Bösen Schwiegermutter an. Und in meinem Fall ist es noch schwieriger, weil mein Sohn sich einen doch ziemlich riskanten Beruf gewählt hat und ganz darin aufgeht. Oft kann ich gar nicht anders, als mich um ihn zu sorgen, aber ich darf mir nichts anmerken lassen, darf nicht darüber sprechen, weil Sally selbst sich keinerlei Gedanken macht. Sie scheint gegen Furcht in jeder Form gefeit zu sein, und infolgedessen wirke *ich* immer gleich wie eine gluckende Henne. Zum Beispiel heute, Richard ist immer noch nicht zurück, und Sally denkt sich gar nichts dabei. ›Da ist eben was dazwischengekommen‹, sagt sie, und sie hat sicher auch recht; aber was? Abgesehen von allem anderen erwartet er heute mehrere wichtige Anrufe – kurz vor dem Essen kam ein Gespräch aus Tokio, und der Mann war sehr ungehalten, auf japanische Art, als ich sagen mußte, Richard sei nicht da ... Ich weiß auch nicht, vielleicht mache ich mir wirklich zu viele Sorgen. Vielleicht ist es bei Richards Beruf tatsächlich besser, so zu sein wie Sally. Ich glaube, er liebt gerade das an ihr ... ja, ich bin mir ganz sicher. Eine ständig besorgte Ehefrau wäre nichts für ihn. Sagen Sie, Clare, haben *Sie* eigentlich jemals Angst, wenn Ihr Mann ...?«

Das Gespräch über das Für und Wider der Sorge um unsere Lieben brach unvermittelt ab, als Barnaby, barfuß, mit puterrotem, tränenverschmiertem Gesicht unter verstrubbelten, flachsblonden Locken empört die Tür aufriß.

»Das is' gemein!« wütete er. »Omi, Mummy is' richtig gemein. Sie sagt, es is' noch nicht drei Uhr, und dabei *isses* drei Uhr ...«

Inzwischen war Sally in der Tür erschienen, auch sie wirkte ziemlich abgekämpft.

»Barnaby, du sollst nicht zu Omi gehen und fragen, wie spät es ist, wenn ich es dir schon gesagt habe. Es ist ...«

»Isses nicht!«

Man war in einer Sackgasse. Offenbar wußte keiner der Erwachsenen, was nun geschehen sollte, obwohl eindeutig sie am Zug waren. Ich hatte inzwischen erraten, worum der Streit ging: Barnabys Mittagsruhe sollte bis drei Uhr dauern, und er stand schon kurz vor halb drei da und warf ihnen den Fehdehandschuh hin.

»Nun hör mal, Barnaby ...«

»Barnaby, Liebes, solltest du nicht lieber...«

»Paß auf, Barnaby, wenn du jetzt brav mitkommst und dich noch einmal hinlegst, darfst du hinterher, wenn du aufgestanden bist...«

»Sally, Liebes, findest du es richtig, ihn mit Bestechung...«

Sobald sich die Auseinandersetzung in die luftigen Höhen moralischer und ethischer Fragen der Kindererziehung verlagert hatte, versiegten Barnabys Tränen. Mit profihafter Gelassenheit huschte sein Blick wie bei einem Tennismatch von einem Gegner zum anderen. Wer siegte, kümmerte ihn nicht, wichtig war das Spiel, denn mit jeder Sekunde rückte der magische Moment näher, wenn Mittagsschläfchen zu enden pflegen.

Spiel, Satz und Sieg für Barnaby. Um zehn vor drei lohnte es sich natürlich nicht mehr, ihn mit Gewalt, Schmeichelei oder Bestechung in sein Bett zurück zu bugsieren; und so gingen wir alle wieder hinaus in die Sonne. Sally legte sich auf eine Decke, Edwin setzte sich im Schneidersitz neben sie und spielte auf Barnabys dringenden Wunsch Dornröschens Prinzen. Die Rolle war nicht weiter schwierig, denn jedesmal, wenn der kleine Produzent Bewegung in die Szene bringen wollte, wurde er vom Hauptdarsteller scharf daran erinnert, daß die Prinzessin hundert Jahre schlafen müsse, ehe irgend etwas passieren könne, und hundert Jahre seien doch nun wirklich noch nicht verstrichen?

Dem konnte selbst Barnaby kaum etwas entgegensetzen, und so herrschte einigermaßen Ruhe, wobei ich feststellte, daß meine innere Unruhe, die während der letzten Stunden immer weiter angewachsen war, einem Höhepunkt zutrieb.

Warum war Richard nicht zur erwarteten Zeit nach

Hause gekommen? Warum hatte er nicht angerufen? Wieso war er heute früh nicht einmal in seinem Büro erschienen? Warum – und das war natürlich die große, dunkle Frage, die alle meine Überlegungen überschattete – warum traf sein rätselhaftes Verschwinden so genau mit Edwins angeblich ganz zufälligem Besuch bei den Barlows zusammen?

Zufall? Sei nicht albern! Du *weißt*, daß es da einen Zusammenhang geben muß.

Aber wieso muß er bedrohlich sein? Ohne es zu wollen, ja, gegen alle Vernunft sah ich plötzlich Richards Körper vor mir, halb verdeckt von den hohen, staubigen Brennnesseln und den tief herabhängenden, herbstlich braunen Waldreben, die jenen Fußweg am unteren Ende des Gartens gewiß wie eine Gardine allen Blicken entzogen. In meiner Vision sickerte Blut durch Richards weißes Hemd (trug Richard überhaupt weiße Hemden? Was er bei unserer einzigen Begegnung angehabt hatte, wußte ich nicht mehr, aber wie dem auch sei, in meiner Vorstellung war er so und nicht anders gekleidet), und sein Jackett war steif von getrocknetem Blut. Bei seinem Gesicht versagte meine Einbildungskraft, da ich noch nie einen Toten gesehen hatte (was führen wir doch für ein behütetes Dasein, obwohl auf unseren Bildschirmen Mord und Totschlag an der Tagesordnung sind). Die Wunde, aus der das Blut strömte, konnte ich mir ebensowenig vorstellen – ich hatte auch noch nie eine Wunde gesehen –, und ich hatte keine Ahnung, welche Waffe verwendet worden sein könnte. Ein Brieföffner? Gewiß, Edwin besaß einen Brieföffner, aber wäre der geeignet für das Szenarium, das ich da heraufbeschwor? Oder hatte er heute morgen unser Brotmesser? – das Tranchiermesser? – in seine Aktenmappe geschoben, ehe er – hastig und verstohlen, ein reines Nervenbündel – das Haus verließ?

Was würde die nächste Szene in diesem Drama sein?

Das Fernsehen natürlich. Edwin und ich würden gerade rechtzeitig zu den Sechs-Uhr-Nachrichten nach Hause kommen und in trauter Zweisamkeit vor dem Gerät sitzen, wenn der Mord an dem bedeutenden Journalisten Richard Barlow als Sensation des Abends gemeldet wurde. Ich würde Edwin aus den Augenwinkeln beobachten, er würde mich aus den Augenwinkeln beobachten, wenn ich nur wüßte, was du jetzt denkst... Nein, nein, ich will es gar nicht wissen, behalte es ruhig für dich...

Sally lachte über eine Bemerkung von Edwin und riß mich mit einem Ruck in die Wirklichkeit zurück... Edwin lag auf dem Rücken, die Augen halb geschlossen, und ließ sich von den letzten Strahlen der Herbstsonne bescheinen, eine ganz und gar unpassende Gestalt für die Rolle, die meine überhitzte Phantasie ihm zugedacht hatte. Er wirkte so entspannt, so zufrieden, so – ich kann nicht anders sagen – so *banal*; er war einfach keines Kapitalverbrechens fähig, ebensowenig wie er kühner Taten fähig war. Wütend, verängstigt, in die Enge getrieben von seinen eigenen Lügen und Schwindeleien, mochte er von Richards Tod geträumt, mochte sogar abenteuerliche Mordpläne geschmiedet haben, aber wenn es ernst wurde – O nein! Nicht mein Edwin!

Gab es außerdem nicht eine andere und vollkommen harmlose Erklärung dafür, daß Richard gerade heute plötzlich verschwunden war? Möglicherweise hatte er am Morgen beobachtet, wie Edwin ums Haus herumgeschlichen war – und das hatte er getan, Sallys Schilderung bewies es – und hatte sich daraufhin so schnell wie möglich verdrückt, um einer peinlichen Begegnung auszuweichen.

Natürlich! Was wäre begreiflicher gewesen?

Freilich war damit nicht erklärt, warum Edwin überhaupt so klammheimlich, so unangemeldet hier aufgetaucht war. Wenn er Richard nicht ermorden wollte, was wollte er dann von ihm?

Ihm drohen? Um Gnade flehen? Ihm ein Angebot machen? Und als der Vogel ausgeflogen war und er nicht mehr zurückkonnte, weil man ihn entdeckt und erkannt hatte, da wählte er den einzigen Ausweg – er tat so, als handle es sich um einen zwanglosen Freundschaftsbesuch. Der sich dann als durchaus erfreulich herausstellte. Warum auch nicht? Es war doch nichts dabei, die beiden lagen nur vergnügt in der Sonne, unter einem strahlend blauen, vom dichten Gewirk des bunten Herbstlaubs umrahmten Himmel.

»Daddy! Daddy!«

Erst Barnabys Begrüßungsschrei machte uns alle darauf aufmerksam, daß Richard wohlbehalten zurückgekehrt war und mit schnellen Schritten den Rasen überquerte. Sally und Edwin fuhren auf ihrer Decke in die Höhe, viel schuldbewußter, als die Situation es tatsächlich erforderte; besonders Edwin sah aus, als sei ihm ein Gespenst begegnet.

Ein paar Sekunden lang erstarrten wir alle wie in einem alten Kinderspiel in unserer jeweiligen Pose, während Richard, leicht hinkend und von Barnaby, der zappelnd und quiekend an ihm hing, noch weiter behindert, rasch näherkam.

Kapitel 16

Auf der Heimfahrt fiel zwischen Edwin und mir kaum ein Wort. In mir tobten Mißtrauen und Panik, und ich spürte unüberwindliche Hemmungen, Edwin auf irgend etwas anzusprechen. Jedenfalls nicht jetzt. Vielleicht kam irgendwann der rechte Zeitpunkt? Oft ist es ja so.

Und Edwin? Sicher waren auch seine Gefühle in Aufruhr, doch woraus sie im einzelnen bestanden, konnte ich nur raten.

Das Zusammentreffen mit Richard auf dem Barlowschen Rasen war wider Erwarten doch nicht in eine Schlägerei ausgeartet. Richard hatte sich tadellos benommen. Getreu seinen Grundsätzen stellte er die Beziehung zwischen Gastgeber und Gast über die zwischen Opfer und Mörder (falls er die Dinge damals schon so sah). Er begrüßte mich und Edwin korrekt und höflich, zeigte sich nicht im mindesten überrascht über unsere Anwesenheit und unterstützte ohne mit der Wimper zu zucken die dringende Bitte seiner Frau, wir sollten doch zum Tee bleiben.

Beim Tee drehte sich das Gespräch natürlich um Richards langes Ausbleiben. Er habe Schwierigkeiten mit dem Wagen gehabt, sagte er, und ihn mit Hilfe des Pannendienstes in eine Werkstatt bringen müssen. Von dort habe er im Büro angerufen, um die Verspätung zu erklären, und gebeten, man möge seiner Familie ausrichten, er könne nicht zum Lunch kommen ...

»Was natürlich nicht geschehen ist«, unterbrach Sally. »Deine neue Kraft, Liebster, diese June Sowieso, hat ein Gedächtnis wie ein Sieb und bringt alles durcheinander. Ist ja auch kein Wunder, denn weißt du, was ihr Freund sagte, als er mit ihr Schluß machte …? Ich meine, wenn man schon mit jemandem Schluß machen *muß*, dann kann man doch wenigstens …«

»Darling! Was du nicht alles weißt!« Richard war keineswegs verärgert über die unnötige, alberne Unterbrechung, sondern strahlte uns begeistert an. »Sally erstaunt mich immer wieder! Die Leute erzählen ihr aber auch wirklich *alles*! Nach einem zweiminütigen Telefongespräch weiß sie mehr über die Mädchen in unserem Büro als ich nach zehnjähriger Zusammenarbeit! Stimmt's nicht, Darling?«

Er verschlang sie fast mit den Augen, sie kicherte geschmeichelt und drückte sich tiefer in ihren Sessel, wobei ihr das blonde Haar ins Gesicht fiel.

Wir saßen im Salon, denn die herbstliche Abendkühle hatte sich wie ein eisiger Schatten über den Rasen gelegt und uns ins Haus getrieben. Daphne goß gerade den Tee in zarte Porzellantassen – Rockingham-Porzellan, glaube ich – und hatte innegehalten, als Sally das Wort ergriff. Ich sah, daß sie sich im Gegensatz zu ihrem Sohn durchaus über das kindische Geschwätz ärgerte, aber sie bemühte sich mit mehr oder weniger Erfolg, es nicht zu zeigen.

»Lassen wir's gut sein«, sagte sie jetzt. »Wenigstens ist *dir* nichts zugestoßen, Richard, und das ist die Hauptsache. Aber was war denn mit dem Wagen? Du hattest ihn doch erst vor einem Monat beim Kundendienst?«

Richard zuckte die Achseln.

»Ich weiß. Eine unangenehme Geschichte. Ich muß mit den Leuten in unserer Werkstatt mal ein ernstes Wort reden. Es waren die Bremsen: eine grobe Fahrlässigkeit, wer immer dafür verantwortlich war, die Sache hätte schlimm ausgehen können. Wenn ich nur daran denke, daß es auch hätte passieren können, während *Sally* fuhr, zum Beispiel, um Barnaby vom Kindergarten abzuholen ... wird mir ganz übel ...«

Ein Gespräch über die Bremsen schloß sich an. Wodurch war ein so plötzliches Versagen zu erklären? Wie war es möglich, daß man es nicht früher bemerkt hatte?

»Morgen werde ich es erfahren«, sagte Richard. »Der Mann in der Werkstatt meinte, auf den ersten Blick sehe es aus, als habe sich jemand daran zu schaffen gemacht, aber ...«

»Diese Jugendlichen!« unterbrach ihn Sally. »Diese elende Bande, die letzten Sommer überall die Tankdeckel gestohlen hat ... weißt du noch? Nur so zum Spaß – anfangen konnten sie schließlich nichts damit!«

»Das waren Autos, die auf der Straße standen«, gab Daphne zu bedenken. »Wir stellen unseren Wagen immer in die Garage, und ich kann mir nicht vorstellen, wie jemand ...«

»Aber das Garagentor war nicht abgeschlossen«, ließ Edwin sich vernehmen. »Eine Bande von Jugendlichen hätte leicht ...«

Die plötzliche Stille brachte ihm wohl zu Bewußtsein, was er gesagt hatte, und er versuchte hastig und unbeholfen, sich aus der Affäre zu ziehen.

»Ich meine«, stotterte er, »man schließt sein Garagentor doch nicht immer ab, oder? Manchmal hat man es eben eilig ... oder man will gleich wieder wegfahren. Und man kann es schließlich auch mal vergessen ...«

»Das kann man«, bemerkte Richard trocken. »Offenbar gibt es nichts, wozu der Mensch nicht fähig wäre.«

Sally griff schnell ein und rettete die Situation – dabei weiß ich nicht einmal, ob sie in diesem Stadium überhaupt erkannte, daß es eine Situation zu retten gab. »Das war *ich*, liebster Richard! Es war meine Schuld, und ich kann dir nicht sagen, wie leid es mir tut. *Ich* habe das Tor offengelassen! Nachdem ich Barnaby gestern vom Kindergarten geholt hatte, nahm ich an, ich würde gleich nach dem Lunch wieder wegfahren, es war nämlich Aerobic-Nachmittag, aber dann rief Maisie an und sagte, der Kurs fiele aus, weil Gwens Mann ins Krankenhaus müsse. Er hat doch Probleme mit den Nebenhöhlen, und da wollten sie ein paar Tests machen, aber dann mußte der Termin vorverlegt werden, und da...«

»Und da hat meine unartige, kleine Sally das Garagentor nicht abgeschlossen!« Richard schüttelte lächelnd den Kopf. »Darling, du solltest wirklich vorsichtiger sein...«

Doch nein, laß nur, sagte sein Blick. Er liebte sie so, wie sie war, trotz mancher Nachteile, wenn man einen tödlichen Unfall infolge defekter Bremsen als solchen bezeichnen konnte.

»Meine Frau hat einen Schutzengel«, lächelte er. »Sie macht alle möglichen Dummheiten, aber letztlich geht immer wieder alles gut aus. Wie zum Beispiel jetzt. Da bin ich, heil und gesund, und keine der möglichen Katastrophen hat mich ereilt. So ist sie – ihr Schutzengel kümmert sich auch um alle, die ihr nahestehen. Einfach nicht zu fassen! Trotz allem, Darling, möchte ich dich bitten, das Garagentor in Zukunft immer abzuschließen. Auch wenn der Aerobic-Kurs nicht ausfällt. Okay?«

Und ob. Sally war selig, daß ihr Mann ihr die Nachlässigkeit nicht verübelte, und versprach hoch und heilig, in Zukunft besser aufzupassen, ja, ganz bestimmt – während Daphne sich diplomatisch auf die Zunge biß und jedem eine zweite Tasse Tee einschenkte.

Edwin und ich verabschiedeten uns bald darauf. Richard spielte bis zum letzten Moment den perfekten Gastgeber und verstieg sich sogar zu der Bemerkung, man würde sich hoffentlich bald wiedersehen.

Auf einem Duellplatz aus dem siebzehnten Jahrhundert, mit einer Pistole in der Hand? Oder wo sonst? Der Gedanke, wer dabei auf jeden Fall unterliegen würde, ließ mich schaudern.

Und so traten wir unsere schweigsame Heimfahrt an.

Hatte Edwin eine Ahnung, wieviel ich wußte? Wieviel ich vermutete, genauer gesagt – denn daß ich etwas *wußte*, durfte ich nicht zugeben.

Obwohl es natürlich so war, und noch am gleichen Abend sollte ich mehr erfahren.

Kapitel 17

Wieviele Ehen wurden durch das Fernsehen wohl schon gerettet – oder verdanken ihm zumindest eine Gnadenfrist vor dem endgültigen Zusammenbruch? So viele können es gar nicht gewesen sein, meint man vielleicht mit einem Blick auf die Scheidungsziffern; aber wer weiß, vielleicht sähen die noch viel schlimmer aus, wenn es diese der Technik zu verdankenden Atempausen im Dasein zu zweit *nicht* gäbe? Für Edwin und mich war es eine unbeschreibliche Erleichterung, eine Sendung über das Zahlungsbilanzdefizit einschalten zu können, sobald wir das Haus betraten, denn von diesem Moment an brauchten wir *gar nichts* mehr zu sagen.

Ich weiß, für die Experten ist intensive Kommunikation das Allheilmittel bei ehelichen Schwierigkeiten, aber das ist leider ein Irrtum. Zur weiteren Bereicherung einer ohnehin glücklichen Ehe – mag sein: aber als Rezept zur Rettung einer unglücklichen Ehe ist das ein völliger Blindgänger, denn in neun von zehn Fällen ist die Kommunikation schließlich schuld an den Schwierigkeiten. Hätte sie ihm nicht gestanden, daß sie Shakespeare langweilig findet, dann wären ihm die anderen Symptome ihres verheerend schlechten Geschmacks vielleicht niemals aufgefallen: der Schwarm Keramikenten an der Schlafzimmerwand, das Tomatenketchup zu jeder Mahlzeit wären möglicherweise unbemerkt geblieben. Und wenn er ihr nie anvertraut hätte, er habe es gründlich satt, am Radio von verhungernden Kindern zu hören, dann hätte sie wahrscheinlich nie ihre Liste von herzlosen Aussprüchen angelegt, aus der sie so effektvoll zitieren kann, wenn er sich wieder einmal weigert, auf ihre Wünsche einzugehen.

In Wahrheit sind unglückliche Ehen in hohem Maße das Endergebnis eines langwierigen Kommunikationsprozesses: insbesondere des Austauschs wenig schmeichelhafter Wahrheiten zu einem breiten Spektrum von Themen, von der Anleitung zur richtigen Handhabung einer Zahnpastatube bis zum Vorwurf, das Familienvermögen mit Alkohol oder Selbsterfahrungskursen durchgebracht zu haben. In allen diesen Fällen wäre »Reden ist Silber, Schweigen ist Gold« das Sprichwort meiner Wahl. Jedenfalls scheint es seit langem die richtige Maxime für Edwin und mich zu sein; sofern wir alle heiklen, also fast alle Themen meiden, kommen wir die meiste Zeit so recht und schlecht miteinander aus.

In den letzten paar Tagen hatten sich, wie man sich denken kann, die Themenbereiche mit der Aufschrift »Zutritt verboten« drastisch vermehrt. Zu den üblichen Tabus hatten sich nun auch noch Chefredakteure, Autowerkstätten, Fahrten quer durch London, Mondphasen, Schlagzeilen oder Tomatensuppe mit Fenchel gesellt. Selbst Gespräche über das Wetter waren tückisch, konnten sie doch an den sonnigen Nachmittag auf dem Barlowschen Rasen erinnern.

Das Zahlungsbilanzdefizit war also genau das Richtige. Über das Zahlungsbilanzdefizit hatten Edwin und ich nie gestritten, es war ein völlig neutrales Thema, und so konnten wir fast eine Stunde lang nebeneinander sitzen, ohne zuzuhören, aber in einer Atmosphäre, die fast Ähnlichkeit mit Frieden hatte – es gibt kein anderes Wort dafür. Wir waren nicht nur von dem Zwang befreit, etwas sagen zu müssen, sondern auch von dem Streß, nicht miteinander zu sprechen. Ich weiß nicht, was die Paare früher gemacht haben, ehe das Fernsehen erfunden wurde. Natürlich gab es Bücher, das Problem ist nur, daß man, wenn man sich mit einem guten Buch in eine Ecke setzt, eine Aura des Nicht-Sprechen-Wollens um sich verbreitet, die nicht entsteht, wenn man schweigend fernsieht. Wahrscheinlich deshalb, weil wenigstens *irgend jemand* redet, wenn auch nicht man selbst.

Die kritische Lage der Zahlungsbilanz wurde von einem leidlich hübschen Mädchen abgelöst, das erhellende Antworten auf erhellende Fragen über Leben und Werk von Erzbischof Laud gab – wieder ein Thema, über das Edwin und ich gottlob nie verschiedener Meinung gewesen waren; und noch vor Ende dieser Sendung kam der erste Telefonanruf dieses Abends.

Obwohl Edwins kurze Ruhmesphase allem Anschein nach zu Ende war, riefen immer noch eine ganze Menge Leute bei uns an: Freunde, Bekannte, Verwandte, die gratulieren oder Fragen stellen wollten, ganz zu schweigen von dem zunehmend gereizten Chefredakteur von *International Focus*, um den Edwin weiterhin einen großen Bogen machte.

Teils deshalb und teils, weil ich mir zutraute, mich um die Fragen des Mannes glaubwürdiger herumzudrücken als Edwin selbst, legte ich Wert darauf, als erste am Telefon zu sein, wenn es klingelte (nicht, daß wir uns jedesmal einen Wettlauf geliefert hätten), und so kam es, daß Jasons Empörung (gottlob) über mich hereinbrach. Soviel ich verstand, war er bei seinem Freund Tim: »Hör mal, Mum, ich versuche seit einer Ewigkeit, dich zu erreichen! Was hast du mit meinem Birkenröhrling gemacht?«

Birkenröhrling? Birkenröhrling? Endlich fiel der Groschen.

»Mein lieber Jason, ich habe gar nichts gemacht! Ich ...«

Dann erinnerte ich mich. Klarer Fall: gestern abend hatte ich das Ding hastig hinter den Brotkasten geschoben, damit Edwin es nicht sah und ein Drama daraus machte, aber das konnte ich Jason natürlich nicht erklären. Seit Jahren bemühte ich mich nun schon, Jason vorzuspiegeln, sein Vater sei ein ausgeglichener, gerechter Mensch, auf dessen überlegtes Urteil man sich verlassen könne; und obwohl es – seit mindestens einem Jahrzehnt – nicht mehr funktioniert, erscheint es mir immer noch besser als offener Verrat. Jason denkt wohl genauso – jedenfalls spielt er mit, solange es um Dinge geht, die ihm nicht wirklich wichtig sind. Diesmal war es offenbar anders, und deshalb mußte ich mich sehr vorsichtig ausdrücken.

»Sei mir nicht böse, Jason«, sagte ich, »ich habe in der Küche mal wieder Ordnung gemacht und ihn auf die Anrichte gelegt. Hinter den Brotkasten. Ich wollte es dir noch sagen, aber du warst schon weg. Und außerdem dachte ich, du hättest ihn mitgenommen. Als ich aufstand, war er nämlich nicht mehr da.«

»Nein, natürlich habe ich ihn nicht mitgenommen, deshalb rufe ich ja an! Und er war *nicht* hinter dem Brotkasten; ich habe überall danach gesucht. Die Sache ist zu blöd, weil ich Tim nämlich versprochen habe – ich habe dir doch *gesagt*, ich will ihm den Pilz zeigen, weil nach seinem Buch ...«

Es tut mir leid. Leid, leid, leid. Was blieb mir sonst schon übrig? Ich hatte das Ding nicht, hatte es auch nicht weggeworfen, sicher nicht, was für ein Gedanke!

Trotzdem schien es irgendwie meine Schuld zu sein. Ich

weiß, das ist eine Haltung, gegen die Women's Lib seit Jahren ankämpft, der typische Hausfrauenkomplex: das Gefühl, für alles verantwortlich zu sein, was im häuslichen Bereich danebengeht.

Nun, auch ich finde diese Haltung bedauerlich, besonders, wenn ich mich selbst dabei ertappe; nur würde ich sagen, daß es im Grunde gar kein Schuldkomplex ist, sondern eher etwas mit Macht zu tun hat. Wer an allem schuld ist, muß doch ursprünglich alles in der Hand gehabt haben, und was ist das anderes als gesteigerter Größenwahn? Vieles, was sich als Schuld tarnt, ist nichts anderes als das Hirngespinst des Machtbesessenen, die dünkelhafte, in groteskem Widerspruch zur Realität stehende Annahme, alles beeinflussen zu können.

Wäre die Lage zu diesem Zeitpunkt weniger angespannt gewesen, so hätte ich Jason diese Theorie vorgelegt, und vielleicht hätte sich daraus eine interessante Diskussion entwickelt, aber im Moment war das wohl nicht ratsam. Und so verlief die Unterhaltung recht unrühmlich im Sande. Ich erbot mich, ihm bei Tim Bescheid zu geben, falls das Ding auftauchte, und er meinte, das sei zu spät, denn nach dem Essen – als dessen Krönung vermutlich der vermißte Pilz, in Butter gebraten, gedacht gewesen war – wollten sie beide weggehen. Schön, nicht zu ändern. Zutiefst frustriert legten wir auf.

Die nächsten beiden Gespräche waren einfacher: zuerst rief meine alte Schulfreundin Gladys an, um mir zu erklären, wie schön es doch für mich sein müsse, Edwin wieder zu Hause zu haben, und ich brauchte darauf nur: »Ja, nicht wahr« zu sagen; dann meldete sich meine Agentur für Zeitarbeit und teilte mir mit, man habe einen Job für mich, für morgen nachmittag und wahrscheinlich auch noch den

Rest der Woche, irgend jemand sei ausgefallen, und deshalb...

Begeistert war ich ganz und gar nicht, aber ich nahm an. Seit Edwins Rückkehr hatte ich mit der Begründung, ich hätte zu Hause alle Hände voll zu tun, bereits zwei Angebote abgelehnt, und das konnte nicht ewig so weitergehen, so groß die Versuchung auch sein mochte. Das ist das Problem mit diesen Springerjobs: man kann selbst entscheiden, ob man in der jeweiligen Lebenssituation arbeiten will oder nicht, und man kann jederzeit aussetzen, wenn es zu Hause Probleme gibt, und das hört sich alles ganz großartig an, aber in Wirklichkeit ist es eine Falle, denn zu Hause gibt es immer Probleme. Jedenfalls in *dieser* Woche: in der *nächsten* Woche geht alles klar. Bis es soweit ist, dann ist unvermeidlich *diese* Woche daraus geworden, und alles fängt von vorne an...

Doch wie gesagt, man kann nicht ewig Angebote ablehnen, und so sagte ich ›ja‹, und Edwin, der gleich neben dem Apparat lauerte – der Horcher an der Wand sozusagen – wollte wissen, wozu ich eben ›ja‹ gesagt hätte? Er schien mir sehr erregt, und ich rätselte, zu welch schrecklichen Dingen ich mich in seiner Vorstellung wohl bereiterklärt hatte... aber ich war noch nicht sehr weit gekommen, als das Telefon abermals klingelte.

»Ja?« meldete ich mich. »Ja, hier spricht Mrs. Wakefield«, und wartete. Eine kultivierte Stimme stellte sich als »Botanisches Forschungszentrum Dulwich Süd« vor. »Ihr Mann war heute morgen mit einem recht interessanten Pilzexemplar bei uns und bat um schnelle Bestimmung. Ich wollte ihm nur Bescheid geben, der Pilz ist ungiftig und durchaus eßbar. Richten Sie ihm bitte aus, es ist tatsächlich ein Birkenröhrling, allerdings von ungewöhnlicher Größe. Die untypisch violette Färbung rührt lediglich von ...«

»Edwin«, sagte ich, »für dich«, und warf ihm den Hörer zu, als habe er mich gebissen. Ich hatte genug, und um nur ja nichts mehr zu hören, rannte ich in die Küche und schlug die Tür hinter mir zu.

Kapitel 18

Am nächsten Morgen kam ein Brief für mich, mit handgeschriebener Adresse und dem Poststempel von Norfolk. Wie es der Teufel wollte, hatte Edwin gerade in der Diele gestanden, als das Schreiben durch den Schlitz fiel, und jetzt lag er auf der Lauer wie ein Terrier vor einem Kaninchenloch und wartete darauf, daß ich es öffnete.

Was ich mir von meiner Verzögerungstaktik erhoffte, weiß ich nicht, vermutlich war sie instinktiv. Langsam verteilte ich einen Klecks Marmelade auf meinem letzten Stück Toast. Dann sah ich mir gemächlich, mit tiefem Widerwillen die Werbesendungen an, las sie überhaupt zum ersten Mal. Man versprach mir ein Auto im Wert von 25 000 £: »Sie haben eine Glücksnummer gezogen, Mrs. Wakefield, und sind damit zur Teilnahme an unserem Großen Soundso berechtigt...« Edwins Ungeduld lastete immer schwerer auf meinem Nacken und meinen Schulterblättern.

Er würde nicht weggehen. Wozu ihn noch länger auf die Folter spannen? Ich holte tief Luft wie ein Selbstmörder vor dem Sprung in die Tiefe, griff nach einem Messer und schlitzte den verhängnisvollen Brief auf.

Nicht direkt verhängnisvoll. Auf den ersten Blick war es sogar eine *gute* Nachricht. Leonard Coburn war offenbar soweit wiederhergestellt, daß man ihm gestatten wollte, in den nächsten Tagen nach Hause zu fliegen, und auf der folgenden halben Seite ließ Jessica ihrer Erleichterung und Freude darüber erst einmal freien Lauf.

ABER... und nun folgte eine umfangreiche Liste aller Probleme, Schwierigkeiten und Unannehmlichkeiten, die dieses freudige Ereignis gerade in dieser Zeit mit sich brachte. Wie sollte sie ihn zum Beispiel vom Flughafen abholen, wo sie doch momentan dieses Antihistaminpräparat einnehmen mußte und deshalb nicht autofahren durfte? Und dann – So ein Pech konnte doch nur sie haben?! – war ihre Zugehfrau krank geworden, wie in aller Welt sollte sie also neben all der Hausarbeit auch noch einen Invaliden betreuen?

»Noch dazu ist es ein so *riesiges* Haus und wirklich entsetzlich unpraktisch, aber Leo hängt eben daran...«

Und so ging es weiter. Gipfelte das alles etwa in einer Bitte an mich, nach Norfolk zu kommen und irgendwie auszuhelfen...? Noch ehe ich das Ende der sechs eng beschriebenen Seiten erreicht hatte, nahm Edwin die Antwort vorweg. »Die arme Frau! Wir müssen *sofort* hinfahren und ihr zur Hand gehen. Wir können sie doch nicht in ihrem Elend sitzen lassen... Komm, wir müssen *gleich* los!«

Glaubte er wirklich, mich mit dieser noch nie dagewesenen Anwandlung von Menschenfreundlichkeit täuschen zu können? Oder wußte er genau, daß ich sein wahres Motiv durchschaute – und verließ sich einfach darauf, daß das nichts ändern würde? Er wollte unbedingt an Ort und Stelle sein, um die Katastrophe eines Wiedersehens zwischen Leonard und Richard zu verhindern, so viel war klar. Er malte sich bereits aus, wie jeder der beiden den Bericht des anderen über die Expedition bestätigen und ihn, Edwin, mit solcher Entschiedenheit als Lügner bloßstellen würde, daß ihn keine Ausflüchte, keine Manipulationen mehr retten konnten.

Wie zuvor zögerte ich die Entscheidung instinktiv hinaus.

»Aber Edwin – das ist unmöglich – nicht einfach so – von einem Augenblick zum anderen. Was ist mit Jason ...?«

Zugegeben, ich hatte sie selbst ausgelöst. Die Standpauke über Fünfzehnjährige, meine ich, die schließlich so gut wie erwachsen seien und doch wohl in Gottes Namen ein paar Tage allein zurechtkommen könnten, ohne wie Kleinkinder bemuttert zu werden.

Natürlich hallen zu anderen Gelegenheiten genau entgegengesetzte Ansichten von unseren Wänden wider, dann sind Fünfzehnjährige schließlich immer noch Kinder ohne jegliches Verantwortungsgefühl, die abends nur ausgehen dürfen, wenn sie genau sagen, wohin, und um Punkt neun zu Hause zu sein haben.

Wie immer, wenn dieses heiße Thema in regelmäßigen Abständen zur Sprache kam, zog ich den Kopf ein und wartete, bis der Sturm sich legte. Nach wenigen Minuten war es tatsächlich soweit, Edwin hatte sein Pulver verschossen, verließ die Küche und knallte die Tür hinter sich zu.

Pläne und Gegenpläne schossen mir durch den Kopf, während ich langsam das Frühstücksgeschirr zur Spüle trug, die Marmelade, die Milch, die Butter aufräumte. Als ich den Inhalt des Kühlschranks betrachtete, ertappte ich mich bei der Überlegung, was ich Jason zum Abendessen vorbereiten sollte ... ob wohl genügend Milch ... Käse ... Orangensaft im Hause sei, um ihn über die Runden zu bringen?

Hatte ich also beschlossen, doch schon heute nach Norfolk zu fahren? Obwohl ich Edwards wahres Motiv für diesen Wunsch kannte? Die Entscheidung – falls es eine war – erschreckte mich, und ich überlegte, wann ich sie getroffen haben sollte. Noch vor wenigen Tagen hatte ich im feuchten Herbstwald auf einem feuchten, toten Baumstumpf gesessen und mit mir selbst um die ganze elementare Frage meines weiteren Verhaltens gerungen – oder zu ringen geglaubt: sollte ich Edwin bei seinem Schwindel unterstützen (vielleicht meine Pflicht als loyale Ehefrau?), sollte ich ihn (auf lange Sicht vielleicht mehr in seinem Interesse?) als Lügner bloßstellen, oder sollte ich zumindest meinen ganzen Einfluß auf ihn geltend machen, um ihn zu einem öffentlichen Geständnis zu zwingen?

Ich hatte nicht das Gefühl gehabt, in diesem Dschungel moralischer Fragen zu einem Ergebnis gelangt zu sein; doch jetzt, nur drei Tage später, stellte ich fest, daß die Entscheidung bereits unwiderruflich gefallen war: nicht durch einen klaren Willensakt meinerseits, sondern durch eine Reihe kleiner, spontaner Ausweichmanöver; in Momenten, in denen ich den Weg des geringsten Widerstandes gegangen war, in denen ich Edwin nicht Einhalt geboten hatte, wenn er sich in wilden Phantastereien verlor, wenn ich bei jeder auftauchenden Fragestellung einen unverfänglichen Standpunkt einnahm. Dank all dieser Fluchten vor der Realität war ich nun festgenagelt und mußte ihm helfen, sein Gesicht zu wahren; mußte ihn vor sich selbst schützen, indem ich ihn von allen verzweifelten Wahnsinnsplänen abhielt, die seine panikerfüllte Seele hervorbringen mochte. Zuallererst mußte ich ihn davon abhalten, Richard zu ermorden, was er, soviel war inzwischen klar, bereits mehr als einmal versucht hatte – freilich mit so kolossal untauglichen Mitteln, daß man sich unwillkürlich fragte, wie ernst es ihm mit dieser Absicht wirklich war. Auf jeden Fall bestand ein Risiko, und ich war als einziger Mensch auf der Welt in der Lage, Edwin zu überwachen und dafür zu sorgen, daß er nie Gelegenheit zu einem Mord fand.

Und nun kam auch noch Leonard Coburn dazu. Sobald er wieder in England war, befand er sich in Gefahr. Edwins übertriebene Eile, der Drang, noch heute loszufahren, um den Coburns in ihrem Norfolker Heim zu »helfen«, erschienen mir in höchstem Maße verdächtig. Er wollte unbedingt als erster zur Stelle sein, wenn Leonard nach Hause kam, um irgendwie zu verhindern, daß er mit Richard Kontakt aufnahm.

Irgendwie? Wie? Meine Hände zitterten, als ich die Gläser wegstellte, und die machten mich prompt mit schadenfrohem Klirren auf den Zustand meiner Nerven aufmerksam.

Ich mußte mich beruhigen ... ganz ruhig werden. Es hatte keinen Sinn, wenn ich mich von Edwins Hysterie anstecken ließ ...

Erst diese Überlegung führte zu der Erkenntnis, wie unglaublich wenig ich in den letzten paar Minuten von Edwin gehört hatte. Normalerweise wäre er, während er seine Sachen für diese überstürzte Reise zusammenpackte, ein halbes Dutzend Mal in die Küche gekommen, um nach sauberen Socken, nach gebügelten Taschentüchern und nach ausgerechnet dem einzigen Hemd zu schreien, das genau in diesem Moment nicht frisch gewaschen war. Und er wäre ständig treppauf treppab gelaufen, um an allen möglichen und unmöglichen Stellen nach Lesebrille, Fernglas, aufsteckbarer Sonnenbrille, Straßenkarte, Kreditkarte und so weiter zu suchen. Nach all den Dingen eben, die jede Frau außer mir ohne Zögern und mit nachtwandlerischer Sicherheit gefunden hätte.

Nun, wenigstens bei der aufsteckbaren Sonnenbrille konnte ich ihm helfen. Und wenn er schon so früh am Morgen ostwärts fahren wollte, würde er sie auch brauchen. Sie lag gleich hier in der Suppenterrine mit dem fehlenden Dekkel, in der solche Dinge mit Vorliebe abgelegt wurden – Gegenstände, die man äußerst dringend braucht und verzweifelt sucht, aber eben nur hin und wieder.

»Edwin«, rief ich und öffnete die Tür zur Diele, »deine Sonnenbrille...«

Stille. Ich ging in die Diele hinaus, stellte mich unten an die Treppe.

»Edwin!« rief ich wieder.

Immer noch keine Antwort. Eine dunkle Ahnung stieg in mir auf, ich rannte ins Wohnzimmer und sah aus dem Fenster.

Ja, der Wagen war weg. Edwin hatte sich heimlich aus dem Haus geschlichen, ohne mir ein Wort zu sagen, ohne das übliche Theater vor einer Reise, und hatte lautlos die Haustür hinter sich ins Schloß gezogen.

Meine erste Regung war, ihm sofort zu folgen. Ein Taxi zu rufen, zum Bahnhof Liverpool Street zu fahren und auf den ersten Zug nach King's Lynn zu springen, von wo es (ganz bestimmt) irgendeine Verbindung nach Dereham Market geben würde.

Aber warum eigentlich? Wozu die Eile? Leonard Coburn war sicher noch nicht zu Hause. »Zum Wochenende«, hieß es in Jessicas Brief, und heute war erst Dienstag. Was konnte Edwin schon anstellen, solange Leonard noch gar nicht da war?

Ich mußte noch einmal nachlesen, was Jessica genau geschrieben hatte: aber – Sie haben es geahnt? – der Brief war verschwunden. Edwin hatte sich wohl entschlossen, ihn mitzunehmen, entweder, um ihn gemächlich und ohne Störung meinerseits zu studieren, oder als eine Art Legitimation, wenn er so plötzlich und unangemeldet bei seiner möglicherweise gar nicht so erfreuten Gastgeberin hereinschneite. »Aber Sie haben uns doch *gebeten* zu kommen«, könnte er dann sagen und ihr die Stelle in dem Brief zeigen, die man vielleicht – mit knapper Not – so interpretieren konnte.

Ich setzte mich an den Küchentisch und ordnete meine Gedanken. *So* eilig war die Sache nun wieder nicht. Ich brauchte meinen Aushilfsjob nicht noch einmal abzusagen. Wenn ich um sechs aus dem Büro kam, konnte ich rechtzeitig zu Hause sein, um Jason etwas zu essen zu machen und ihm – mit den nötigen Auslassungen – zu erklären, was wir vorhatten, und anschließend fuhr sicher immer noch ein Zug vom Bahnhof Liverpool Street.

Eigentlich hätte ich jetzt Jessica Coburn anrufen müssen, um sie zu fragen, welche Hilfe, wenn überhaupt, sie denn eigentlich von mir erwartete: aber was sollte ich tun, wenn sich herausstellte, daß es etwas war, was ich problemlos hier in London für sie erledigen konnte? Nachdem Edwin nun schon einmal unterwegs war, *mußte* ich hinfahren, ob sie mich haben wollte oder nicht, und letzteres würde ich ohnehin früh genug merken.

Kapitel 19

Von King's Lynn Anschluß nach Dereham Hall. Nun, das war die Theorie, das heißt, so stand es im Kleingedruckten des Winterfahrplans für die Ostregion. Aber ich hatte die Rechnung ohne die Eigenheiten der heutigen Transportsysteme gemacht. Als der Zug nach vielen Denkpausen in King's Lynn einfuhr und vor einem hell erleuchteten, aber völlig verlassenen Bahnsteig hielt, war es nach Mitternacht. Kein Mensch am Fahrkartenschalter, kein Mensch hinter den verschiedenen Türen mit der Aufschrift PRIVAT, keinerlei Angaben auf der Anzeigetafel. Überall herrschte gleißende Helligkeit, nur der Wartesaal lag im Dunkeln. Wenigstens war er offen, und ich konnte froh sein, daß derjenige, der vergessen hatte, eine Glühbirne in die Fassung zu schrauben, auch vergessen hatte, bei Dienstschluß die Tür abzusperren. Es gab also einen windgeschützten Platz, wo man sich aufhalten konnte, zum Lesen war er freilich nicht geeignet. Dazu mußte man sich auf den hellen, eiskalten Bahnsteig stellen und sich vom Ostwind durchblasen lassen. Eine Alternative so reizvoll wie die andere.

Zwanzig vor eins. Irgendwann mußte doch wohl irgendein Zug fahren? Ein Güterzug vielleicht? Mit radioaktivem Abfall oder ähnlichem? Wenn ich im dunklen Wartesaal ein wenig eingenickt war, fuhr ich erschrocken wieder hoch, weil ich mir einbildete, die Schienen summen zu hören, das erste Anzeichen für das Nahen eines Zuges, aber jedesmal war es nur eine besonders starke Windbö. Dann ging ich für eine Weile nach draußen und versuchte zu lesen, bis die grimmige Kälte mich abermals zwang, hineinzugehen, mich auf die harte Bank zu setzen und im Dunkeln fröstelnd vor mich hinzudösen.

So quälte ich mich abwechselnd sitzend und stehend, zusammengekauert und vor Kälte zitternd durch die endlosen Nachtstunden, und als ich völlig durchgefroren und schon fast überzeugt war, die Zeit sei für immer stehengeblieben, sah ich fassungslos vor Glück ein zweites Lebewesen in dikkem Mantel auf dem Bahnsteig erscheinen; und noch eines und noch eines. Es war fünf Uhr fünfzehn. Der Arbeiterzug war fällig.

Gegen sechs Uhr war ich am Ziel – genauer gesagt, an der sturmumtosten Bahnstation, der Karte nach zu urteilen etwa drei Meilen vom Haus der Coburns entfernt. Es war noch dunkel, sicher viel zu früh, um meine künftige Gastgeberin zu belästigen – zumal, wenn man diese mehr oder weniger mit Gewalt in ihre Rolle gedrängt hatte –, und so beschloß ich, nicht die Straße entlangzugehen, sondern zum Meer hinunterzuschlendern. Die Richtung dorthin zeigte mir der starke, nach Salz schmeckende Wind, der mir ins Gesicht schlug, sobald ich auf den Platz vor der Bahnstation trat.

Die Dunkelheit begann sich zu lichten, und ich entdeckte einen Pfad mit tiefen Furchen, der mich nach einer Viertelmeile in eine Wildnis aus Sanddünen und Strandhafer führte. Die steife Morgenbrise rüttelte lärmend an den harten Winterhalmen.

Schwerfällig und immer wieder einsinkend, erklomm ich mit meinem Koffer die erste Düne, und dort – Oh, dort überwältigte mich jäh das Gefühl, auf einem Planeten zu stehen und mit ihm durch das All zu rasen. Wie erschlagen von den gigantischen, übermächtigen Kräften der Atmosphäre, rang ich nach Atem, dann wandte ich mich der gewaltigen Wölbung des Meeres zu. Jenseits davon leuchtete nun der erste Silberstreif des neuen Tages auf und ließ die Konturen der langgestreckten, weißen Wogenkämme, die mir seufzend über den Sand entgegenglitten, scharf hervortreten.

In der Nacht mußte ein Sturm gewütet haben, und zuerst erschrak ich ein wenig, als ich, vielleicht eine Meile entfernt, dicht vor der Küste die Umrisse eines gesunkenen Schiffes entdeckte. War ich die einzige Zeugin eines Unglücks? Sollte ich etwas unternehmen? Hilfe holen? Doch ehe ich mich zu einem Entschluß durchringen konnte, war es noch heller geworden, und nun sah ich, daß hier zwar tatsächlich ein Schiff auf Grund gelaufen war, aber schon vor langer Zeit. Der zerbrochenen Reling und dem halbverfaulten, schräg nach oben ragenden Bug nach zu schließen, lag das Wrack bereits seit vielen Jahren im Wasser.

Tief im Osten färbte sich der Himmel nun gelb, ein blasses Zitronengelb, und dann rosa; rosafarbene Lichtbündel zuckten über das aufgewühlte Wasser und ließen die nassen Sandflächen aufstrahlen. Man konnte sich ausmalen, die Düne hinunterzurutschen, über diese funkelnde Sandfläche zu gleiten, auf die gekrümmte Wasserlinie zu und darüber hinaus, ganz aufzugehen im Anbruch des neuen Tages, sich vom Planeten nach Osten tragen zu lassen, der Sonne entgegen ...

Eine dumpfe Apathie überkam mich, ich war starr vor Kälte; der Wind pfiff mir um die Ohren, und wo war eigentlich mein Koffer?

Willkommen oder nicht, zu früh oder nicht, ich mußte weiter.

Sobald ich die Dünen hinter mir gelassen hatte und die

Küstenstraße unter den Füßen spürte, schwand die Apathie, und ich war wieder Herr meiner selbst und meiner Entscheidungen. Ich *mußte* nicht sofort zu den Coburns gehen. Schließlich gab es das Dorf, Dereham Market, und vielleicht verfügte es über ein Café, das schon geöffnet hatte und Bauarbeitern, Farmhelfern und so weiter Frühstück servierte? Dort konnte ich mir etwas zu essen und eine Tasse Kaffee bestellen und so lange sitzen bleiben, wie ich es für richtig hielt.

Inzwischen war es beinahe taghell, und ich blieb stehen und sah auf meine Karte. Das Dorf schien, von mir aus gesehen, *hinter* dem Farmhaus der Coburns zu liegen; ich mußte also direkt an ihrem Gartentor vorbei, es sei denn, ich machte einen Umweg. Na schön, kein Problem. Auch damit ließ sich die Zeit totschlagen.

So früh am Morgen war die Küstenstraße völlig verlassen. Auf einer Seite versperrten die Sanddünen den Blick auf die See, doch auf der anderen reichten die Gerstenfelder – ich glaube jedenfalls, daß es Gerste war, jetzt im Herbst waren natürlich nur Stoppeln zu sehen – glatt und kahl, fast wie ein zweites Meer, bis an den Horizont.

Ich begegnete niemandem, hörte keinen Laut, nur das endlose Heulen des Windes und hinter den Dünen das gedämpfte Rauschen der hereinkommenden Flut. Weit und breit war kein menschliches Wesen zu entdecken, und so war ich ziemlich überrascht, als ich gleich hinter einer Straßenbiegung auf einen parkenden Wagen stieß. Er stand halb auf der Straße, halb auf dem Randstreifen, die Vorderräder steckten tief im lockeren, staubfeinen Sand. Noch größer war meine Überraschung, als ich erkannte, daß es *unser* Wagen war.

Zweimal las ich das Nummernschild, bis ich es glaubte,

und ganz überzeugt war ich erst, als ich nahe heranging, durch das Fenster spähte und das vertraute Durcheinander auf dem Rücksitz erblickte. Ein zerrissener, wasserdichter Hut. Veraltete Straßenkarten, zu nichts mehr zu gebrauchen, aber im Haus wollten wir sie auch nicht haben. Eine Thermosflasche mit fehlendem Deckel, die nicht mehr warmhielt. Und ganz hinten Edwins Tennisschläger aus der Zeit vor seinem Streit mit dem Sekretär unseres Tennisclubs – ich weiß nicht mehr, worum es ging, der tiefere Grund war vermutlich, daß Edwin an Gewicht zugenommen hatte und sportlich allmählich abbaute; aber wie auch immer, der Tennisschläger war noch da, und auch den wollten wir nicht im Haus haben. Ich jedenfalls wollte das nicht, denn letztlich wäre er doch nur in der Küche gelandet und hätte irgendwo im Weg herumgestanden.

Ich probierte die Türen, aber sie waren natürlich abgeschlossen, und da stand ich nun und versuchte mit letzter Kraft, die Situation zu durchschauen. Daß Edwin gestern nach Norfolk gefahren war, wußte ich natürlich – aber warum hatte er den Wagen *hier* abgestellt? Warum hatte er nicht vor dem Haus der Coburns oder in ihrem Hof geparkt?

Wollte er Jessica aus irgendeinem fragwürdigen Grund verheimlichen, daß er mit dem Wagen gekommen war? Warum? Damit er sie nicht zum Flughafen bringen mußte, wenn ihr Mann schließlich eintraf? Dabei wäre das doch der einzig denkbare, der selbstverständlichste Freundschaftsdienst gewesen. Mehr oder weniger ungebeten die weite Fahrt zu unternehmen, um ihr dann diese kleine Bitte abzuschlagen, so flegelhaft konnte nicht einmal Edwin sein. Und warum auch? Die Reise hatte doch wohl nur den einen Zweck, so schnell wie irgend möglich mit Leonard Kontakt aufzunehmen, ehe Richard an ihn herankam. Das war doch wohl seine Absicht? Alles andere ergab keinen Sinn. Wie es weitergehen sollte, nachdem der Kontakt geknüpft war, darüber hatte ich mir noch gar keine Gedanken gemacht. Wahrscheinlich hatte ich es vermieden. Ich wollte seine Pläne gar nicht kennen, mir war nur klar, daß ich zur Stelle sein mußte, um sie zu vereiteln. Wie? Auch das wußte ich nicht. Vermutlich einfach durch meine Anwesenheit, dadurch, daß ich ihn ständig im Auge behielt.

Ich probierte noch einmal die Türen und auch den Kofferraumdeckel. Alles verschlossen. Jetzt erst fiel mir ein – die einfachste, nächstliegende Erklärung –, daß Edwin tatsächlich eine Panne gehabt haben könnte. Wenn jemand einen Mord plant, heißt das noch lange nicht, daß er den gewöhnlichen Launen des Schicksals – leere Batterie, auslaufendes Öl und so weiter – nicht mehr ausgesetzt wäre. Ein Mörder kann genau wie jeder andere die Grippe bekommen, Nasenbluten haben und seine Lesebrille verlieren, es scheint nur irgendwie *abwegig* zu sein.

Wenn ich also hier wartete, tauchte Edwin vielleicht auf und brachte auch eine einleuchtende Erklärung mit?

Wollte ich, daß er auftauchte?

Wollte ich die Erklärung hören?

Ich wollte nicht. Ich setzte meinen Weg fort.

Erst als ich in einem kleinen, ziemlich schmuddeligen Café in Dereham Market an einem Tisch mit Plastikdecke vor einer Tasse Kaffee und einem Rosinenbrötchen saß, kam mir ein Verdacht, der mich mehr verstörte als alles andere. Angenommen, Edwin hätte sich in das immer dichter werdende Gespinst aus Lüge und Betrug so heillos verstrickt, daß er beschlossen hatte, ein Ende zu machen? Die graue, stürmische See in Reichweite, keine Menschenseele weit und breit, kein Zeuge, kein wohlmeinender Retter – könnte ihn das nicht, wenn auch nur für einen Augenblick, in Versuchung geführt haben, den einfachsten Weg zu wählen?

Wenn es ein einfacher Weg gewesen *wäre*, dann vielleicht ja. Aber das wäre natürlich nicht der Fall. Edwin war ein guter Schwimmer – früher jedenfalls; inzwischen vielleicht ein wenig aus der Übung, aber immer noch ganz passabel – und wer sich auch nur halbwegs über Wasser halten kann, wird doch niemals den Tod durch Ertrinken wählen? Für einen Schwimmer kann es kein leichter Tod sein; ganz im Gegenteil, der Kampf dauert Stunden, die Erschöpfung wird immer größer, und trotzdem gibt man nicht auf, denn solange man noch einen Zug schwimmen *kann*, unter welchen Qualen auch immer, wird einen der eigene Körper dazu zwingen...

Nein. Nicht Edwin. Eigentlich überhaupt niemand. Ich brauchte mir Edwin lediglich in der Anfangsphase dieser Zerreißprobe vorzustellen... die ersten Schritte ins eisige Wasser... der Kälteschmerz erreicht die Knie... die Oberschenkel... der Wind peitscht um seinen nackten Oberkörper, und diesmal kann er sich nicht sagen: »Nur kurz untertauchen und dann gleich wieder hinaus!« Denn es würde kein Hinaus mehr geben, nie mehr. Wenn er einmal drin war, mußte er drin bleiben. Für immer.

Nein. Nicht Edwin.

Gleichwohl aß ich hastig mein Rosinenbrötchen fertig, kippte die Hälfte des Kaffees hinunter und eilte hinaus auf die schmale Straße.

Inzwischen war es heller Vormittag, über den kahlen, braunen Feldern spannte sich leuchtend blau der blankgefegte Himmel, und die Sonne brannte mir auf die Schultern, als ich fast im Laufschritt über den Pfad zwischen den Feldern hastete, den mir der Inhaber des Cafés auf meine Frage nach dem kürzesten Weg zu Coburns Farm gezeigt hatte. Vor mir trotzte das graue Gebäude mit seinen Scheunen und Nebengebäuden standhaft dem Wind: je näher ich kam, desto wilder schlug mir das Herz in der Brust.

Sicher, ich war gelaufen. Jedenfalls mehr oder weniger.

Ich zog an einem Eisenklotz, der den Eindruck machte, als sei er mit einer Glocke verbunden, und tatsächlich, so war es auch. Ein hohles Scheppern war zu hören, wurde von unsichtbaren Steinwänden wieder und wieder zurückgeworfen, für meine überreizten Nerven klang es wie die Trompeten des Jüngsten Gerichts. Was würde ich vorfinden? Mit welcher Nachricht würde man mich empfangen?

Die Tür wurde vorsichtig geöffnet – oder war sie nur sehr schwer? –, und ein blutjunges, höchstens vierzehn Jahre altes Mädchen mit einem runden, sommersprossigen Gesicht und halb geöffnetem Mund ließ mich ein. Wortlos führte sie mich durch die geflieste Diele, stieß eine zweite, schwere Tür auf und hielt sie fest, damit ich eintreten konnte.

Ich blieb abrupt stehen, zutiefst überrascht und erleichtert von dem Anblick, der sich mir bot. Vor einem flackernden Holzfeuer saßen drei Menschen und tranken Kaffee: Edwin, die Herrin des Hauses und eine korpulente, mir unbekannte Dame. Sie hatten sich angeregt unterhalten, und als sie sich nun mir zuwandten, um mich unterschiedlich herzlich zu begrüßen, wich das Lächeln aus ihren Gesichtern. Sie hatten sich so gut amüsiert, und ich hatte sie dabei gestört.

Kapitel 20

Ich war (typisches Symptom einer Angstneurose) der festen Meinung gewesen, sie hätten über mich gesprochen, aber dem war natürlich nicht so. Meine Ankunft löste vorübergehend eine gewisse Unruhe aus, doch bald hatte auch ich eine schöne, heiße Tasse Kaffee in der Hand, wärmte mir genüßlich die Füße am Feuer und hörte mir an, was die mollige Dame (eine gewisse Mrs. Fairbrother, wie ich bald erfuhr, die auf der anderen Seite des Dorfes wohnte) zum Thema Werwölfe zu sagen hatte. Offenbar war vor kurzem ein Filmteam im sumpfigen Mündungsgebiet gewesen, um die Außenaufnahmen für einen neuen Horrorfilm zu diesem Thema zu drehen, und hatte aber auch wirklich alles falsch gemacht.

»Ein Sumpf ist schon einmal ganz und gar nicht der richtige Schauplatz«, erklärte Rhoda Fairbrother. »Die Werwolflegende verbindet sich mit dem Wald, aber manche Leute bilden sich offenbar ein, ›Wer‹ habe irgend etwas mit ›Wehr‹ zu tun. In Wirklichkeit ist es natürlich das althochdeutsche Wort für Mann – ein Werwolf ist ja ein ›Mann-Wolf‹...«

»Du meine Güte, Sie haben Ihre Hausaufgaben aber gründlich gemacht!« scherzte Jessica mit jenem ganz leicht tadelnden Unterton einer Gastgeberin, die Gast A anzudeuten sucht, daß sein Lieblingsthema Gast B, C und D zu langweilen beginnt. »Noch einen Keks?«

»Oh, ich meine, nein, danke, ich habe noch.« Rhoda Fairbrother wehrte die Unterbrechung durch ungeduldiges Wedeln mit ihrem Vanillekeks hastig ab; dann fuhr sie fort: »Es hat überhaupt nichts gestimmt – man hatte fast den Eindruck, sie verwechselten den Werwolf mit dem Hund von Baskerville! Sie wissen doch, diese riesige Bestie, die plötzlich im Nebel erscheint und über die Sümpfe heult. Aber das Wesentliche an einem Werwolf ist schließlich, daß er bei Tag gar kein Ungeheuer ist. Tagsüber ist er ein Mensch, ein ganz gewöhnlicher Mensch, es sei denn, man kennt die charakteristischen Merkmale. In der Mitte zusammengewachsene Augenbrauen deuten auf einen Wolf. Auch heimlicher Kannibalismus ist ein solches Zeichen. Während der Hungersnöte im siebten und achten Jahrhundert grassierte nämlich in ganz Europa die Unsitte, Kinder zu verspeisen ...«

Während dieses Vortrags hatte ich die ganze Zeit Edwins Gesicht beobachtet. Er wirkte keineswegs gelangweilt, eher wie ein Student vor dem Examen, der in letzter Minute noch ein paar Tips mitnehmen will. Jessica mußte sein lebhaftes Interesse wohl bemerkt haben, denn sie verzichtete bald darauf, die Unterhaltung durch kleine Eingriffe zu steuern, und ließ ihrem sachkundigen Gast die Zügel locker. Als begeisterte Heimatkundlerin sah sich Rhoda verständlicherweise recht gern in der Rolle der Expertin, die ein naßforsches, amerikanisches Filmteam, dem es nicht um historische Genauigkeit, sondern nur um einen möglichst gruseligen Kassenschlager ging, in seine Schranken wies.

»Natürlich«, räumte sie ein, »ist die Verwirrung in gewissem Maße begreiflich, denn im Laufe der Jahrhunderte sind viele Werwolflegenden entstanden. Am verbreitetsten ist die Sage von dem Mann, der sich des Nachts tatsächlich auch physisch in einen Wolf verwandelt und infolgedessen, falls er als Wolf verwundet wird, tags darauf die entsprechenden Verletzungen aufweist. Eine andere Variante geht davon aus, daß die Seele des Mannes in einen echten Wolf eindringt und diesen zu schrecklichen Taten anstiftet. Einigen Historikern zufolge könnte es sich bei der ganzen Geschichte um eine durch Drogen hervorgerufene Massenhalluzination seitens der Bevölkerung wie auch des angeblichen Werwolfs gehandelt haben – er hält sich wirklich für einen Wolf, läuft auf allen vieren, beißt und hat Schaum vor dem Mund; und die Bevölkerung glaubt, einen echten Wolf zu sehen, da er sich auf Menschen stürzt und ihnen schwere Verletzungen zufügt…«

»Halluzination?« Edwin stürzte sich auf das Wort wie eine Katze auf einen aus dem Nest gefallenen Vogel. »Durch Drogen hervorgerufen, sagen Sie? *Welche* Drogen?«

Strahlend strich sich Rhoda die graublonden Locken zurück. Es passierte ihr sicher nicht oft, daß jemand von ihren historischen Ergüssen so gefesselt war.

»Das ist nun eine *sehr* interessante Frage. Es gibt unzählige Theorien, aber ich persönlich finde die Mutterkorn-These am überzeugendsten. Wie Ihnen vielleicht bekannt ist« (das arme Ding wiegte sich sichtlich in dem Glauben, eine verwandte, ebenso geschichtsbegeisterte Seele gefunden zu haben), »waren die Ernten in Europa im elften und zwölften Jahrhundert katastrophal schlecht. Wir hatten damals eine kleine Eiszeit mit einer ganzen Reihe nasser, kalter Sommer, und infolgedessen wurden die meisten Getreidesorten von der Braunfäule befallen und brachten das giftige Mutterkorn hervor. Zeitgenössische Berichte lassen vermuten, daß viele Menschen um das Gift im Korn wußten – aber was blieb ihnen übrig? Sie waren am Verhungern, also aßen sie es, und die Strafe blieb nicht aus. Die Halluzinationen waren ein wichtiges Symptom, aber keineswegs das einzige ...«

»Was waren die anderen?« Edwin beugte sich vor, ganz der interessierte, aufmerksame Journalist, der Material für einen Artikel sammelte. Nur das Notizbuch fehlte, das Tonbandgerät und die Aussicht auf ein Honorar.

»Die anderen?« Rhoda durchforstete ihr gut ausgestattetes Gedächtnis. »Nun, Fieber natürlich. Kopfschmerzen. Manchmal Besessenheit. Geistige Verwirrung ...«

»Amnesie?« warf Edwin ein. »Könnte auch Amnesie dazugehören?«

»Hm – ja, ich denke schon. Alles in der Art. Das ganze Gehirn konnte mehr oder weniger in Mitleidenschaft gezogen werden; sämtliche chemischen Informationen gerieten durcheinander. Genaueres kann ich Ihnen nicht sagen, ich bin schließlich kein Pharmazeut. Nur eine *sehr* laienhafte Historikerin.«

»Eine sehr qualifizierte Historikerin, wenn Sie mich fragen«, lobte Edwin freundlich, doch worauf sich dieses Lob bezog, wußten die Götter. »Ich finde das alles äußerst faszinierend.«

Ein kurzes Schweigen trat ein. Dann kam es: »Dieses Mutterkorn – was *ist* das eigentlich? Ich meine, hat es irgendeinen Nutzen? Als chemischer Stoff? Heutzutage, meine ich? Könnte man es zum Beispiel in der Apotheke kaufen?«

Rhoda schüttelte traurig den Kopf. Eine Frage, die sie nicht beantworten konnte. Wie tragisch.

Doch zum Glück war Jessica in der Lage, die drohende Wissenslücke zu füllen.

»Mutterkorn? Ach, über Mutterkorn weiß ich genau Bescheid. Es kam in *Maternity Ward Three* auf ITV vor. Haben

Sie die Serie nicht gesehen? Man gibt es den Wöchnerinnen nach der Geburt, damit sich die Gebärmutter zusammenzieht, glaube ich. Das stimmt doch?« Sie wandte sich an mich wie an eine Autorität, da ich offenbar als einzige unter den Anwesenden zumindest ein Baby zur Welt gebracht hatte. Unter den Blinden ist der Einäugige usw. ...

Aber leider hatte ich nach Jasons Geburt kein Mutterkorn bekommen. Oder man hatte mir nichts davon gesagt. Und halluziniert hatte ich auch nicht. Alles in allem war mein Beitrag zur Unterhaltung eher dürftig.

»Könnte es vielleicht vor meiner Zeit gewesen sein?« fragte ich zaghaft und versetzte mich in Gedanken in das rege Treiben auf der Entbindungsstation zurück; Mütter, die aufgenommen oder entlassen wurden, Babys, die mehr oder weniger oder genausoviel wogen wie andere; man langweilte sich nie. Auch Edwin sah ich vor mir, wie er mit breitem Grinsen, einen lächerlich riesigen Strauß Gladiolen im Arm, an mein Bett trat und es schaffte, damit die Tag- und Nachtschicht auf einen Schlag in Aufruhr zu versetzen. Wie hatte er den mühelos erworbenen Ruhm des frischgebackenen Vaters genossen! Wenn das Vatersein nur immer etwas so Müheloses und Brandneues geblieben wäre!

Inzwischen war man zu einem anderen Thema übergegangen – oder eher zurückgekehrt, denn das Gespräch drehte sich abermals um Amnesie. Ich hatte Edwins langes Gesicht bemerkt, als er erfuhr, daß Mutterkorn ausschließlich in der Geburtshilfe eingesetzt wurde und daher für das, was er auch immer im Schilde führen mochte, nicht in Frage kam. Jetzt hatte er das Gespräch freilich auf das Thema seiner Wahl zurückgelenkt und führte wieder das große Wort: »Die verbreitetste Ursache für Amnesien«, dozierte er, »ist die Gehirnerschütterung. Wenn der Patient nach einem schweren Schlag auf den Kopf das Bewußtsein wiedererlangt, kann er sich an die Stunden unmittelbar vor dem Unfall oft überhaupt nicht erinnern. Deshalb ist es in Fällen von Körperverletzung oder rücksichtslosem Verhalten im Straßenverkehr bekanntermaßen schwierig zu beurteilen, inwieweit man den Aussagen des Patienten über den Hergang des Geschehens Glauben schenken darf ...«

»Bekanntermaßen schwierig – inwieweit man Glauben schenken darf.« Das hatte Edwin ganz offensichtlich in einem Buch nachgeschlagen. *Seine* Ausdrucksweise war es jedenfalls nicht. Ich wartete darauf, daß er seine medizinische Vorlesung fortsetzte, aber nun schaltete Jessica sich ein: »Ja, deswegen habe ich mir schon große Sorgen gemacht. Leos wegen, meine ich, nach seiner Rückkehr. Ich habe auch Dr. Davies danach gefragt, aber er sagte, keine Angst, man würde ihn nicht aus dem Krankenhaus entlassen, wenn er die Folgen der Gehirnerschütterung nicht völlig überwunden hätte. Er hat bereits einen Bericht erhalten, und demnach ist soweit alles in Ordnung, bis auf das Schlüsselbein und das Bein, das noch in Gips ist. Ansonsten ist sein Zustand normal ...«

»Normal?« Wieder stürzte sich Edwin wie eine Katze auf dieses wichtige Wort. »Sein allgemeiner Gesundheitszustand – mag sein. Aber daß sein Gedächtnis nach so kurzer Zeit schon wieder normal funktionieren soll – unmöglich. Ich will Ihnen keine Angst machen, Jessica, und abgesehen davon ist bestimmt alles in schönster Ordnung: nur werden eben ein paar Stunden seines Lebens, die Stunden unmittelbar vor dem Überfall, völlig ausgelöscht sein. Oder bis zur Unkenntlichkeit entstellt. Das ist immer so, und man muß vor allem vermeiden, ihn damit zu beunruhigen. Am besten ist es, wenn Sie das Thema überhaupt nicht erwähnen.«

Hier blickte er von einem zum anderen und fügte mit noch größerem Nachdruck hinzu: »Wenn er nach Hause kommt, müssen wir uns alle hüten, ihm auch nur eine einzige Frage nach den Stunden unmittelbar vor dem Überfall zu stellen. Und wenn er selber über das sprechen will, was er zu wissen glaubt, müssen wir ihn entschieden davon abbringen. Wir alle. Ist das klar?«

»Hör mal, Edwin –« begann ich, aber er brachte mich mit einer Handbewegung zum Schweigen.

»Nein, Clare, unterbrich mich nicht. Was ich sagen will, ist wichtig. Ich kenne unzählige Leute, die wie Leonard eine Gehirnerschütterung hinter sich haben, und wenn man sie allzu genau nach ihren Erinnerungen befragt, kann es passieren, daß sie einfach durchdrehen und sich in Halluzinationen flüchten. Sie glauben sich an alles mögliche zu erinnern, was gar nicht geschehen ist, und vergessen andere Dinge, die tatsächlich passiert sind. Sie wissen, daß *etwas* nicht stimmt, aber nicht, was es ist. Es kann sehr beängstigend für sie sein, wenn man sie mit ihren eigenen Wahnvorstellungen konfrontiert. Ich habe das schon erlebt. Ich weiß, wovon ich spreche.«

Natürlich. Er hatte sich eingehend informiert, und nicht nur in unserem *Home Doctor's ABC*. Er mußte auch die Bibliotheken nach Krankengeschichten durchkämmt haben, die seinen Anforderungen am ehesten entsprachen.

Das ist nicht weiter schwierig. Schließen Sie die Augen und stellen Sie sich eine scheußliche Krankheit vor, wenn Sie nur genügend medizinische Schwarten wälzen, finden Sie bestimmt ein Beispiel dafür.

Sie fragen sich vielleicht – wie ich selbst mich oft gefragt habe –, warum ich ihn nicht zur Rede stellte, sobald wir unter uns waren, und damit diesen gefährlichen Flunkereien ein für allemal ein Ende machte? Es wäre ganz einfach gewesen. Unzählige Leute, die eine Gehirnerschütterung hinter sich hatten. Welche Leute? Wann? Zu welcher Gelegenheit? Ich hätte ihn mühelos in die Enge treiben können, und das muß er auch gewußt haben.

Er vertraute darauf, daß ich es nicht tun würde, warum, kann ich nicht sagen. Aber sein Vertrauen – wenn man es so nennen kann – war wohl begründet. Ich würde ihn nicht bloßstellen, weil ich es nicht wagte. Das Lügengebäude, das er zum Schutz vor Schmach und Schande errichtet hatte, war auf Sand gebaut und geriet zusehends in Schieflage. Was passierte, wenn es einstürzte? Zu welch verzweifelten Maßnahmen würde er dann greifen?

Irgendwie beruhigten mich sogar die Lügen ein wenig, die er an diesem Morgen aufgetischt hatte. Er wollte Leonard also nichts antun, sondern ihn mit diesem Gerede über Amnesie nur von vornherein unglaubwürdig machen. Das mochte gelingen oder auch nicht. Am klügsten war es wohl, wenn ich erst einmal abwartete. Entlarven konnte ich ihn immer noch.

Denn eines war sicher: Edwin hatte Angst. Und wenn man einem solchen Menschen noch mehr Angst einjagt, macht man ihn damit nicht weniger gefährlich: ganz im Gegenteil.

Kapitel 21

Ich habe Ihnen unser Schlafzimmer gegeben«, sagte Jessica und führte mich in einen großen, niedrigen Raum, der von einem riesigen Himmelbett mit kunstvoll geschnitzten Pfosten und zurückgebundenen Kretonne-Vorhängen beherrscht wurde. Gardinen aus dem gleichen Kretonne schmückten das Sprossenfenster, durch das die bleiche Nachmittagssonne schien und sich auf poliertem Eichenholz spiegelte: Toilettentisch, Schaukelstuhl und eine fast bis an die Balkendecke reichende viktorianische Kommode.

»Leos Bein wird noch eine Weile in Gips bleiben müssen, wissen Sie, und deshalb ist es viel einfacher, wenn er unten schläft. Wir haben ein Gästebett in sein Arbeitszimmer gestellt – Edwin hat Phoebe geholfen, es hinunterzutragen, und die Matratze ebenfalls. Oh, Clare, ich kann Ihnen gar nicht sagen, was für eine Stütze er mir war! Ich bin so froh, daß ich Ihnen geschrieben habe – zuerst wollte ich nämlich nicht, es kam mir so aufdringlich vor, aber ich war völlig ratlos, und Edwin hat mich *so* beruhigt. Er sagt, er hätte mir nie verziehen, wenn ich mich in dieser Krise nicht an ihn gewandt hätte, wo doch Leo ein so guter Freund und Kollege von ihm sei. Und Leo wird sich ganz bestimmt unheimlich freuen, ihn hier zu haben: nach all ihren Erlebnissen haben die beiden sich doch so viel zu erzählen. Stellen Sie sich vor, Clare, Edwin hat mir sogar angeboten, Leos Berichte für ihn abzutippen und die ganze Korrespondenz zu erledigen – mit seinem Schlüsselbein kann Leo im Augenblick sicher noch nicht Maschineschreiben. Ihr Edwin ist wirklich und wahrhaftig unser rettender Engel! Und obendrein will er mich auch noch zum Flughafen fahren, wenn es so weit ist. Aber das hat er Ihnen doch sicher erzählt? Der Wagen ist momentan zwar in der Werkstatt, das neue Rad muß montiert werden, aber Edwin sagt, er wird rechtzeitig fertig ...«

»Wessen Wagen?« – Der Coburnsche? Oder unserer?

»Oh, der Ihre natürlich«, sagte Jessica leichthin. »Verständlich, daß Edwin lieber mit seinem eigenen Wagen fährt, nicht wahr? Unseren könnte er wahrscheinlich sowieso nicht nehmen, bei dem Theater mit der Haftpflichtversicherung und so weiter. Wie dem auch sei, es geht alles klar, sie haben versprochen, ihn morgen früh fertigzuhaben, und Leo kommt keinesfalls vor Donnerstag oder Freitag an.«

In einer Werkstatt. Um ein neues Rad montieren zu lassen. Für mich hatten die Räder tadellos ausgesehen, und in einer Werkstatt hatte der Wagen ganz sicher nicht gestanden.

Na schön. Ich hatte keine Ahnung, was Edwin mit diesem neuen Lügengespinst bezweckte, aber wozu auch? Für mich war nur wichtig, ihn nach Leos Ankunft keinen Moment aus den Augen zu lassen, und das fing damit an, daß ich ihn und Jessica zum Flughafen begleitete. Darauf würde ich bestehen müssen. Das Image der eifersüchtigen Ehefrau war ganz und gar nicht nach meinem Geschmack: es würde so aussehen, als könnte ich meinem Mann nicht über den Weg trauen, wenn er mit der eleganten Jessica und ihrem glänzenden Pferdeschwanz allein im Wagen saß, und dabei war es doch so, daß ich ihm nirgends trauen konnte, in keiner Situation. Aber das war nicht zu ändern. In einer Krise ist das eigene Image oft das erste, was geopfert werden muß.

Jessica zeigte sich rührend froh darüber, uns hierzuhaben, auch wenn meine Aufgaben nicht ganz so klar umrissen waren wie die von Edwin. Bisher hatte ich weiter nichts getan, als nach dem Lunch das Geschirr zu spülen – der Aufwand war nicht allzu groß, da es nur Corned Beef, Tomaten und Stangensellerie gegeben hatte. Jessica hatte sich für das bescheidene Mahl überschwenglich entschuldigt, trotz unserer (oder vielmehr meiner) Versicherungen, daß wir zu Hause nicht anders zu essen pflegten.

»Es ist alles so schwierig«, sagte sie, »und daß meine Zugehfrau gerade jetzt krank werden mußte, ist besonders unangenehm. Phoebe ist wirklich kein Ersatz. Sie ist ein ganz nettes Mädchen und gibt sich wohl auch Mühe, aber eigentlich ist sie noch schulpflichtig, sie wird erst Ende des Monats sechzehn, und ich muß ihr *alles* zeigen! Wenn sie den Tisch deckt, weiß sie nicht einmal, daß man die kleinen Messer *außen* neben die großen legt! Ich bitte Sie! Und dann kann sie nur bis vier bleiben, weil ihre Mutter sie um diese Zeit zu Hause erwartet – ihre Mutter glaubt nämlich, sie ist in der Schule –, und deshalb muß ich abends ganz alleine zurechtkommen. Das Abendessen. Die Gänse füttern. *Alles!*

Sehen Sie, Clare, ich habe Ihnen eine Schublade freigemacht, hier.« Sie zog die mittlere Lade einer geschwungenen Kommode auf. »Hoffentlich reicht das ... und hoffentlich habe ich nichts vergessen ...« Ihr Blick schweifte unsicher durch den Raum, während ich ihr mit größtmöglicher Entschiedenheit versicherte, alles sei wunderbar, ich fände das Zimmer entzückend, herrlich, diese alten Balken – eine richtig altmodische Patchworkdecke auf dem Bett! – und erst die prachtvolle Aussicht!

Sie war in der Tat prachtvoll. Jessica trat neben mir an das Sprossenfenster, hob den Riegel an und stieß es auf, damit ich die kahlen Dünen, das weite Meer und den endlosen Himmel betrachten konnte. Eine salzduftende Brise trug den ersten, prickelnd kühlen Hauch des Abends ins Zimmer, und ich nahm in tiefen Zügen diese größere, reinere Welt in mich auf, weit weg von meinem zur Zeit so turbulenten Dasein. Was immer auch geschah, was immer Edwin plante, verglichen mit der Unendlichkeit dieses Himmels war es bedeutungslos.

»Das Problem ist die Zugluft«, vernahm ich Jessicas sanfte Klage. »Im Augenblick ist es nicht so schlimm, weil der Wind eher von Südosten kommt, aber wenn er in diese Richtung weht, direkt vom Meer her... Du meine Güte! Man könnte natürlich dicht schließende, moderne Fenster einbauen lassen... aber davon will Leo nichts hören. Er wurde nämlich in diesem Haus geboren, und in solchen Fällen neigen die Leute dazu, alle Unbequemlichkeiten zu verklären, ist Ihnen das nicht auch schon aufgefallen? Außerdem ist er die meiste Zeit nicht hier – entweder ist er beruflich unterwegs, oder er übernachtet in unserer Stadtwohnung in Ealing. In dieser Hinsicht könnte sich der Unfall übrigens doch noch positiv auswirken. Aller Voraussicht nach wird er wochenlang hier festsitzen, auf jeden Fall so lange, bis der Gips abgenommen wird, und jetzt, wo es auf den Winter zugeht, wird er am eigenen Leib erfahren... Vielleicht ist er danach nicht mehr so erpicht darauf, jedes zugige Fenster als Familienerbstück zu bewahren. Was meinen Sie?«

Familienerbstücke als Eheproblem? Der Unterschied zu den Schwierigkeiten, mit denen Edwin und ich zu kämpfen hatten, war so groß, daß mir keine hilfreiche Antwort einfiel. Also gab ich ein paar teilnahmsvolle Floskeln von mir, um dann das Thema zu wechseln.

»Dieses Wrack«, sagte ich und deutete aus dem Fenster. »Wie ist es dazu gekommen? Ist es erst kürzlich passiert?«

»Kürzlich? O nein. Auf jeden Fall vor meiner Zeit. Lange vorher. Hin und wieder regt man sich darüber auf, Leserbriefe in der Lokalzeitung und dergleichen. Es sollte nämlich geborgen oder sonstwie entfernt werden, weil es eine Gefahr für die Schiffahrt darstellt, aber jede Behörde will die Kosten auf eine andere abschieben, und deshalb wird es wahrscheinlich ewig hier liegenbleiben. Inzwischen ist es sogar zu einer Touristenattraktion geworden, ein geschäftstüchtiger Bursche aus dem Dorf fährt in der Urlaubszeit regelmäßig mit dem Boot dorthin. Die Besucher sind sehr angetan davon, sie reißen verrottete Holzteile ab, um sie mit nach Hause zu nehmen und auf ihre Anrichte zu stellen. ›Von einem echten Wrack.‹ Sie wissen schon. *Ausflügler.* Diesen Leuten gefällt so etwas.«

»Lohnt es sich denn überhaupt, ein Boot zu nehmen?« fragte ich. »Von hier sieht es so aus, als könnte man hinauswaten.«

Jessica lachte (übrigens das erste Mal, daß ich sie lachen hörte). »O *nein*! Die Entfernung täuscht doch sehr. Soviel ich weiß, ist es bei Flut fast eine halbe Meile. Nicht, daß ich jemals draußen gewesen wäre, aber meine Zugehfrau weiß genau Bescheid – ihr Cousin veranstaltet nämlich die Fahrten. Es ist ganz lustig, sagt sie ...«

»Hoffentlich wird sie bald wieder gesund«, warf ich ein, ich hatte das Gefühl, ich hätte mich schon früher nach der Dame erkundigen sollen, aber irgendwie hatte sich keine Gelegenheit ergeben. »Hoffentlich ist es nichts Ernstes?«

»Ernst? O *nein*. Nur ihr Rücken. Sie soll sich nicht anstrengen, sagt der Arzt, schön und gut, aber was ist mit *mir*? Ich kann nicht sagen, ich darf mich nicht anstrengen!

Eines kommt zum anderen, jeden Moment kann Leo eintreffen... Wenn ich nicht aufpasse, macht *mein* Rücken Sperenzchen, und wie soll es *dann* weitergehen...?«

So kam es, daß mir noch am selben Nachmittag eine tragende Rolle im Coburnschen Haushalt zufiel. Fürs erste verpflichtete ich mich, ein Abendessen für drei Personen auf den Tisch zu bringen – nein, für vier, verbesserte Jessica hastig, denn Rhoda Fairbrother würde wegen des Festzugs noch einmal vorbeischauen. Deshalb war sie eigentlich heute morgen gekommen, aber dann war sie abgelenkt worden, weil Edwin da war und sich so für mittelalterliche Geschichte interessierte. Der Festzug sollte eigentlich erst im Juni stattfinden, aber so war Rhoda nun einmal, und könnte ich inzwischen – wäre das möglich? – die Gänse versorgen? Sie, Jessica, spüre den ersten Anflug eines Kratzens im Hals, und es wäre doch eine Katastrophe, wenn sie gerade zu Leos Heimkehr wieder einmal ihre Bronchitis...

Gänse. Nun, für alles gibt es ein erstes Mal. Unter Anleitung der Herrin des Hauses rührte ich aus grobem Mehl und Küchenabfällen einen dicken Brei zusammen und ging damit über den alten Wirtschaftshof und durch das ehemalige Waschhaus.

Als ich die Tür öffnete, sprang mich der aufkommende Sturm mit solcher Heftigkeit an, daß ich Mühe hatte, sie hinter mir zuzuziehen.

»Sie werden auf der oberen Wiese sein«, hatte Jessica bemerkt und in die betreffende Richtung gezeigt, und so kämpfte ich mich nun durch den Wind, der mir fast den Atem nahm.

Die große Wiese wirkte verwahrlost und war von riesigen Disteln übersät, doch ich hatte keinerlei Probleme, die Gänse zu finden: sie warteten bereits in geschlossener

Front vor der Pforte, und als sie mich mit meinem Eimer erblickten, brachen sie in ein hysterisches Geschrei aus, das bei Gänsen gleichbedeutend ist mit stürmischen Willkommensrufen.

Man hatte mich geheißen, sie erst dann zu füttern, wenn sie alle in dem primitiven Verschlag aus feinem Maschendraht und Wellblech untergebracht waren, der sie bei Nacht vor Füchsen, Ratten und den Unbilden der Witterung schützte; und so schob und drängte ich mich einigermaßen beklommen durch die zischende, aufgeregte Schar und spürte überrascht – Stadtpflanze, die ich bin – die sanften, kleinen Schnabelhiebe, wenn die schlangenartigen Köpfe versuchten, in meinen Eimer zu gelangen.

Immerhin erreichte ich mein Ziel; wenn es darauf ankam, war ich eben doch die Größere – und wenige Minuten später waren meine Schützlinge sicher unter ihrem Dach und schlangen schmatzend und verzückt keuchend ihr Futter in sich hinein, während ich mit klammen Fingern an dem komplizierten Mechanismus aus Draht, Krampen und Metallhaken herumhantierte, der als Türschloß diente.

Der Rückweg über die Wiese war sehr viel weniger beschwerlich, man hatte keine Gänse mehr zwischen den Füßen, aber dafür den Wind im Rücken. Übermütig schwenkte ich den leeren Eimer hin und her, und bei jedem Schwung nach oben fuhr der Wind hinein wie in ein Segel; erst als ich die Pforte erreichte, merkte ich, daß ich beobachtet wurde.

»Wo bist du gewesen? Was zum Teufel machst du da?«

Edwins Stimme klang schrill vor Empörung – oder war es Angst? – und ich erschrak natürlich. Aber ich war noch ganz berauscht von der ungeheuren Größe des Windes, des Himmels, der weiten Räume, und so lachte ich nur. Ja, ich lachte; er wirkte wie ein kleiner Dieb, so schuldbewußt und – ja – irgendwie so banal. Was kümmerte es mich? Er führte ganz offensichtlich etwas im Schilde, aber so ungeheuerlich konnte es nun auch wieder nicht sein, schließlich war Leonard noch nicht einmal in England ... Wenn ich dagegen diesen Himmel ansah, die riesigen, dahinsprengenden Wolken ...!

Und so lachte ich. Sein Gesicht, ohnehin jämmerlich verfroren (lauerte er hier etwa schon länger?), verfinsterte sich.

»Ich weiß nicht, was daran so komisch ist. Wo bist du gewesen? Was hast du da?«

Ich hielt ihm den leeren Eimer unter die Nase und lachte wieder.

»Nichts! Sieh selbst! Ich habe die Gänse gefüttert, wenn du es genau wissen willst. Jessica hat mich darum gebeten. Wundert mich übrigens, daß sie damit nicht dich beauftragt hat. So etwas ist Männerarbeit.«

Was natürlich nicht stimmte. In den Märchen ist immer von Gänse*mädchen* die Rede, nie von Gänsejungen. Und was war mit der Gans, die das goldene Ei legte? Wurde sie nicht von einer alten Frau getötet, worauf es bei der Gänsehaltung natürlich immer hinausläuft? Gleichviel, die Bemerkung hatte ihren Zweck erfüllt und Edwin geärgert. Warum ich das wollte, weiß ich nicht mehr; ich glaube, es hatte etwas mit dem Wind zu tun, der mir so heftig in die Ohren pfiff, daß sie dröhnten und schmerzten.

Auf dem Rückweg zum Haus schwiegen wir, wahrscheinlich waren wir beide vollauf beschäftigt mit den zahllosen Gedanken, die wir voreinander zu verbergen hatten.

Kapitel 22

Risotto, entschied ich, war die beste Lösung. Das einzige, was Jessica in ausreichenden Mengen vorrätig hatte, war nämlich ungeschälter Langkornreis, von den meisten anderen Lebensmitteln waren nur noch klägliche Reste vorhanden. Ohne Auto seien die Geschäfte unerreichbar, hatte sie mir erklärt, und da sie wegen ihrer Beruhigungsmittel nicht fahren dürfe und Edwin nicht fahren könne, weil sein Wagen in der Werkstatt war, sei nichts, buchstäblich nichts zu essen im Haus. Sie hatte verzweifelt die Arme ausgebreitet: was sollte sie tun? Ich hatte die Herausforderung angenommen – ich konnte ja kaum anders – und nun durchwühlte ich also ihre Küche und suchte den Kühlschrank bis in den letzten Winkel ab. Keine Gefriertruhe, stellte ich fest. Ob das auch daran lag, daß Leo hier geboren war?

Die Reste des Corned Beef. Ein halbes Dutzend leicht angetrockneter Oliven. Eine Ecke Cheddar-Käse. Oh, den durfte ich wegen ihrer Antidepressiva nicht verwenden. Immerhin, eine große und mehrere kleine, bereits keimende Gemüsezwiebeln. Auf dem Fenstersims lagen Tomaten zum Reifen, einige schon gelblich, aber vielleicht gerade noch genießbar, wenn man sie anbriet. Auch Löwenzahnblätter konnte man pflücken, solange es hell war. Ach ja, und Eier. Gänseeier natürlich, aber auch ein halbes Dutzend Hühnereier in einem Karton. Welche, fragte ich, sollte ich nehmen?

»Hm«. Sie zögerte, zog unschlüssig ihre weiße Stirn in Falten. »Das ist schwierig, Clare. Die Gänseeier sollten nämlich bald gegessen werden, ganz klar, aber man hört so

viel von Salmonellen, und bei Gänse- und Enteneiern ist es angeblich am schlimmsten. Erst gestern abend kam wieder ein langer Beitrag darüber, in *Panorama*; haben Sie ihn nicht gesehen?«

Zufällig nicht, und mit ein wenig Überlegung hätte sie das auch selbst herausfinden können, denn gestern abend um halb zehn hatte ich bereits im Zug gesessen. Aber das war nicht weiter schlimm, denn Jessica war nur zu gern bereit, mir alles zu erzählen: die Symptome, die besondere Gefährdung von sehr alten und sehr jungen Menschen sowie von Personen mit diesen oder jenen Störungen, darunter – ja? nicht wahr? – etliche von Jessicas eigenen Beschwerden? Nervöse Spannungen? Kopfschmerzen? Verzögerte Schockwirkung? Was ich dazu meinte?

Ich meinte (hauptsächlich, weil es in meine kulinarischen Pläne paßte), diese Unpäßlichkeiten seien in bezug auf Salmonellenvergiftung sicher bedeutungslos. Jessica gab sich mit dieser Spontandiagnose tatsächlich zufrieden, machte mich jedoch darauf aufmerksam, daß Gänseeier fünfzehn Minuten kochen müßten, um hart zu werden, und nicht sieben, und daß sie gut hart sein sollten, weil sie sonst leicht nach Fisch schmeckten.

Die Eier – ich hatte gar nicht bemerkt, wie riesig sie waren – hatten gerade die Hälfte der vorgeschriebenen Zeit im Wasser gelegen, als das Telefon klingelte. Durch die offene Tür hatte ich gehört, wie Jessica und Edwin sich einträchtig über die Symptome einer Salmonellenvergiftung unterhielten. Nun verstummten die Stimmen, und einen Moment später streckte Jessica den Kopf in die Küche.

»Es ist für Sie, Clare«, sagte sie. »Offenbar will sie nur mit Ihnen sprechen, nicht mir mir. Mrs. Barlow – Sie wissen schon, Richards Mutter. Wenn Sie wollen, lege ich Ihnen das Gespräch hierher auf diesen Apparat, dann können Sie die Eier im Auge behalten.«

»Clare! Gott sei Dank, daß ich Sie endlich erreiche. Ich habe immerfort bei Ihnen zu Hause angerufen, ich hatte ja keine Ahnung ... Was *machen* Sie eigentlich da oben, wenn ich fragen darf? Ist etwas mit Leonard? – Was ist denn nur los?«

Ja, was? Sollte ich es ihr sagen – wissen Sie, mein Mann möchte gern Ihren Sohn ermorden, er muß nur noch eine Methode finden, die auch tatsächlich funktioniert. Ein paar recht kindische Versuche hat er schon unternommen; zweimal wollte er einen Autounfall inszenieren – dann spukte ihm die Idee mit den Giftpilzen im Kopf herum; und im Moment informiert er sich umfassend über Salmonellenerkrankungen. Heute morgen hat er sich auch für Mutterkorn interessiert, aber davon ist er wohl wieder abgekommen. Ach, und warum er hier ist? Nun, weil er in bezug auf Leonard Coburn ähnliche Absichten hat. Das Problem ist nämlich, daß alles, was er dem Fernsehen und der Weltpresse erzählt hat, von Anfang bis Ende erstunken und erlogen ist; er hat die Reise überhaupt nie angetreten, und Ihr Richard weiß das ganz genau, und Leonard ebenfalls. Die beiden können als einzige beweisen, daß er lügt, und deshalb will er sie um jeden Preis zum Schweigen bringen, ehe sie sich zusammentun und ihn bloßstellen können. Und aus diesem Grund, Daphne ...

»Und aus diesem Grund, Daphne«, hörte ich mich laut sagen, »weil wir diesen verzweifelten Brief von Jessica bekommen hatten; sie ist nämlich krank und wußte nicht, wie sie Leonards Rückkehr allein bewältigen sollte, und da fanden wir – nun, wir fanden alle beide – daß ...«

»Ja, ja!« Daphnes sonst so beherrschte, ruhige Stimme

zitterte vor Ungeduld und Sorge. »Ja, daß sie irgendwie in Schwierigkeiten ist, dachte ich mir schon ... Sie hat uns nämlich angerufen; das heißt, sie hat Richard angerufen – ich war zu dieser Zeit leider außer Haus –, und deshalb habe ich nur von Sally erfahren, was geschehen ist ...«

Hier machte sie eine kurze, vielsagende Pause, um mir Zeit zu geben, die Bemerkung zu übersetzen. »Ich habe nur von Sally erfahren« bedeutete natürlich »Ich habe nur eine völlig verworrene, chaotische und hoffnungslos überoptimistische Darstellung bekommen.«

»Wie auch immer, Clare, um es kurz zu machen, Richard ist sofort aufgebrochen und hat Sally verboten, ihn zu begleiten. Offenbar sind die beiden deshalb fast in Streit geraten, und daran erkenne ich, daß es etwas Ernstes sein muß, denn normalerweise gibt er Sally in *allem* nach. Nur in einem einzigen Fall würde er sich kategorisch weigern, sie mitzunehmen, wenn er nämlich wüßte, daß er sich in Gefahr begibt. *Deshalb* mache ich mir Sorgen. Verstehen Sie jetzt?«

Nur zu gut. Sie hatte den Nagel auf den Kopf getroffen, Richard *begab* sich in Gefahr. Laut sagte ich: »Aber sicher. Ich kann gut verstehen, wie sehr Sie das beunruhigen muß. Was ...? Ich meine, kann *ich* irgend etwas tun? Ich bin eigentlich nur hier, um Jessica aus einer momentanen Verlegenheit zu helfen, aber wenn ich Ihnen ...?«

»Geben Sie mir nur Bescheid, wenn Richard eintrifft. Sagen Sie ihm, er soll mich *umgehend* anrufen. Ich verlange ja keine Erklärungen von ihm, ich weiß, daß seine Arbeit manchmal streng geheim ist, und das respektiere ich, das habe ich immer getan, und das weiß er auch. Ich möchte nur wissen, daß alles in Ordnung ist. Daß er wenigstens gut angekommen ist. Mehr nicht. Ich hasse es, die besitzergreifende Mutter zu spielen, ich hasse es wirklich, es ist auch gar nicht meine Art, aber wenn wirklich Gefahr im Verzug ist...«

Ja, sicher. Genau wie ich es hassen würde, auf jener Fahrt zum Flughafen die besitzergreifende Ehefrau zu spielen. Aber auch da war Gefahr im Verzug. Und Angst war schon immer die Mutter der Eifersucht.

»Natürlich sorge ich dafür, daß er Sie anruft«, versicherte ich. »Es kann allerdings sein, daß er in einem Hotel absteigt und nicht unbedingt sofort hierher kommt, selbst *wenn* er vorhaben sollte, sich mit Leonard zu treffen – und darum geht es doch wohl. Jedenfalls rufe ich Sie an, sobald ich irgend etwas weiß. In Ordnung?«

Am Ende war doch sie es, die mich anrief. Nur eine Stunde später, wir aßen gerade die letzten Reste des Risotto, der mir überraschend gut gelungen war.

Jessica hob den Hörer ab und reichte ihn sofort an mich weiter. Daphnes Stimme erschreckte mich, sie kam mir vor wie eine straff gespannte Bogensaite. Es klang, als beiße sie die Zähne zusammen, als brauche sie fast übermenschliche Kräfte, um ihre Gefühle im Zaum zu halten.

Nun war auch noch Sally verschwunden. *Mit* Barnaby. Nein, sie hatte keine Nachricht hinterlassen. Nichts.

Kapitel 23

Als wir spät abends hinaufgingen, verdunkelten Schatten unser Zimmer und ließen es größer wirken denn je. Das Doppelbett war ein Problem, wie immer, wenn wir auswärts in Ferien sind und uns damit konfrontiert sehen, nachdem wir einen ganzen Tag lang aufeinander herumgehackt haben. Aber im Lauf der Jahre haben wir uns daran gewöhnt und in stillschweigendem Einvernehmen so etwas wie eine Technik entwickelt, um damit umzugehen. Höflichkeit. Gleichmut. Bitte und Danke. Hättest du etwas dagegen, wenn ...«

Nicht viel anders stelle ich es mir vor, mit einem Fremden eine Kabine auf einer Kanalfähre zu teilen. Verglichen mit wirklicher Kommunikation kann es sogar ganz erholsam sein.

An diesem Abend hatten wir das Geplänkel allerdings noch kaum eröffnet, als wir auch schon durch ein ungeduldiges Klopfen an der Tür gestört wurden, und gleich darauf trat Jessica in einem spitzenbesetzten, kaffeebraunen Negligé, das glänzend schwarze Haar offen über die Schultern hängend, ins Zimmer.

»Mein Gott, es tut mir ja so leid«, entschuldigte sie sich. »Ich dachte, ich hätte nichts vergessen und alles Nötige mitgenommen, und nun stelle ich fest, daß ich mit meinen Temazepam am Ende bin! Ein einziges ist noch übrig, und damit allein kann ich kein Auge zutun, ich muß also wohl auf mein Mogadon zurückgreifen ...«

Sie hatte inzwischen das Zimmer durchquert und eine der kleinen oberen Kommodenschubladen aufgezogen.

Selbst aus einiger Entfernung sah ich, daß diese ein überwältigendes Sortiment von Fläschchen, Gläsern und Ampullen enthielt; Schachteln mit Halspastillen, Magentabletten, Vitaminpräparate, nichts fehlte. Voll Zuversicht fuhr Jessica mit der Hand in den hintersten Winkel der Lade – erstaunlicherweise schien sie genau zu wissen, wo in diesem Chaos die gesuchte Flasche zu finden sein würde.

Aber offenbar hatte sie sich geirrt.

»Ach du meine Güte!« Sie zog die Hand zurück und wirkte einen Moment lang ziemlich ratlos. »Ich hätte schwören können... aber vielleicht...?« Wieder verschwand die Hand in dem Medikamentenwirrwarr. Die Behältnisse stießen klirrend aneinander.

»Natürlich«, bemerkte sie, während sie ihre Suche fortsetzte, »ist Mogadan kein Vergleich zu Temazepam, lange nicht so wirksam, ich werde eine Tablette mehr nehmen müssen. Deshalb verschreibt mein Arzt mir jetzt auch Temazepam; er sagt, drei Mogadon sind zu viel. Die Rückstände lagern sich im Körper ab, sagt er, bei jahrelanger Einnahme könnten die Augen in Mitleidenschaft gezogen werden, und das wäre doch ganz entsetzlich. Aber eine hin und wieder kann sicher nicht schaden, und deshalb habe ich sie aufgehoben, für den Fall, daß mir die anderen ausgehen... Lieber Himmel, wo *können* sie nur sein...?«

Endlich gab sie auf und stieß gereizt die Schublade zu.

»Na schön, dann muß ich mich wohl mit den Tranquilizern behelfen. Aber das ist ein Unterschied... ein himmelweiter Unterschied... und dabei müßte ich unbedingt einmal richtig ausschlafen! Morgen steht so viel auf dem Programm... ich weiß gar nicht, wie ich den Tag überstehen soll, ohne richtig ausgeschlafen zu sein...«

Ich konnte ihr nicht helfen – das heißt, ich *wagte* nicht,

ihr zu helfen, obwohl ich einen ganz bestimmten Verdacht hegte. Ich sah Edwin nicht an, und er sah mich nicht an. Als sie gegangen war, nahm ich all meinen Mut zusammen und fragte ihn – immer noch, ohne ihm in die Augen zu sehen –, ob er zufällig auf die Tabletten gestoßen sei, irgendwo im Zimmer vielleicht?

»Natürlich nicht!« fauchte er. »Wie kommst du nur auf sowas? Das hätte ich ihr doch gesagt, anstatt sie hier herumsuchen zu lassen. Wenn du mich fragst, war es verdammt lästig. Ist dir eigentlich klar, daß es nach Mitternacht ist?«

Verdammt lästig, klar. Gerade als er dachte, er hätte die Tabletten in Sicherheit gebracht, mußte die Herrin des Hauses hereinplatzen, um ausgerechnet jetzt danach zu suchen.

Was sollte ich tun? Es ihm auf den Kopf zu sagen? Dann hätte er nur noch heftiger geleugnet. Und ich konnte natürlich nicht *beweisen*, daß er sie genommen hatte. Ich wußte es nur.

Eine direkte Beschuldigung hätte ihn außerdem mit Gewißheit mißtrauisch gemacht und mir die selbstgestellte Aufgabe, ein Auge auf ihn zu haben, noch mehr erschwert.

Ein Auge auf ihn haben. Am besten ein waches Auge, aber das war unmöglich. Ich hatte gestern die ganze Nacht nicht geschlafen, da konnte ich unmöglich auch heute nacht wach bleiben.

Außerdem war Leonard noch nicht da. Bis er kam, konnte nichts passieren.

Heute nacht mußte ich schlafen, schlafen, schlafen …

Kaum eine Stunde später fuhr ich hoch, weil ich glaubte, ich hätte Stimmen gehört, hier, in diesem Zimmer.

Ich lag ganz still. Nein, Edwin war es nicht; aus den fünfzig Prozent des Betts, die ich ihm stillschweigend zugestanden hatte, drangen tiefe, gleichmäßige Atemzüge, die mir verrieten, daß er wirklich fest schlief und nicht nur so tat. Zum Glück ist er kein guter Schauspieler, ich durchschaue ihn sofort.

Die Stimme – falls es überhaupt eine Stimme gab – war verstummt; hatte ich sie nur geträumt?

Doch plötzlich hörte ich sie wieder, ganz nahe, Zentimeter von meinem Ohr entfernt, und einen schrecklichen Moment lang fürchtete ich, verrückt geworden zu sein, unter Halluzinationen zu leiden – von wegen Mutterkorn ...

»Wer ist der Mensch in deinem Leben, den du am meisten liebst?« säuselte mir eine verführerische Männerstimme ins Ohr. »Dein Mann, sagst du? – Falsch! Dein Kind also? Deine Mutter? Wieder falsch! Dein Geliebter? Falsch, falsch, falsch! Der Mensch, den du am meisten lieben solltest, bist *du selbst*! Wenn du dich selbst nicht liebst, kannst du auch niemand anderen lieben ...«

Die Stimme kam durch die Rohrleitungen in der Wand, erkannte ich jetzt, direkt hinter dem stoffbespannten Kopfbrett. Irgendwo lief eine nächtliche Radiosendung. Offenbar hatte die Mischung diverser Beruhigungsmittel, die Jessica sich einverleibt hatte, nicht ausgereicht, und nun vertrieb sie sich die schlaflosen Stunden am Radio.

Natürlich war ich froh darüber, daß ich nicht den Verstand verloren hatte, aber das änderte nichts daran, daß der Lärm mich störte. Diesmal war es eine Frauenstimme: »Es sieht vielleicht ganz einfach aus, aber wenn man erst einmal hier oben steht, nur durch einen dünnen Draht von einem dreißig Meter tiefen Abgrund getrennt ...«

Wie konnte es einfach aussehen, was immer es war? Ich spielte mit dem Gedanken, hinunterzugehen und unserer

Gastgeberin ins Gewissen zu reden, ihr begreiflich zu machen, daß eine Sendung zur Beruhigung von Schlaflosen auf Leute, die ihre Nächte normalerweise schlafend verbrachten, genau die entgegengesetzte Wirkung hatte.

Aber ich kam wieder davon ab. Nach allem, was man hörte, war sie ohnehin ziemlich herunter mit den Nerven, und wenn schon die Schlaftabletten nicht wirkten, durfte man ihr nicht auch noch den Trost rauben, den dieses Spezialprogramm ihr vielleicht spenden konnte.

»Und bedenke, daß es vielleicht gar kein Krebs ist. Ja, du kannst fast sicher sein. Von den zweitausend besorgten Frauen, die Woche für Woche unsere Klinik aufsuchen, haben weniger als ...«

Natürlich, überlegte ich, während in meinem Schädel eine große Welle der Gereiztheit mit einer Gegenwelle der Schläfrigkeit zusammenprallte, natürlich weiß sie gar nichts davon, sie hat keine Ahnung, daß die Wände den Schall so gut leiten, sie ist also nicht bewußt rücksichtslos.

Was war sie dann? Jetzt kam etwas über Plastikflaschen, die man zur Wiederverwertung aufbewahren sollte oder vielleicht auch nicht. Ich war unmerklich in einen Traum hinübergeglitten, viele, viele Plastikflaschen standen ganz oben auf einem Regal und schwankten gefährlich; man mußte etwas tun, sie würden gleich herunterfallen. »Abnehmen!« rief die erste energisch, während sie, klick, klick, klapper, klapper, klick auf den Boden fiel... »Zum *Ab*nehmen sollte man eine dünnere Nadel verwenden als beim Muster; zum *Auf*nehmen eine dickere. Auf diese Weise erhält man eine ordentlichere, stabilere Kante ...«

Ordentlicher. Stabiler. Und ob. Mein ganzes Leben ist ein einziger Kampf um mehr Ordnung und Stabilität. Vielleicht geht das anderen auch so. Als ich wieder zu mir kam, rezitierte jemand »Unter dem fernen, fernen Baum«, was bald in ein Gespräch über Pissaro überging, vielleicht auch über Pistazien; was auch immer, ich verstand nicht, was dieses hübsche, kleine Chopin-Prelude damit zu tun hatte, außer daß es auf Wunsch eines Mr. William Willis aus Dorking gespielt wurde …

Es muß fast drei Uhr gewesen sein, als das Geschnatter endlich verstummte. Vielleicht hatte Jessica selbst genug davon und hatte ausgeschaltet; vielleicht gab es auch einfach nichts mehr zu sagen, was all die in ewiger Munterkeit erstarrten Gehirne aufweichen und die erschöpfte Schar der Schlaflosen der Nation in die Bewußtlosigkeit hinüberdämmern lassen konnte?

Egal, es war eine unsagbare Erleichterung, und mit der himmlischen Stille brach der Schlaf über mich herein wie eine aufgestaute Flut.

Eine Stunde ? – zwei Stunden später? Ich weiß es nicht. Zuerst dachte ich, die Radiostimmen hätten wieder angefangen, und fluchte, als ich ins Bewußtsein zurückgezerrt wurde, obwohl ich mich aus Leibeskräften dagegen wehrte. Das war zu viel! Das war nicht mehr zu ertragen! Diesmal würde ich wirklich …

Und dann war ich plötzlich hellwach, alle Sinne in Bereitschaft, jeder Muskel angespannt. Da war etwas im Gange. Edwin lag nicht mehr neben mir, und der Laut, der mich geweckt hatte – ja, da war er wieder: »Leo! Leo! Oh nein! *Nein!*«

Jessicas Stimme, schrill vor Entsetzen: »Nein! Nein!«

Ich sprang aus dem Bett, rannte barfuß und im Nachthemd auf den dunklen Flur hinaus, tastete mich hektisch in die Richtung vor, aus der ich den Schrei gehört hatte.

Aber welche Tür? Diese? Jene? Ich brauchte Licht! Wie eine aufgescheuchte Krabbe schusselte meine Hand über die unerforschten Regionen der fremden Wand.

»Schon gut, Jessica, ich komme!« rief ich in die Dunkelheit, wobei ich mir bis heute nicht vorstellen kann, was ich mit »schon gut« sagen wollte. Schon gut, es ist nur Edwin, der vor deinen Augen deinen Mann umbringt. Schon gut, dein Mann hat nur infolge seiner Gehirnerschütterung den Verstand verloren und bringt *dich* um. Schon gut. Schon gut, Clare kommt gleich. Oder würde gleich kommen, wenn sie nur den verdammten Lichtschalter finden könnte ...

Ich stieß mir die bloße Zehe an einem hölzernen Hindernis, das nicht weichen wollte – eine alte, eichene Aussteuertruhe, wie ich am Morgen feststellte –, und in der schaurigen Sekunde, in der man noch nichts spürt, weil der Schmerz erst von der Zehe zu den Schmerzzentren des Gehirns gelangen muß, fiel neben mir durch einen Türspalt ein dünner Lichtstreif ins Dunkel, und ich stürzte darauf zu und riß die Tür auf.

Jessica saß im Bett, blinzelte verstört, atmete in kurzen, hektischen Zügen und bot im rosigen Schein ihrer Nachttischlampe, mit den üppigen, schwarzen Haarfluten über den Schultern ein ganz unangemessen attraktives Bild.

Kein blutiges Gemetzel. Weder ihr noch mein Mann beugte sich mit gezücktem Messer über sie.

»Es tut mir so leid, Clare«, sagte sie, und jetzt klang ihre Stimme ganz normal und gefaßt. »Habe ich Sie geweckt? So etwas kommt gelegentlich vor. Ich wollte nicht schreien, aber ich hatte einen schrecklichen Traum und konnte einfach nicht anders. Wissen Sie, es sind diese Tabletten.« Sie griff nach einem Plastikdöschen auf ihrem Nachttisch und schüttelte es ärgerlich. »Bei meinem normalen Medikament wäre das nicht passiert. Der Doktor hat gesagt, ich soll mit denen hier aufhören, aber ich hatte nichts anderes, weil ich vergessen hatte, ihn wegen eines neuen Rezepts anzurufen. Von diesen hier bekomme ich leicht Alpträume... Oh, Clare, es war so schrecklich! Ich zittere immer noch – sehen Sie nur!« Sie streckte mir ihre schmale, weiße Hand entgegen, und ich umfaßte sie mit beruhigendem Druck, denn sie zitterte wirklich.

»Schon gut«, sagte ich noch einmal, etwas Besseres fiel mir immer noch nicht ein. »Jetzt ist alles gut.« Und dann: »Was war eigentlich los? Sie haben nach Leo gerufen – er ist aber doch nicht hier? Er ist nicht etwa zurückgekommen?«

»Nein, nein. Natürlich nicht. Er kann unmöglich vor morgen oder übermorgen hier sein. Es war nur ein Traum... aber, ach Clare, es war so schrecklich! Ich träumte, er sei hier, stünde neben meinem Bett und lächle auf mich herab. Er trug seinen Anorak, genau wie damals, als er wegfuhr, und ich wußte, daß ich mich freuen sollte, ihn zu sehen, aber ich konnte mich nicht freuen, weil ich wußte, daß etwas nicht stimmte. ›Leo‹, sagte ich, ›was ist passiert? Was ist los?‹ Er öffnete den Mund, um mir zu antworten, aber was herauskam, waren keine Worte, sondern ein schreckliches Jaulen, das gar nicht mehr aufhören wollte. Und plötzlich wuchsen ihm Zähne, große, gelbe Zähne, die vor meinen Augen zu Reißzähnen wurden, und da wußte ich, daß er sich in einen Werwolf verwandelt hatte. Jemand hatte ihm Mutterkorn gegeben, und ich hatte das Gegenmittel nicht. Ich brauchte ein Rezept... Du meine Güte, ist es nicht verrückt, wie man im Traum alles durcheinanderbringt?« Sie lachte ein wenig, wie um sich zu entschuldigen. »Wie auch immer, plötzlich schrie ich. Es tut mir leid, Clare, ich muß Ihnen einen furchtbaren Schrecken eingejagt haben...«

Sie war jetzt ruhiger und versicherte mir, daß alles in Ordnung sei. Trotzdem blieb ich bei ihr wie bei einem Kind, bis sie eingeschlafen war. Dann schlich ich ganz leise auf Zehenspitzen in mein Bett zurück. Edwin war immer noch nicht da, und das beunruhigte mich, soweit meine Müdigkeit das zuließ. Aber was konnte ich tun? Wo konnte ich nach ihm suchen? Was mochte er vorhaben?

Allmählich dämmerte mir, daß er wohl kurz vor mir von Jessicas erstem »Leo! Leo!« geweckt worden war. Er mußte gedacht haben, der Mann sei wirklich mitten in der Nacht zurückgekommen. Jetzt lauerte er wahrscheinlich irgendwo, immer noch im Schlafanzug, starr vor Kälte, und bereitete sich auf eine Begegnung vor, die nicht stattfinden würde.

Wäre es nicht so beängstigend gewesen, ich hätte darüber gelacht, aber weder Angst noch Komik kamen gegen die tiefe Erschöpfung an, die mich jetzt überwältigte und mich in einen tiefen, todesähnlichen Schlaf sinken ließ. Nun, jedenfalls stelle ich mir den Tod so vor: ein Gefühl, allem entkommen zu sein, über absolut alles hinaus zu sein und an einem Ort zu weilen, wo einen niemand erreichen, wo nie wieder etwas von einem verlangt werden kann.

Als ich endlich erwachte, war es neun Uhr vorbei. Es blies nur noch ein leichter Wind, durch das Sprossenfenster strahlte hell die Sonne, und von unten kamen die beruhigenden Geräusche eines Hauses, in dem bereits reges Leben herrschte.

Kapitel 24

Ich fand das Einkaufen ohne Auto bei weitem nicht so beschwerlich, wie Jessica es dargestellt hatte. Der Dorfladen führte fast alles, einschließlich der Dinge, die man in London weder für Geld noch für gute Worte bekommt, wie etwa schmales, schwarzes Gummiband oder Baumwollgarn. Jessica hatte praktisch alles mir überlassen: für heute etwas zum Lunch, hatte sie gesagt, und auch etwas für abends. »Aber etwas Besonderes«, drängte sie, »nur für den Fall, daß Leo bis dahin zurück sein sollte, auch wenn ich nicht daran glaube. Durchaus möglich, daß er erst am Freitag kommt.« Angeblich wollte ihr das Krankenhaus telefonisch Bescheid geben, aber das war noch nicht geschehen, und so konnte sie nur neben dem Apparat sitzen und warten. Das heißt, *sie* konnte nur das tun. Andere Leute hätten ihre Zeit vielleicht nutzbringender verwendet, indem sie etwa trotz aller Probleme mit Sprache und Auslandsvermittlung von sich aus das Krankenhaus angerufen hätten: aber Jessica war eben Jessica, und ihr Wesen zu ändern war nicht meine Sache als hilfsbereiter Gast. Was übrigens mit dem Kratzen im Hals sei? Es sei immer noch da, nicht schlimmer, aber auch nicht besser geworden, wie eben nach kaum einem halben Tag nicht anders zu erwarten.

Brot. Milch. Würstchen. Kleine Pasteten, soweit vorrätig, und so viele Büchsen mit den verschiedensten Leckerbissen, wie ich mir mit meinen zwei Einkaufstüten, eine in jeder Hand, vernünftigerweise zumuten konnte.

So bepackt blieb ich vor dem Laden stehen und überlegte,

welchen Weg ich nehmen sollte. Geradewegs die Straße entlang wäre am kürzesten gewesen, aber ich sehnte mich nach einem Spaziergang am Meer, um mir von den letzten Böen des nächtlichen Sturms das Haar zausen zu lassen, und so wandte ich mich trotz meiner Last nach links Richtung Küste.

Es war Ebbe, und so entdeckte ich sie schon aus fast einer halben Meile Entfernung, drei einsame, kleine Gestalten, schwarz und winzig vor der weiten, leeren Sandfläche. Um zu sehen, was sie machten, war ich noch zu weit weg, sie bewegten sich kaum merklich und scheinbar ziellos wie die Ameisen; erst nachdem ich ein paar Minuten an der immer mehr zurückweichenden, weißen Wasserlinie entlang gegangen war, erkannte ich sie mit einiger Sicherheit. Der Wind wirbelte Sallys blonde Mähne in feuchten Strähnen um ihr lachendes Gesicht; Barnaby zeichnete gelangweilt mit einer Schippe Muster in den nassen Sand und wartete darauf, daß die Erwachsenen endlich etwas *taten*.

Und Edwin? Er stand ein wenig abseits und betrachtete die beiden, und ich sah selbst aus dieser Distanz an seiner Haltung, daß er sehr zufrieden mit sich war; so als habe er jemandem eins ausgewischt.

Ich steigerte mein Tempo. Die Einkaufstüten schlugen mir schmerzhaft gegen die Schenkel, als ich fast im Laufschritt auf die Gruppe zustrebte.

»Sally!« rief ich, sobald ich glaubte, in Hörweite zu sein. »Was machen Sie denn für Sachen? Daphne ist ganz außer sich, Sie sollten ...«

Ich hatte mich in der Entfernung verschätzt.

»Was?« rief sie zurück, und ehe ich meinen Vorwurf wiederholen konnte, hatte Barnaby sich losgerissen und rannte, wild seine Schippe schwenkend, mir entgegen.

Es sah schmeichelhafter aus, als es tatsächlich war. In Wirklichkeit langweilte er sich nur, und ich kam von allem, was ihm seit manch langer Minute über den Weg gelaufen war, einem Ereignis am nächsten.

Die Schippe sauste durch die Luft und traf meinen Knöchel, natürlich mit der Kante.

»Autsch!« rief ich. »Wollt' ich nicht«, entschuldigte er sich anstandshalber, dann gelangte er zu der bedrückenden Erkenntnis, daß alle Erwachsenen gleich fade sind, wenn sie sich ausschließlich auf ihre eigenen Angelegenheiten konzentrieren, drehte sich um und schlenderte zu den beiden zurück, mit denen er gekommen war.

Sally faßte nach Edwins Hand, als suche sie angesichts meiner Vorhaltungen, deren Berechtigung sie wohl eingesehen hatte, nach moralischer Unterstützung.

»Ja, sicher, wahrscheinlich hätte ich ihr eine Nachricht hinterlassen sollen, aber ich hatte angenommen, sie wüßte, wo ich hinwollte. Ich meine, ich hatte ihr doch erzählt, daß Richard und ich uns deswegen in die Haare geraten waren. Er hat sich nämlich so komisch benommen und wollte mich partout nicht mitnehmen; ich weiß nicht, was in ihn gefahren ist. Ich meine, es wäre doch jammerschade gewesen, ein so hübscher Ort am Meer, und dann sollten ich und Barnaby zu Hause bleiben ... Wir hatten nämlich heuer mit all dem Hin und Her, den Terroristen und all dem noch keine richtigen Ferien, und da fand ich, das sei doch eine gute Chance ... Und deshalb sind wir schließlich einfach *losgefahren*!« schloß sie. »Nicht wahr, Barnaby? Mit dem *Zug* ...«

»Interssity«, verbesserte Barnaby.

»Und dann brauchten wir natürlich ein Taxi«, nahm Sally den Faden wieder auf, »und ich stellte fest, daß ich nicht genug Geld bei mir hatte. Der Mann wollte noch drei Pfund vierzig, und als wir das Hotel erreichten, mußte Richard runterkommen und ihn auszahlen... Schade, daß es so gelaufen ist... Ich hatte eine Überraschung geplant, ich wollte einfach in sein Zimmer stürmen und ihm einen ganz dicken Kuß geben. Aber so etwas ergibt sich einfach nicht, wenn man dabei ein Taxi bezahlen muß.«

Sie verstummte, und ich konnte mir zusammenreimen, daß das Wiedersehen kein großer Erfolg gewesen war.

»Aber *jetzt* ist alles wieder gut«, schloß sie. »Er freut sich ungeheuer, daß ich bei ihm bin, und das habe ich gleich gewußt, es ist letztlich immer so... Barnaby, warum läufst du nicht voraus und siehst nach, ob Daddy und Jessica inzwischen mit ihren Papieren fertig sind...?«

Wir näherten uns dem oberen Ende des Strandes, und Sally, die immer noch Edwins Hand hielt und sie spielerisch hin und her schwang, wirbelte nun mit ihren bloßen Füßen, sorglos wie ein Kind, den trockenen, staubfeinen Sand auf.

»Was für ein phantastischer Morgen!« rief sie und warf ihre blonde Mähne zurück. »So viel Sonne und Wind, einfach zauberhaft. Armer Richard! Wie kann er nur an einem so herrlichen Vormittag mit seiner dummen Arbeit in der Stube hocken!«

Aber Richard hockte gar nicht in der Stube. Barnaby, der sich rutschend und krabbelnd vor uns die steile Sanddüne hinaufkämpfte, hatte bereits einen freudig überraschten Schrei ausgestoßen.

»Daddy!« kreischte er, »Daddy, was machst du da? Daddy, steh doch *auf*!«

Und Daddy (dem vermutlich nichts anderes mehr übrig blieb) gehorchte. Würdevoll erschien die große, hagere

Gestalt über dem Büschel Strandhafer, hinter dem sie gelegen hatte.

Hatte er uns beobachtet? Oder hatte er sich nur ausruhen und die Aussicht genießen wollen? Nun kam er mit unbeholfenen Bewegungen auf uns zu, was auf dem steilen Abhang ganz verständlich war, woran sich aber, wie mir auffiel, auch nichts änderte, als er den ebenen Strand erreichte. Er hinkte stärker als damals in London, und als er näherkam, sah ich auch, wie blaß und abgespannt sein Gesicht war. Er wirkte fast krank.

Er erwähnte freilich mit keinem Wort, daß er Schmerzen hätte – typisch für ihn, nicht wahr? –, und an seinen tadellosen Manieren hatte sich nichts geändert. Edwin und ich wurden äußerst korrekt begrüßt, und dann trat unsere so ungleiche kleine Gruppe gemeinsam den Rückweg zum Haus an.

»Was machen die großen Enten da?« fragte Barnaby, als wir die Wiesenpforte erreichten, klammerte sich an die Hand seines Vaters und wich ängstlich zurück. »Ich mag die großen Enten nicht!«

»Das sind Gänse«, verbesserte sein Vater, faßte die Kinderhand fester und zog ihn weiter. »Komm schon, Barnaby, sie tun dir nichts.«

»Sie tun mir doch was!« trotzte Barnaby und sträubte sich nun erst recht. »Sie sind böse. Sie *sagen* doch, daß sie böse sind!«

Er hatte nicht unrecht. Obwohl es für die normale Fütterung um Stunden zu früh war, hatte sich die ganze Schar bei unserer Ankunft erwartungsvoll versammelt, und das gierige, vorwurfsvolle Zischen klang in der Tat bedrohlich – besonders, wenn sich der Zuhörer wie Barnaby auf gleicher Höhe mit den Köpfen befand. »Nein ...! Nein ...!« heulte er, aber sein Vater – sichtlich verlegen ob dieser Feigheitsbekundungen seines einzigen Sohnes in der Öffentlichkeit – zerrte ihn weiter.

Ein suchender Schnabel berührte leicht das Bein des Kleinen, und das brachte das Faß zum Überlaufen. Mit lautem Gebrüll machte Barnaby seiner Angst und Empörung Luft, während sein Vater sich stirnrunzelnd zu der Erkenntnis durchrang, daß eine Fortsetzung des Kampfes der Familienehre wohl nicht unbedingt förderlich sei. Er gab auf und ließ den Jungen einen oder zwei Schritte zurückweichen.

Angenehm war ihm das freilich nicht, und so wies er seinen Sohn scharf zurecht: »Hör auf zu weinen, Barnaby! Sei doch nicht albern! Hör sofort auf! Große Jungen weinen nicht!«

Die großen, tränenfeuchten, blauen Augen hoben sich und blickten in die dunklen, strengen des Vaters: »Große Jungen weinen *doch*! Ich *bin* ein großer Junge, und ich *weine*!« konterte er mit zwingender Logik; und auf diesem äußerst kritischen Stand der Vater-Sohn-Beziehung hielt Edwin ein Eingreifen für angebracht.

»Weißt du was, Barnaby«, sagte er und streckte aufmunternd die Hand aus, »wir brauchen nur langsam durchzumarschieren und dabei ganz laut zu sagen: ›Liebe Gänse, laßt uns ziehn! Liebe Gänse, laßt uns ziehn!‹ Wir müssen es beide gemeinsam sagen und dabei immer weitergehen – So!«

Und siehe da, die beiden schmetterten aus voller Kehle diese Zauberformel und stapften unangefochten durch die Schar.

»Nochmal! Nochmal!« quiekte Barnaby, die Tränen waren versiegt, er strahlte. »Komm Edwin, wir marschieren *nochmal* durch!«

Hand in Hand schritten die beiden noch zweimal im Triumph durch die Herde. Barnaby schwebte wie auf Wolken, und Edwin kaum weniger, er war sichtlich stolz darauf, sich im Umgang mit diesem Kind als dem leiblichen Vater weit überlegen erwiesen zu haben.

Und Richard? Für den Bruchteil einer Sekunde stand in seinen Augen ein Haß, wie ich ihn noch nie gesehen hatte. Doch kaum hatte ich diesen Ausdruck bemerkt, als er auch schon wieder hinter der gewohnt würdevollen, gelassenen Fassade verschwand.

Sekunden später hatte Sally die Verstimmung endgültig verscheucht – ob die Liebe zu ihrem Mann sie so einfühlsam machte oder ob sie einfach ganz spontan ihrem sonnigen Naturell freien Lauf ließ, weiß ich nicht. Wie auch immer, sie tat genau das Richtige: Sie kuschelte sich im Weitergehen an Richard und wechselte das Thema, indem sie eine ganz spezielle Bitte äußerte.

»Darling«, sagte sie, »weißt du, was ich *sooo* gerne machen würde, solange wir hier sind? Ach, sag doch ja ... Du kannst doch nicht die *ganze* Zeit arbeiten, oder?«

Es war ergreifend anzusehen, wie die abgespannten, strengen Züge sich erhellten und ihre Härte verloren, als er auf sie hinabsah.

»Was ist es denn, Kleines?« fragte er. »Doch hoffentlich nichts Unvernünftiges?« Und dabei hörte man an der Wärme in seiner Stimme, daß die Bitte schon sehr unvernünftig sein müßte, ehe er es über sich bringen würde, sie ihr abzuschlagen.

»Das Wrack«, erklärte Sally eifrig. »Das Wrack, das wir vom Hotelfenster aus gesehen haben – weißt du nicht mehr? Du hast dich noch gefragt, wie es dort hingekommen ist – warum man nichts unternommen hat –?«

»Nun? Du hast es herausgefunden, nicht wahr, Liebes?«

»Ja, sozusagen, auf jeden Fall habe ich herausgefunden, daß es Schiffe gibt, die drumherum fahren! Die Frau, die beim Frühstück an unserem Tisch saß – sie sagt, die regulären Fahrten sind für heuer eingestellt, aber sie glaubt, man kann immer noch ein Boot mieten und selbst hinausrudern. Ach, Richard, bitte! Es wäre so ein Spaß!«

»Nun ...« Richard lächelte immer noch, er hätte ihr den Gefallen gerne getan, trotzdem zögerte er ein wenig. »Da muß ich mich erst genauer erkundigen. Weißt du, im Umkreis eines so massiven Hindernisses könnte es gefährliche Strömungen geben. Für jemanden, der die Küste nicht kennt ... mit den Gezeiten nicht Bescheid weiß ...«

»Ach, Darling, nun sei doch nicht so *muffelig*! Was soll denn daran gefährlich sein! Ich meine, sie würden doch keine Boote vermieten, wenn ...«

»Und noch etwas, Sally. Es hängt viel davon ab, wann Leonard ankommt. Deshalb sind wir doch hauptsächlich hier, um Jessica bei verschiedenen Dingen zu helfen und sie unter anderem zum Flughafen zu fahren. Er ist sicher noch nicht ganz auf dem Damm, und ich möchte unbedingt ...«

»Aber *natürlich*, Darling«, stimmte Sally stürmisch zu. »Natürlich hat das Vorrang. Aber, ich meine, er kommt doch sicher nicht *die ganze Zeit* an, oder? Ich meine, wenn er heute ankommt, dann kommt er doch morgen nicht mehr? Und wenn er morgen ankommt, dann könnten wir doch heute nachmittag ...«

Vergnügt und voller Pläne plapperte sie weiter. Ich hörte ihr erleichtert zu. Also würde nicht Edwin Jessica zum Flughafen fahren, sondern *Richard*. Ich hatte mir in diesem Punkt ganz überflüssige Sorgen gemacht.

Ein paar Minuten später hatten wir das Haus erreicht,

und Jessica kam uns trotz ihres Halses (vielleicht hatte die Aufregung auch das Kratzen vertrieben?) entgegengelaufen.

»Endlich habe ich Nachricht!« rief sie. »Sie haben angerufen, das Flugzeug soll um 14.55 landen! Wir haben gerade noch Zeit für einen ganz schnellen Lunch... Ist das nicht aufregend?... Du meine Güte, und es ist noch so viel zu tun! Es ist alles so schwierig, und Phoebe ist heute *gar nicht* gekommen! Das Mädchen ist so unzuverlässig, es lohnt sich wirklich kaum... Dabei wollte ich ihn mit einem schönen Essen empfangen, wenn er kommt, an seinem ersten Abend...!«

Ein paar Minuten lang gingen Vorschläge und Gegenvorschläge wild durcheinander; Treffpunkte, Abfahrtszeiten, ob die Barlows zum Lunch bleiben sollten oder nicht, auch wenn man nur drei kleine Fleischpasteten und ein bißchen Sellerie anzubieten hatte? Und eine weitere Frage: sollte man Barnaby zum Flughafen mitnehmen? Er wäre nur im Weg, behauptete Richard; andererseits, sagte Sally, würde er sicher gerne die Flugzeuge starten und landen sehen; und überhaupt, was sollte man sonst mit ihm anfangen?

Das war mein Stichwort, dachte ich unwillkürlich, wenn auch nicht sehr begeistert, nun mußte ich mich erbieten, den Nachmittag über den Babysitter zu spielen. Ich hatte es schon auf mich genommen, für den heimkehrenden Helden ein Festmahl auf den Tisch zu zaubern, wozu sicher ein zweiter Marsch zum Dorfladen erforderlich sein würde, und die Aussicht, dabei ständig Barnaby am Rockzipfel hängen zu haben, war nicht gerade verlockend. So war ich sehr froh, als Sally anscheinend ganz freiwillig umschwenkte und vorschlug, selbst zurückzubleiben und sich um ihren kleinen Sohn zu kümmern. Dann hätte auch Leo mehr Platz, nicht wahr, und könne nötigenfalls sein verletztes Bein auf dem Rücksitz hochlagern.

Während all dies besprochen wurde, fiel mir zum ersten Mal auf, daß Edwin fehlte. War er schon ins Haus gegangen? War er auf der Wiese zurückgeblieben? Oder...?

Kapitel 25

Ich hatte mir genau gemerkt, wo unser Wagen gestern gestanden hatte, und als ich nun in der diesigen Wärme dieses Nachmittags die Küstenstraße entlangeilte, wurde mir auch klar, warum Edwin ihn dort abgestellt und das zudem so sorgsam verheimlicht hatte. Er hatte die ganze Zeit geplant, alle anderen abzuhängen und ohne Begleitung zum Flughafen zu fahren, wenn es endlich so weit war, damit er Leonard Coburn allein in Empfang nehmen konnte. Wäre er mit dem Wagen bis zum Haus gefahren und hätte ihn im Wirtschaftshof oder gleich davor auf der Straße geparkt, er hätte keine Aussicht gehabt, sich unbeobachtet zu entfernen. Jessica hätte sich auf jeden Fall angeschlossen; für sie wäre es selbstverständlich gewesen, daß das ganze Unternehmen nur den Zweck hatte, sie zum Flughafen zu bringen.

Genau wie ich erwartet hatte. Auf dem Sandstreifen waren noch tiefe Reifenspuren zu sehen, aber der Wagen war fort.

Eine Weile stand ich ratlos im matten Sonnenschein und versuchte, aus den verfügbaren Informationen zu erschließen, was Edwin wohl vorhaben mochte.

Ich ließ die Szene vor mir ablaufen. Edwin begrüßte lächelnd und händeschüttelnd seinen ehemaligen Kollegen. Wie wär's mit einem Drink vor der Fahrt, alter Junge? Ein Bier? Einen doppelten Whisky? Oder lieber einen Kaffee? Nein, nein, setz dich nur, ich mach' das schon …

Und dann, auf dem Rückweg von der Bar oder von der Tee- oder Kaffeetheke ein kleiner Abstecher zu einem unauffälligen Tisch, um die Getränke abzustellen und die bereits zerdrückten Mogadon in ein Glas oder eine Tasse zu schütten. Wer von den gehetzten, mit sich selbst beschäftigten Reisenden würde bemerken oder sich darum kümmern, was ein völlig Fremder mit den Getränken auf seinem Tablett anstellte?

Natürlich keine tödliche Dosis. Das ist bei Mogadon ohnehin nicht möglich, wie sicher jedem bekannt ist: Edwin war es jedenfalls bekannt, schließlich hatte er sich in letzter Zeit brennend für Medizin interessiert. Also keine tödliche Dosis, aber doch stark genug, um das Opfer verwirrt und schläfrig zu machen und vielleicht gar in ein Koma fallen zu lassen, so daß es in einem Zustand zu Hause eintraf, der Edwins geschickt eingestreute Prognosen über die verheerenden Folgen einer Gehirnerschütterung hundertprozentig bestätigen würde. Irgendwann im Laufe des Abends oder der Nacht würde Leonard sich natürlich wieder erholen, aber wer würde fortan den Beteuerungen eines Mannes, der zu derart unvorhersehbaren Bewußtseinsstörungen neigte, unbesehen Glauben schenken?

Etwas in der Art. Und wie in aller Welt sollte ich es verhindern? Edwin hatte bereits eine gute halbe Stunde Vorsprung: Ich konnte ihn nicht mehr einholen, selbst wenn ich wie durch ein Wunder in diesem entlegenen Winkel kurzfristig einen Mietwagen bekommen hätte. Ich konnte natürlich zum Haus zurückgehen und die anderen bitten, mich in Richards Wagen mitzunehmen. Dagegen hätte sicher niemand etwas einzuwenden.

Hier hielt ich inne, und mein phantasievolles Szenarium fiel wie ein Kartenhaus in sich zusammen. Angenommen, Edwin kam tatsächlich vor den anderen zum Flughafen, was hätte er damit erreicht? Er würde doch nur umso länger in der Ankunftshalle warten müssen, bis Leonards Flugzeug landete, und bis dahin würden die anderen längst neben ihm stehen, und seine vorzeitige, klammheimliche Abfahrt wäre ganz umsonst gewesen.

Aber das hätte Edwin doch gewiß berücksichtigt?

Er hatte. Als ich ein paar Minuten später das Haus erreichte, stand auf dem kopfsteingepflasterten Hof eine kleine Gruppe von Menschen aufgeregt schwatzend um Richards Wagen herum. Zu den vorher schon Anwesenden hatten sich die sommersprossige Phoebe (die offenbar doch noch einen Weg gefunden hatte, die Schule zu schwänzen) und unsere für ihre Werwolfkenntnisse berühmte Heimatkundlerin Rhoda Fairbrother gesellt. Sogar »Meine Zugehfrau« hatte sich von ihrem Krankenlager erhoben, um sich dieses Ereignis nicht entgehen zu lassen.

»Das waren diese verwilderten Flegel aus Milham Bridge!« behauptete Rhoda zornig. »Keinem von *unseren* Jungen würde so etwas einfallen! Es liegt einfach an den Eltern; Milham Bridge wird allmählich zu einer von diesen Schlafsiedlungen, die Eltern arbeiten in London und kommen erst gegen neun Uhr abends heim, auch die Mütter. Da bleibt keine Zeit für die Kinder, und man braucht sich nicht zu wundern ...«

Während dieser soziologischen Abhandlung bemühte sich Richard mit knallrotem Gesicht, den Reifen zu wechseln. Von den Umstehenden erhielt er dabei nur ein Minimum an Unterstützung, nicht weil es an gutem Willen oder den notwendigen Fähigkeiten gemangelt hätte, sondern vielmehr weil ein Zuviel an Hilfe von allen Seiten sich gegenseitig zu blockieren drohte.

»Nein, Jessica, mehr nach rechts. Sally, Liebes, geh doch

zur *Seite*! Du behinderst ... Und jetzt, auf ›drei‹ ... Alle zusammen ...«

Die Montage des Ersatzrades schien unvorhergesehene Schwierigkeiten zu bereiten. Der Originalreifen lag brutal zerschnitten im Staub. Ich sah zitternd vor Ungeduld zu. Die Zeit verrann.

»Was ist mit *Ihrem* Wagen, Jessica?« schlug ich zaghaft vor. »Nur dies eine Mal ...«

Sie schüttelte unglücklich den Kopf. »Er wird gerade gründlich überholt«, erklärte sie. »Da ich im Moment ohnehin nicht fahren kann, hielt ich die Gelegenheit für günstig ...«

Endlich saß das Rad fest. Ich sah auf die Uhr. Sie würden es auf keinen Fall mehr rechtzeitig schaffen, aber vielleicht hatte die Maschine Verspätung.

Ein paar Minuten später fuhren sie los, wir anderen standen am Tor, sahen ihnen nach und winkten, während sie sich immer schneller über die Küstenstraße entfernten.

Warum hatte ich nichts unternommen? Warum hatte ich nicht vor Edwins Plänen gewarnt? Ging ich damit nicht zu weit, selbst für eine loyale Ehefrau? Wie konnte ich zulassen, daß Leo ganz unschuldig in den Verdacht der Unzurechnungsfähigkeit geriet? Nun, ich würde es nicht zulassen, gelobte ich mir. Nicht, wenn es tatsächlich dazu kommen sollte.

Aber würde es dazu kommen? Das Szenarium, das ich mir ausgemalt hatte, schien tatsächlich als einziges eine Erklärung für den Diebstahl der Pillen und Edwins Verhalten an diesem Nachmittag zu liefern. Ich hatte kaum noch Zweifel, seine Absichten mehr oder weniger richtig eingeschätzt zu haben – aber würde er seinen Plan auch wirklich durchführen, wenn es ernst wurde? Oder würde er »kalte

Füße bekommen«, wie Richard so verächtlich prophezeit hatte? Würde er die Sache irgendwie verpfuschen? Bisher hatte ich als unbeteiligter Zuschauer mehrere Unternehmungen, die verdächtig wie Mordpläne aussahen, kläglich fehlschlagen sehen. Erst die beiden Versuche, Richard in einen Verkehrsunfall zu verwickeln; dann die Inbesitznahme von Jasons Birkenröhrling, um ihn analysieren zu lassen. Was hätte Edwin wohl damit gemacht, wenn er giftig gewesen wäre? Eine Einladung zum Lunch organisiert? Bei uns oder bei den Barlows? Mit einem Pilzgericht zur Bereicherung des Speisezettels?

Bisher war keiner dieser Anschläge geglückt oder hatte (wie mir schien) auch nur die geringste Aussicht auf Erfolg gehabt. Legte das nicht den Schluß nahe, daß sie auf einer tieferen Ebene, im Unterbewußtsein vielleicht, von vornherein nicht ernstgemeint waren? Waren sie vielleicht ebensolche Hirngespinste wie Edwins erste Schilderung seiner Phantasieabenteuer? Er hatte die Nerven verloren, als er die gefährliche Reise mit seinen Kollegen tatsächlich antreten sollte, verlor er nun auch jedesmal die Nerven, wenn es so aussah, als könne einer seiner Mordpläne tatsächlich funktionieren?

War das der Grund, warum ich ihn weder selbst zur Rede gestellt noch seine potentiellen Opfer gewarnt hatte? Nein, der Grund war, daß er nach außen hin nichts getan hatte. Er hatte nicht einmal jemanden bedroht. Wie kann man einen Menschen eines Gewaltverbrechens beschuldigen, wenn kein Gewaltverbrechen begangen wurde? Das einzige, was ich ihm vorwerfen konnte, waren Mordgedanken, und die gelten doch wohl nur in den tyrannischsten Diktaturen als strafwürdiges Delikt? Wieder einmal kam ich zu dem Ergebnis, daß ich nur abwarten konnte. *Sollte*

Leo benommen wirken, wenn er aus Edwins Wagen stieg, dann würde ich natürlich...

»Kommen Sie, Clare, wir haben Tee gemacht. Sie bringen sie nicht früher zurück, auch wenn Sie noch so lange am Tor stehen und träumen!«

Rhodas muntere Stimme riß mich aus meinen sorgenvollen Gedanken, und ich setzte mich mit den anderen zu einem, wie sich zeigte, recht erholsamen Plauderstündchen an den Küchentisch. Sally sprach von dem Hotel, in dem sie und Richard wohnten, mit den entzückenden kleinen Mobiles gleich hinter der Eingangstür. Rhoda sprach von der Drogenszene der Halbwüchsigen in anderen Dörfern. »Meine Zugehfrau« sprach von ihrem Rücken; solange sie auf derselben Höhe bleibe, sei es zu ertragen, aber Treppensteigen sei die Hölle. Phoebe sagte gar nichts, sondern beschäftigte sich mit ihren Hausaufgaben, denen sie leider nicht hatte entgehen können.

Inzwischen war auch Barnabys Mittagsruhe zu Ende. Das beständige Rumoren, Scharren, Klappern und Poltern über unseren Köpfen verstummte jäh, man hörte ihn laut singend die Treppe herunterkommen, er war nicht mehr zu halten.

Aber wohin mit ihm? Nun, das Wetter würde wohl noch eine Weile schön bleiben, überlegte Sally, sie könnte also für eine Stunde mit ihm an den Strand gehen. Das Flugzeug hatte sowieso Verspätung, bis Richard zurückkam, dauerte es sicher noch eine Ewigkeit, und sollte er doch früher auftauchen, dann konnte ihm ja jemand von uns ausrichten, daß sie am Strand zu finden sei. Mit dieser unbekümmerten Beurteilung der Lage machte sie sich auf den Weg, gefolgt von Barnaby, der seine Schippe klirrend über das Kopfsteinpflaster des Wirtschaftshofs zog.

Inzwischen hatten sich genügend Köche versammelt, um den Coq au vin zu verderben, das ich für Leos Heimkehr geplant hatte. Rhoda hatte sich immerhin als Retterin in der Not erwiesen und uns mit Hähnchenteilen aus ihrer Gefriertruhe versorgt, was ihr natürlich das Recht gab, ein gewichtiges Wort bei der Zubereitung mitzureden. *Nein*, sagte sie und beugte sich über mich, das Fleisch vor dem Kochen in Wein mit Lorbeerblättern ziehen zu lassen, sei gar nicht nötig, sie selbst spare sich das. Wieso eigentlich nur Lorbeerblätter? Eine Kräutermischung ergäbe doch sicher mehr Aroma? Und die Zwiebeln sollten *im Ganzen* mitgegart werden, nicht kleingehackt.

»Meine Zugehfrau« war nicht viel besser. Natürlich war sie der Ansicht, in dieser Küche die älteren Rechte zu haben, und bei jedem Gerät, das ich anfaßte, bei jedem Topf, nach dem ich griff, bekam ich unweigerlich zu hören: »Nein, nein, Mrs. Coburn verwendet immer *das* hier.« Obendrein wußte ich nicht, ob sie nun offiziell die Arbeit wieder aufgenommen hatte und für jede Stunde bezahlt wurde, in der sie hier herumstand, oder ob sie nur die Zeit totschlug, um Mr. Coburns sensationelle Rückkehr nicht zu versäumen, mit Gipsbein, soviel sie gehört hatte, und wer weiß was noch alles. *Mir* jedenfalls stand es nicht zu, »Das wäre dann alles, und vielen Dank auch« zu sagen.

Der Streit um das Hacken oder Nichthacken der Zwiebeln hatte sich mehr oder weniger festgefahren. Es nützte nichts mehr, wenn ich nachgab, denn nun hatten sich die beiden, Rhoda und »Meine Zugehfrau«, diesseits und jenseits des großen Grabens verschanzt. Das erklärt vielleicht, warum ich nichts als Erleichterung empfand, als uns das Telefon bei unseren Vorbereitungen störte. Nur zu gerne räumte ich das Feld. Sollte der bessere Koch gewinnen.

Ein spontaner Streik der Fluglotsen auf einem fernen Flughafen. Der Start von Leonards Maschine auf unbestimmte Zeit verschoben. Nichts zu machen, man müsse nach Hause fahren und weitere Informationen abwarten.

Richards Stimme am anderen Ende der Leitung klang gelassen, seine knappen Worte verrieten nichts von seinen Gefühlen, obwohl er sicher sehr ungehalten und besorgt war. Sally sollte wirklich da sein, um ihn zu empfangen, wenn er enttäuscht und gereizt zurückkam, überlegte ich mir. Es war bestimmt nicht die beste Lösung, ihm nur so nebenbei mitzuteilen, sie sei am Strand zu finden.

Übrigens hätte sie eigentlich längst zurück sein müssen. Die Sonne schien nicht mehr, ein kühler Wind war aufgekommen, und der Himmel bewölkte sich.

Zunächst schien der Strand völlig verlassen, als ich die Dünen herunterkam. In beiden Richtungen erstreckte sich, soweit das Auge reichte, eine graubraune Sandwüste, die naß glänzte, wo die grauen, windgepeitschten, schaumgekrönten Wellen darüberrollten.

Und dann sah ich sie. Weit draußen in der aufgewühlten See, dicht neben dem Wrack. Das kleine Boot schaukelte bedenklich, und die zwei Gestalten darin wurden haltlos herumgeworfen, während sie sich verzweifelt in die Ruder legten. Jedenfalls hatte ich den Eindruck von Verzweiflung, aber vielleicht wußten sie ja, was sie taten? Edwin war nie ein begnadeter Ruderer gewesen, aber wenn wir im Urlaub gelegentlich eine Bootsfahrt unternahmen, hatte er sich immer recht wacker geschlagen. So lange jedenfalls, bis Jason alt genug war, um eines der Ruder zu übernehmen, von da an wurden diese Ausflüge zum Alptraum, Edwin schrie und zeterte, Jason reagierte nervös und verstockt auf die ständigen Vorwürfe, schließlich unterliefen ihm tatsächlich Fehler, er konnte nicht mehr steuern, das Boot drehte sich unkontrolliert im Kreise.

Aber bei Sally war das sicher ganz anders. Was immer *sie* in der wackligen Nußschale da draußen falsch machte, das würde ihr lächelnd verziehen werden – außer natürlich, es bestand wirklich Gefahr. In diesem Fall ...

Mir blieb fast das Herz stehen. Barnaby ...? War *er* mit im Boot? Waren sie wirklich so leichtsinnig gewesen, ihn auf diese Wahnsinnsfahrt mitzunehmen? Mir fiel ein, was Richard heute morgen über die Gefahr von Strömungen gesagt hatte, über den starken Sog im Umkreis des Wracks. Hatte dieser Sog sie jetzt erfaßt und zerrte sie unerbittlich – wohin? Wurden sie unaufhaltsam unter diese riesigen, morschen Balken hineingezogen, in den sicheren Tod?

Nun konnte ich über die bewegte Wasserfläche hinweg ganz schwach ihre Stimmen vernehmen, die vorher im Geschrei der Möwen und im Rauschen der Brandung völlig untergegangen waren. Was sie sagten, verstand ich freilich noch immer nicht, ich erkannte nicht einmal am Tonfall, ob sie Angst hatten oder sich amüsierten. Nur Barnabys Stimme drang plötzlich schrill und unverwechselbar über das tobende Wasser zu mir: »Nochmal, Edwin!« glaubte ich ihn kreischen zu hören. »Nochmal! Nochmal!«

War also doch alles nur Spaß? Ein nettes, kleines Abenteuer, kein Grund zur Panik? Oder hatte Barnaby nur noch nicht gemerkt, daß Anlaß zur Panik bestand? Unterdrückten die Erwachsenen um seinetwillen alle Anzeichen ihrer Todesangst?

Gefühle zu unterdrücken war nicht Sallys Art; und Edwin bemühte sich zwar darum, wenn er sich einen Vorteil davon versprach, aber seine Stärke war es gerade nicht. Bestand vielleicht doch kein Anlaß zur Sorge? Dann konnte ich ja endlich aufatmen.

Der Abstand zwischen mir und dem kleinen, schwankenden Boot verringerte sich merklich. Langsam, vielleicht auch mit einiger Mühe, näherte es sich dem Ufer.

»Clare, das hat *Spaß* gemacht!« rief Sally und kämpfte sich, Haar, Pulli und Jeans triefend naß vor Gischt, den Strand herauf. »Es war so *aufregend*! Als diese große Welle uns gegen das Wrack schleuderte, da dachten wir, jetzt *kentern* wir gleich, nicht wahr, Edwin? Ich dachte, es *verschlingt* uns, was meinen Sie, wie riesig es aus der Nähe aussieht! Ich dachte, wir kommen nie wieder davon weg; wir haben wie wild gerudert, aber jedesmal ist wieder eine Welle gekommen und hat uns zurückgeworfen ...«

»Wie auf der Schaukel!« mischte sich Barnaby ein. »Immer, immer höher, und dann wieder runter!«

»Edwin hat das Boot gedreht, damit uns die großen Wellen richtig gegen das Wrack *werfen* konnten, das stimmt doch, Edwin? Vier, fünf, sechs, viele Male!«

Wieviel Richard von alledem mitbekommen hatte, werde ich nie erfahren. Er kam lautlos von hinten heran – oder waren die Schritte im Sand vor dem heulenden Wind und der donnernden Flut nur nicht zu hören gewesen?

Wir nahmen ihn erst wahr, als seine Stimme wie eine Handgranate auf uns niederging.

So maßlos wütend hatte ich ihn noch nie erlebt. Sogar Sally bekam seinen Zorn zu spüren. Was ihr eingefallen sei, wegen eines so wahnwitzigen Einfalls ihr – und auch Barnabys – Leben aufs Spiel zu setzen? Habe er ihr nicht ausdrücklich *gesagt*, daß ...?

»Ach, Darling, ich weiß, du hast gesagt, du wolltest dich erkundigen, nach Strömungen und Gezeiten und so, aber du warst eben nicht da. Und Edwin *war* da, er kam kurz nach uns an den Strand. Und da lagen diese Boote in Reih und Glied nebeneinander; es war nicht einmal jemand zum Kassieren da, wir brauchten nur zuzugreifen. Und das haben wir dann getan. Wir haben eines ins Wasser gezogen und sind eingestiegen – Ach, Darling, es hat so viel *Spaß* gemacht! Und wir waren überhaupt nicht in Gefahr, bestimmt nicht, Edwin kann großartig mit einem Boot umgehen, wirklich ...«

»Ich verstehe. Er ist großartig. Und wenn er euch nun mit seiner Großartigkeit alle beide ertränkt hätte ...«

»Ach, Richard, Darling, das ist nun aber wirklich zu albern! Wir wären *natürlich* niemals ertrunken! Es bestand *natürlich* überhaupt keine Gefahr, und das wußte Edwin, sonst wären wir doch nicht rausgefahren, oder, Edwin? Wir stehen jedenfalls heil und gesund vor dir, und das beweist doch schließlich ...«

»Sally, ist dir eigentlich klar, daß ihr nie wieder das Ufer erreicht hättet, wenn nicht zufällig noch auflaufende Flut gewesen wäre? Die Strömung da draußen ...«

»Ach, *Darling*«, unterbrach sie ihn wieder, griff nach seinem Arm und drückte ihn liebevoll, aber diesmal wurde der Druck nicht erwidert. »Es war nicht *zufällig* auflaufende Flut, Edwin wußte, daß auflaufende Flut war, nicht wahr, Edwin? Ich sage dir doch, er kann großartig ...«

»Ja, ich habe es gehört. Du hast mir bereits erklärt, wie großartig er ist.«

In diesem Moment mußte Barnaby, der das Hin und Her aufmerksam verfolgt hatte, in den Augen seines Vaters jenen Ausdruck tiefsten Hasses bemerkt haben, der mir schon heute morgen aufgefallen war, denn plötzlich begann er hemmungslos zu schluchzen.

»Daddy ist böse!« stieß er hervor; und seine Mutter beugte sich hastig über ihn, um ihn zu trösten.

»Daddy ist nicht *wirklich* böse, Schätzchen«, begann sie, »er ist nur...« Aber das Kind stieß sie unsanft weg.

»Er *ist* wirklich böse«, schluchzte er. »Er ist *zu* böse! Ich will nicht, daß Daddy so böse ist!«

Barnaby hatte recht, und vielleicht sah Richard das ein. Jedenfalls beherrschte er sich, nahm seinen kleinen Sohn in seine starken Arme und küßte ihn. Sein Gesicht verlor dabei nichts von seiner Starre, aber die Geste genügte schon. Barnaby ließ sich trösten und stellte sein verängstigtes Schluchzen schnell ein.

»Daddy!« quiekte er, »Daddy, ich will Pferdchenreiten!« Richard hob das Kind auf seine Schultern und spielte mit, soweit sein schmerzendes Bein es zuließ.

Hoch oben wippte Barnaby begeistert auf und ab.

»*Galopp*, Daddy«, schrie er, »Du mußt richtig schnell galoppieren, so wie Edwin!«

Kapitel 26

Es war eine nachdenkliche und ziemlich schweigsame Gruppe, die sich über die Sandhügel auf Coburns Farm zubewegte. Richard hatte sein Kind sanft, aber entschieden abgesetzt und schritt nun rasch aus, ohne Rücksicht auf etwaige Schmerzen in seinem Bein. Sally versuchte anfangs, an seiner Seite zu bleiben, doch als er ihr keinerlei Beachtung schenkte, fiel sie bald zurück und schloß sich uns übrigen an.

»Das ganze Theater tut mir leid«, entschuldigte sie sich. »Manchmal ist er ängstlich wie eine alte Großmutter. Aber keine Sorge, ich kriege ihn schon wieder hin. Er ist nie lange böse mit mir. Nie!«

»Das glaube ich Ihnen gern«, sagte ich herzlich, und sie nickte lächelnd, erfüllt von der ungebrochenen Zuversicht einer Frau, die sich vollkommen geliebt weiß. Diese Zuversicht wärmte sie von innen heraus, auch wenn der Wind noch so kalt durch ihre nassen Kleider pfiff. Wieder einmal durchfuhr mich der Neid wie ein Messerstich. Dabei war ich froh für sie. Ich glaube es wenigstens, und in Anbetracht der späteren Ereignisse hoffe ich es. Es wäre mir schrecklich, wenn ein mißgünstiger Gedanke von mir ihr diesen Augenblick verdorben hätte, in dem sie mit ihren bloßen, braunen Füßen fröhlich durch den weichen, immer noch warmen Sand wühlte.

Als wir das Haus erreichten, war der Mond bereits aufgegangen und stand wie ein dünner, weißer Faden hinter uns über den Grasbüscheln auf dem Dünenkamm; an der Tür hielten wir wie auf ein stummes Stichwort inne, drehten uns um und schauten. Die Wolken hatten sich verzogen, es war noch nicht dunkel, und nur die hellsten Sterne leuchteten am klaren, silbrig grünen Himmel. Sirius stand tief im Südosten am Horizont, und Jupiter genau über dem Dach des alten Stalls.

Seither habe ich mich immer wieder gefragt, was Edwin wohl dachte, als wir drei so dastanden und die unvergleichliche Schönheit dieses Anblicks in uns aufnahmen. Oder auch, was *ich* dachte. Gewiß gingen die Sorgen, die uns quälten, in die gleiche Richtung, wie zwei Parallelen, die sich niemals treffen. Und Sally? Ich kann nur inständig hoffen, daß sie einfach einen Moment ihrer Ferien genoß. Sie empfand die Schönheit der Szene vielleicht nicht so bewußt wie ich, als sie da in so natürlicher Anmut am Türpfosten lehnte, das makellose Profil himmelwärts gewandt, das helle Haar im Winde flatternd, denn sie war selbst ein Teil davon. Nur den ganz Jungen, den vollkommen Geliebten und den von Natur aus Schönen wird für eine kleine Weile dieses Gefühl beschert, ein Teil von allem zu sein.

Wie dem auch sei, ich hoffe, ich wünsche ihr, daß sie dies empfand. Ich werde es immer hoffen.

Trotz seiner turbulenten Entstehungsgeschichte war der Coq au vin ein Erfolg. Rhoda hatte die Vorbereitungen auf *ihre* Weise beendet, und nachdem ich meinen Posten als Chefköchin so Hals über Kopf im Stich gelassen hatte, konnte ich mich darüber kaum beklagen, auch wenn *ich* bestimmt nicht so viele Nelken dazugetan hätte. Eine oder zwei, schön, aber doch nicht in solchen Mengen, daß man fast bei jedem Bissen eine zwischen die Zähne bekam.

Allerdings spielte es weiter keine Rolle. Da Leo nun doch nicht gekommen war, handelte es sich nicht mehr um ein

Festmahl, und folglich brauchte es nicht perfekt zu sein. Auch die Unterhaltung bei Tisch brauchte nicht besonders vergnügt zu sein, und das war gut so, denn die erwartungsvolle Stimmung war ohnehin einer gedrückten, von unausgesprochenen Gedanken belasteten Atmosphäre gewichen. Wir – wir Frauen jedenfalls – machten mühsam Konversation. Die Männer fühlten sich wie so oft keineswegs verpflichtet, die Dinge am Laufen zu halten, sie beschäftigten sich ausschließlich mit dem Essen und wandten den Blick nicht von ihren Tellern.

Als der Coq au vin abgeräumt und die Torte hereingebracht wurde, entspannte sich die Lage ein wenig. Da Leo nicht gekommen war, hatte sich niemand die Mühe gemacht, sie aufwendig zu verzieren, aber sie sah trotzdem sehr hübsch aus – und als es darum ging, wo es einfacher sei, einen Hund zu halten, in London oder auf dem Land, entwickelte sich sogar eine fast hitzige Diskussion. Die naheliegende Antwort »auf dem Land« stieß bei Rhoda auf heftigen Protest. Bei all den Schafen, dem Vogelschutzgebiet, den Kaninchenfallen, den Jägern und den Lastwagen, die wie wild über die schmalen Straßen rasten, sei jeder freilaufende Hund in kürzester Zeit entweder tot, oder sein Besitzer stehe vor Gericht...

In diesem Moment klingelte das Telefon. Wieder für mich: Daphne. Als mir klar wurde, daß sich das Gespräch in die Länge ziehen würde, beschloß ich, an den Apparat in Leos Arbeitszimmer zu gehen, teils, um frei reden zu können, aber auch, um die halbwegs angeregte Unterhaltung, die wir endlich in Gang gebracht hatten, nicht gleich wieder zu unterbrechen.

Es ging wieder einmal um Richard. Sie machte sich immer noch Sorgen. Natürlich hatte ich sie, wie versprochen, sofort angerufen, sobald ich wußte, daß er hier war und daß Sally bei ihm war, aber das genügte ihr nicht, und ich konnte es ihr nicht verübeln.

»Eines verstehe ich nicht, Clare«, sagte sie jetzt. »Wenn dies einer seiner vertraulichen Aufträge wäre – strikte Geheimhaltung etc. –, würde ich mir weiter nichts dabei denken. Nein, denken würde ich mir einiges, aber ich würde keine Fragen stellen, ich würde mich damit abfinden wie immer, das ist schließlich sein Beruf.

Aber das ist es nicht, kann es nicht sein. Laut Sally sagte er, es handle sich um einen rein privaten Besuch, er wolle Leonard wiedersehen, sich vergewissern, wie es ihm geht, und ihm und seiner Frau nach Möglichkeit helfen; ein Freundschaftstreffen nach all den Schrecken.

Auch *das* ist es nicht, Clare. Ich weiß es. Warum hat er sich so plötzlich dazu entschlossen, beim Lunch, sozusagen von einem Bissen zum anderen? Um zwei Uhr hatte er bereits gepackt und war fort, nachdem er einen *sehr* wichtigen Termin abgesagt hatte! Sally hat das Telefongespräch mitgehört, und seinen Chefredakteur kurzfristig im Stich zu lassen, das ist nun ganz und gar nicht sein Stil. Außerdem, warum durfte Sally ihn denn auf keinen Fall begleiten, wenn es nur ein privater Besuch war? Normalerweise freut er sich immer, wenn er sie mitnehmen kann, und sie wissen beide, daß sie Barnaby jederzeit bei mir lassen dürfen. Er ist sehr gern mit mir allein, ich kann sogar sagen, daß er sich dann *viel* besser benimmt.

Ich weiß wirklich nicht mehr, was ich denken soll. Mein Sohn ist ein sehr zurückhaltender Mensch, Clare, das haben Sie vielleicht schon bemerkt, er würde niemals Angst oder Unruhe zeigen. Aber *ich* merke es trotzdem. Ich bin seine Mutter, und ich *kenne* ihn. Wenn er sich übertrieben ruhig und lässig gibt, so wie gestern vor seiner Abfahrt... Er wußte genau, daß er sich in Gefahr begab, in ernste Gefahr.«

Wie recht sie hatte. Ich schwieg, denn was sollte ich sagen? Daphne war eine scharfsichtige, intelligente Frau und würde alle tröstenden Lügen, die ich mir ausdenken konnte, schnell durchschauen.

»Clare? Sind Sie noch da? Was ist los? Um Gottes willen, *sagen* Sie doch etwas! Warum sind Sie...? Es ist etwas Schreckliches passiert, nicht wahr?«

Das löste mir endlich die Zunge.

»*Nein!*« beteuerte ich. »Es ist überhaupt nichts Schreckliches passiert. Leonards Flugzeug hat Verspätung, er ist noch nicht hier. Aber mit Richard ist alles in Ordnung, glauben Sie mir. Es geht ihm ausgezeichnet – bis auf sein Bein natürlich, aber das dauert vermutlich seine Zeit. Er spricht nie davon, deshalb weiß ich auch nicht, was für eine Verletzung es war, aber...«

»Es war keine Verletzung«, Daphnes Stimme klang schroff. »Es ist Ischias – seit mehr als einem Jahr hat er immer wieder diese Anfälle, aber er haßt es, darüber zu sprechen. Er schämt sich, kommt sich vor wie ein alter Mann. Eine Verletzung – eine echte Verletzung, vielleicht durch einen Berufsunfall, würde er längst nicht so ängstlich geheimhalten. Das wäre ehrenhaft, Sie verstehen... So denkt er eben. Und so hat er immer gedacht.«

»Ach so.« Wieder wußte ich nicht, was ich sagen sollte. Die Information überraschte mich, trotzdem paßte sie ganz und gar zu dem Richard, den ich kennengelernt hatte. Ich fand, es sei an der Zeit, das Gespräch zu beenden, und so wiederholte ich mein Versprechen, in Kontakt zu bleiben und sie anzurufen, sobald es etwas Neues gebe, und schloß mit der dringenden Bitte, sie möge sich keine Sorgen machen. Was für eine sinnlose Phrase! Ich persönlich werde rasend, wenn mir jemand so kommt, denn damit will man doch nur verbergen, daß einem nichts einfällt, was irgendwie hilfreich oder ermutigend wäre: also fügte ich reumütig hinzu: »Und wenn ich inzwischen irgend etwas tun kann...«

Sehr zu meiner Bestürzung gab es tatsächlich etwas. Meine Worte waren (wie meist in solchen Fällen) eher als höflicher Abschluß des Gesprächs gemeint denn als ein ernsthaftes Angebot, meine ohnehin schon drückende Sorgenlast noch zu vergrößern. Jedoch...

Richards Herz. Sie habe schon einmal davon gesprochen, ob ich mich erinnere? Ja, jetzt, wo sie es erwähnte, fiel es mir wieder ein, bis dahin hatte ich es freilich mehr oder weniger vergessen, er war einfach kein Mensch, dem man eine Herzschwäche zutraute, zudem war ihm äußerlich auch kaum etwas anzumerken – aber war das nicht typisch für ihn?

Sein Herz also. Und worum wollte sie mich bitten?

»Seine Tabletten, Clare, seine Herztabletten. Er hat sie hiergelassen, sie liegen noch auf seinem Tisch, und die Schwierigkeit ist, er muß sie regelmäßig einnehmen, besonders, wenn er sich körperlich anstrengt. Er sollte ohnehin ein wesentlich ruhigeres Leben führen; der Arzt hat ihn mehrfach gewarnt. Er hat die Veranlagung zu diesem Herzleiden nämlich von beiden Seiten der Familie mitbekommen. Aber derartige Ratschläge beachtet er natürlich nicht; er liebt seinen Beruf, und *nichts* kann ihn bewegen, auch nur ein wenig kürzerzutreten. Ich kenne das, und ich habe volles Verständnis dafür, sein Vater war genauso, aber *wenigstens* sollte er seine Tabletten nehmen. Und Sally ist mir keine Hilfe, *sie* wird ihn nicht daran erinnern, sie will nicht daran denken, sie ist lieber mit einem unendlich starken, physisch in jeder Hinsicht vollkommenen Mann verheiratet. *Er* wiederum genießt es, von ihr so gesehen zu werden, und deshalb sind sie alle beide... Hören Sie, Clare, vielleicht ist es zuviel verlangt, aber *könnten* Sie ihn fragen, ob er ausreichend versorgt ist? Und ihn andernfalls überreden, sich dort von einem Arzt ein Rezept ausstellen zu lassen...?«

Nun, eigentlich war es zuviel verlangt. Ich müßte nicht nur Richards Stolz überwinden, er konnte mir auch ganz lakonisch und völlig zu Recht erklären, das ginge mich nichts an. Ich würde das Thema übermenschlich taktvoll zur Sprache bringen müssen, und das schien mir bei diesem Mann im Moment undurchführbar. Doch dann stellte ich mir vor, wie Daphne allein und krank vor Sorge in ihrem großen, leeren Haus saß, und fand, zumindest einen Versuch sei ich ihr schuldig.

Mit einem mulmigen Gefühl (das mir hoffentlich nicht anzuhören war) versprach ich, mein Möglichstes zu tun, und dann machten wir endgültig Schluß. Doch zuvor hörte ich noch das leise Klicken, mit dem irgendwo im Haus der Hörer eines Nebenapparates aufgelegt wurde.

Ein klein wenig beunruhigend war es schon. Hatte jemand das ganze Gespräch mitgehört? Der »Jemand«, den ich dabei im Sinn hatte, war natürlich Edwin, doch dann dachte ich mir, eigentlich sei es nicht weiter schlimm, selbst wenn er gelauscht haben sollte. Soweit ich mich erinnerte, hatten wir nichts besprochen, woran er sich hätte aufhängen können. Ich hatte mich Daphnes wegen besonders vorgesehen, um nichts von meinem Verdacht zu verraten, und ganz gewiß hatte ich kein Wort darüber verloren, wie es weitergehen würde. Schließlich wußte ich es doch auch gar nicht. Das

Szenarium für die kommenden Nächte entstand schließlich in Edwins und nicht in meinem Gehirn.

Also ging ich dem Ganzen nicht weiter nach und machte Gebrauch von Jessicas freundlichem Angebot, wir sollten nach Belieben über das Telefon verfügen. Ich führte noch zwei Gespräche: eines mit meiner Zeitarbeitsdisponentin, um ihr mitzuteilen, ich wisse noch immer nicht, wann ich wieder zu Hause sein würde; und ein zweites mit Jason, nur um zu hören, wie er zurechtkam.

Offenbar ausgezeichnet. Alles war okay, nur hatte der Milchmann heute morgen keine Milch geliefert, hatte ich sie etwa abbestellt? Nachdem diese Frage geklärt war, plauderten wir noch ein wenig über dieses und jenes. Der jüngste Zwischenfall mit dem Birkenröhrling war offenbar vergeben oder vergessen, vielleicht auch beides, und so unterhielten wir uns freundschaftlich und mit viel Gelächter wie in alten Zeiten. Als ich schließlich auflegte, fühlte ich mich sehr viel besser. Wenigstens zu Hause war alles in Ordnung.

Kapitel 27

Ich war wohl länger am Telefon gewesen, als ich gedacht hatte, denn als ich wieder ins Speisezimmer kam, saß niemand mehr bei Tisch. Sogar der Abwasch war bereits erledigt, die Küche leer, alles aufgeräumt.

Aber wo *waren* die anderen? Und vor allem, wo war Edwin? Mit wem war er zusammen? Was führte er im Schilde?

Im ganzen Haus war es merkwürdig still. Nichts regte sich, nirgendwo klapperten Kaffeetassen, hörte man plaudernde Stimmen. Mit wachsendem Unbehagen machte ich einen kurzen Rundgang durch die unteren Räume. Nur im Salon brannte Licht – eine hohe Stehlampe, die alle Schatten in einen weichen, rötlichen Schein tauchte und die leere Couch, die leeren, bequemen Sessel, die dicken, von keiner menschlichen Gestalt verformten Kissen hell glänzen ließ.

Dann also nach oben. Ich merkte plötzlich, daß ich ganz vorsichtig auf Zehenspitzen ging, eine unwillkürliche Reaktion auf die herrschende Stille. Hier und da knarrte eine der alten Treppenstufen ein wenig unter meinem Gewicht, aber das war auch alles.

In unserem Zimmer war es dunkel wie überall, und als ich das Licht einschaltete, war ich im ersten Moment geblendet. Ich weiß nicht, was ich erwartet hatte – daß Edwin im Finstern saß und meditierte, war doch ziemlich unwahrscheinlich – auch wenn er weiß Gott genügend Grund dazu gehabt hätte. Auch daß er bereits zu Bett gegangen sein sollte, war kaum vorstellbar – es war erst kurz nach zehn. Ich wollte mich nach einem flüchtigen Blick durch den offenbar leeren Raum schon wieder zurückziehen, als mir auffiel, daß sich die Patchworkdecke auf dem Bett merkwürdig wölbte. Hatte er sich etwa *doch* schlafen gelegt, trotz der frühen Stunde? Eigentlich hatte ich gar keinen Anlaß, so schockiert zu sein: warum sollte ein Mann *nicht* früh zu Bett gehen? Noch dazu, wenn er, wie ich mit Sicherheit wußte, in der letzten Nacht kaum ein Auge zugetan hatte. Auch Mörder brauchen ihren Schlaf. Wahrscheinlich noch mehr als wir normalen Sterblichen.

Ich trat näher, obwohl sich etwas in mir heftig sträubte, der Sache auf den Grund zu gehen; und erst jetzt, als der erste Schrecken ein wenig nachließ, wurde mir klar, daß dieser Höcker alles mögliche sein konnte, aber ganz sicher nicht Edwin. Dazu war er viel zu klein. Der Länge nach nahm er kaum die Hälfte des Bettes ein.

Hatte Edwin hier womöglich etwas versteckt? Oder zugedeckt? Die Hysterie drohte mich zu überwältigen, und ich wäre beinahe laut schreiend aus dem Zimmer gerannt. Doch ich riß mich mit aller Kraft zusammen, beugte mich vor und hob behutsam die Bettdecke ein wenig an.

Eine Sekunde lang war meine Angst fast noch größer als zuvor.

Barnaby. Er lag reglos da, mit geschlossenen Augen, und in dieser einen, schrecklichen Sekunde hielt ich ihn für tot.

Aber nein. Ihm fehlte nichts. Er atmete, tief und ruhig, ein ganz normales, schlafendes Kind. Seine Bäckchen waren leicht gerötet, und nun regte er sich ein wenig, weil ich ihn gestört hatte, wachte jedoch nicht auf.

Mir war ganz flau vor Erleichterung, meine Beine gaben nach, und ich ließ mich in den Schaukelstuhl sinken. Langsam faßte ich mich wieder und sah ein, wie töricht ich gewesen war.

Natürlich! Die einfachste Sache von der Welt. Für die

Erwachsenen sollte der Abend offenbar noch nicht so bald enden, während der Vierjährige längst ins Bett gehörte, und so hatten seine Eltern ihn schon einmal hingelegt, um dann später mit ihm ins Hotel zu fahren.

Aber warum ausgerechnet in *unser* Bett? Nun, warum auch nicht? Irgendwo mußte er schließlich bleiben. Und außerdem war es gar nicht wirklich *unser* Bett; es war Jessicas Bett, sie war nur so freundlich gewesen, es uns für die Dauer des Besuches zu überlassen.

Trotzdem hätte sie mir Bescheid sagen sollen. Wie leicht hätte ich das Kind aufwecken können, indem ich ins Zimmer stürmte, das Licht anmachte und vielleicht – falls Edwin hier gewesen wäre – sogar laut sprach.

Allerdings wäre eine solche Benachrichtigung recht umständlich gewesen, wie ich jetzt einsah, da ich wohl ständig telefoniert hatte, während man über Barnabys Nachtlager entschied.

Außerdem hatte Jessica höchstwahrscheinlich bei Edwin angefragt – schließlich war es auch sein Zimmer –, und er hatte ganz bestimmt ja gesagt. Nicht, weil Edwin von Natur aus ein Jasager wäre, keineswegs, sondern weil er Barnaby soweit ganz gern hatte und dessen uneingeschränkte Bewunderung in vollen Zügen genoß. Die Bewunderung eines kleinen Kindes stärkt das Selbstbewußtsein ganz ungemein, wird sie doch von keiner rationalen Bewertung guter oder schlechter Eigenschaften getrübt. Und Edwin gierte nach Bewunderung wie ein Verhungernder nach Nahrung. Lob und Beifall ließen ihn regelrecht aufblühen. Wie heiter, wie liebenswürdig hatte er sich in jener kurzen Phase des Weltruhms gezeigt! Was wäre mein Mann für ein *reizender* Mensch gewesen, hätte er nur immer berühmt sein können, ohne sich dafür groß anstrengen zu müsssen.

Ich war jetzt ruhiger, die sinnlose Panik war abgeklungen, und so hievte ich mich aus dem Schaukelstuhl und schlich auf Zehenspitzen zum Bett zurück.

Barnaby schlief tief und friedlich weiter, und als ich die Decke ein wenig zurückzog, bemerkte ich, daß er immer noch sein blaues T-Shirt trug. Für einen so unverhofft stattfindenden Besuch hatten sie natürlich keinen Schlafanzug mitgebracht. Ein festes, braunes Ärmchen umfaßte noch im Schlaf schützend ein Spielzeug oder einen besonderen Schatz; bei näherem Hinsehen erkannte ich den abgewetzten Holzrahmen eines Tennisschlägers, die gerissenen Saiten der Bespannung warfen kleine Schattenkaros auf das Kissen.

Für Barnaby war das kaputte Ding, das niemand sonst gebrauchen konnte, interessant und kostbar, und das mußte Edwin irgendwie gespürt haben. Ganz nebenbei, gedankenlos, aber mit sicherem Instinkt hatte er dem Kind den Schläger überreicht und zweifellos in dessen begeisterter Dankbarkeit geschwelgt, vielleicht war auch noch Sally in der Nähe gewesen, um bewundernd festzustellen, wie gut er mit Kindern umgehen konnte – viel besser als der Vater des Jungen.

Warum konnte Edwin so gut mit kleinen Kindern umgehen? Wieso übte er, ein Lügner, ein Verbrecher, ein potentieller Mörder eine so starke Anziehungskraft auf diesen unschuldigsten Teil des Menschengeschlechts aus – die unter Fünfjährigen? Gelang ihm das trotz seiner kriminellen Neigungen oder – der Gedanke kam mir ganz plötzlich – gerade *deswegen*? Spürten die Kleinen in ihm einen verwandten Geist, einen Bewohner jenes Urparadieses, in dem es noch kein Erkennen von Gut und Böse gab?

Sanft deckte ich den Arm des Kindes wieder zu, ließ aber

sein Gesicht frei, und schlich auf Zehenspitzen aus dem Zimmer.

Draußen auf dem Flur kamen mir neue Zweifel. Seit ich wußte, daß Barnaby hier war, zerrte die Stille in dem alten Gemäuer noch mehr an meinen Nerven. Sie waren doch bestimmt nicht alle ausgegangen, ins Pub oder zu einem Spaziergang, und hatten ihn allein in einem fremden Haus gelassen? Oder doch? Sally war eine liebevolle Mutter, trotzdem war es nicht ganz auszuschließen, daß sie sich mit einer kurzen Abwesenheit einverstanden erklärte, im festen Vertrauen darauf, daß *natürlich* ›nichts passieren wird‹!

Aber Richard nicht. Obwohl er sich im Umgang mit seinem kleinen Sohn oft schwertat, war er ohne Zweifel ein aufopfernder und rührend besorgter Vater. Er wäre das Risiko niemals eingegangen.

Oder hatten sie angenommen, alles sei in Ordnung, weil ich mich schließlich noch im Haus aufhielt? Aber niemand hatte mich informiert oder auch nur gefragt, ob ich wisse, daß das Kind da sei.

Hatten sie etwa – der Gedanke kam mir ganz plötzlich – Edwin zum Aufpasser bestimmt? Wenn er ganz allein und unbeobachtet im Haus zurückgeblieben war, betrachtete er dies vielleicht als ideale Gelegenheit, um ...

Nun, wofür? Auf jeden Fall zur Durchführung irgendwelcher finsterer Pläne. Diesmal lief kein Szenarium vor meinem geistigen Auge ab. Jetzt kam es nur darauf an, ihn zu finden. Er mußte doch irgendwo sein.

Wieder knarrte die alte Treppe unter meinen vorsichtigen Schritten. Wieder machte ich die Runde durch alle Räume im Erdgeschoß. Den Salon sparte ich mir bis zum Schluß auf.

An der Tür hielt ich inne. Das Zimmer lag im Dunkeln.

Jemand hatte die Stehlampe ausgeschaltet, seit ich zum letzten Mal hiergewesen war.

Plötzlich kühn geworden, trat ich ein.

»Wer ist da?« fragte ich ziemlich laut und betätigte den Lichtschalter neben der Tür.

Eine Bewegung, ein Röcheln, ein Poltern hinter der Couch, und gleich darauf tauchte Jessica über der Lehne auf, so derangiert, wie ich sie noch nie gesehen hatte.

»Ach, Sie sind es, Clare!« keuchte sie und ihre Stimme zitterte vor Erleichterung. »Ich dachte, es sei ein Einbrecher. Ein Mörder. Ein Sexualverbrecher. Ich habe die leisen Schritte im ganzen Haus gehört. Ach, ich hatte solche Angst! Das waren *Sie*, nicht wahr? Warum haben Sie denn nichts gesagt?«

»Wie konnte ich denn? Es war doch niemand da, mit dem ich hätte reden können. Ich habe überall nachgesehen. Ich habe auch hier hereingeschaut, aber ich habe Sie nicht bemerkt.«

»Nein.« Wenigstens besaß sie so viel Anstand, ein leicht betretenes Gesicht zu machen. »Da hatte ich mich wohl schon hinter der Couch versteckt. Ich hörte die Tür gehen, aber sehen konnte ich nichts, und da dachte ich ...«

»Daß ich ein Einbrecher, ein Mörder oder ein Sexualverbrecher wäre«, ergänzte ich knapp. »Und wenn ich nun wirklich ...«

Ich hielt inne. Was hatte es für einen Sinn, ihr empörende Feigheit vorzuhalten, weil sie hinter ihrer Couch tatenlos zugelassen hätte, daß jemand Barnaby vergewaltigte, ermordete usw.? Es war nichts passiert. Es war alles gutgegangen. Und schließlich ist niemand mit Absicht feige.

»Nun, wie auch immer«, sagte ich, während sie über die Lehne kletterte und sich keuchend in einen Sessel fallen ließ, »da bin ich nun. Allles ist in Ordnung. Ich begreife nur nicht, wieso Sie nicht gleich an mich gedacht haben. Schließlich wußten Sie doch, daß ich noch hier war.«

»Nein, das wußte ich nicht. Ich hatte keine Ahnung. Ich dachte, ich sei allein. Ich dachte, Sie seien mit den anderen gegangen.«

Mit welchen anderen? Wohin?

Mit allen. Ich wisse schon. Den anderen. Nein, Rhoda nicht, sie mußte zum Komitee zur Lagerung von Atommüll. Nein, das Komitee lagerte keinen Atommüll, aber es klang fast so, nicht wahr? Eigentlich albern, sich so zu nennen, wenn sie in Wirklichkeit *gegen* die Lagerung waren, wie Jessica selbst übrigens auch, aber sie war einfach nicht der Typ für Komitees, ich wisse schon, wie das gemeint sei. Rhoda sei so ein Typ, aber die Menschen seien eben verschieden, besonders in einem Dorf...

Ich bemühte mich, meine Ungeduld nicht zu deutlich werden zu lassen.

»Wer war dabei?« unterbrach ich abermals. »*Wohin* sind sie gegangen?«

»Wohin? Ach, Sie werden es nicht für möglich halten! Sie müssen den letzten Rest Verstand verloren haben! Haben sie es Ihnen nicht erzählt? Nun, es war so. Wir waren mit dem Essen fertig, und danach war die Stimmung ziemlich lustlos – Sie wissen schon, Leo war immer noch nicht da, und wir hatten uns doch solche Mühe gegeben, alle hingen irgendwie herum, warteten wahrscheinlich darauf, daß Sie Ihr Telefongespräch beendeten, und auch auf Edwin. Er war – große Überraschung! – verschwunden, sobald das Wort Abwasch fiel. Typisch Mann, nicht wahr...?«

»Aber wo sind sie denn nun?« beharrte ich, ohne mich auf dieses vertraute Gleis locken zu lassen. »Sie sagten doch, sie seien irgendwo hingegangen. Nur Richard und Sally? Oder war Edwin auch dabei?«

»Tja, eigentlich war es Edwins Idee. Er kam hereingestürmt – wir saßen inzwischen hier –, er kam also hereingestürmt und wirkte richtiggehend ... Mir fehlt das passende Wort dafür! Irgendwie übermütig, wie betrunken, aber er war nicht betrunken – nachdem Leo nicht gekommen war, hatten wir den Sauternes ja gar nicht aufgemacht. Aufgedreht! Ich glaube, das ist es – in einer fast gespenstischen Erregung; er faselte regelrecht, was für eine herrliche Nacht es sei, man müsse sich einfach die Sterne ansehen – etwas in der Art. Und dann rief er: ›Kommt, wir gehen schwimmen!‹, ›Na los, Sally, wie wär's? Ein Bad um Mitternacht‹, und er redete ihr ein, das Wasser sei vom Sommer her noch wunderbar warm.

Nun, Sie kennen ja Sally. Sie hüpfte herum wie eine Sechsjährige. ›O ja!‹ sagte sie. ›Das machen wir!‹ und alle rannten los und suchten Handtücher und Badesachen zusammen. Ich sagte ihnen, sie könnten mitnehmen, was sie wollten – *alles*, solange sie nur mich aus dem Spiel ließen.

Und dann zogen sie ab. Ich glaube, Richard war nicht so begeistert, er hatte sich auch ziemlich gewehrt, aber Sally war nicht zu halten, und so ging er schließlich mit.«

Typisch für ihn, nicht wahr?

»Und Sie?« fragte ich, »Wollten Sie nicht ...?« aber sie zuckte die Achseln und schüttelte sich theatralisch.

»*Ich*! *Schwimmen*? Zu dieser Jahreszeit? Ehrlich, Clare ...! Und was das ›wunderbar warme‹ Wasser der Nordsee im Oktober angeht – da werden sie ihr blaues Wunder erleben! Aber ich habe mich rausgehalten. Sollen sie doch ihre Erfahrungen selbst machen!«

Und dann fügte sie etwas abwehrend hinzu: »*Jemand*

mußte schließlich zu Hause bleiben, wegen Barnaby. Ich hatte ja keine Ahnung, daß Sie noch hier waren, ich dachte, Sie seien mit den anderen gegangen.«

Ich versuchte, mir weder Nervosität noch Angst anmerken zu lassen, als ich hastig in meinen Mantel fuhr und die Schuhe wechselte.

»Es ist etwas Schreckliches passiert, nicht wahr?« hatte Daphne gefragt; und, Gott möge mir verzeihen, ich hatte ihr beteuert, sie irre sich.

Kapitel 28

Inzwischen war der Mond untergegangen, und ich hatte mich darauf eingestellt, in völliger Dunkelheit durch die Gegend stolpern zu müssen, ohne jedoch zu bedenken, daß es im Freien nie völlig dunkel ist. Selbst in den unberührtesten, entlegensten Landstrichen blinzelt immer noch irgendwo ein Licht. Außerdem verbreitet die eine oder andere Kleinstadt noch aus zwanzig Meilen Entfernung einen bleichen Schein, der die Schwärze des Raumes ein wenig zurückdrängt und völlige Dunkelheit verhindert. Die ganze Atmosphäre ist wie durchsetzt mit zufälligen Lichtbündelungen.

Jedenfalls in England. Edwins Beschreibung des vollkommen schwarzen Nachthimmels mit den blendend hellen Sternen fiel mir wieder ein, und ich fragte mich, ob das alles wohl wirklich wahr gewesen sein könnte, wenn es nicht lauter Lügen gewesen wären ...

Als ich die Straße überquert hatte und den trockenen, harten Strandhafer spürte, der mir die Beine zerkratzte, hatten sich meine Augen ganz auf die nächtliche Landschaft eingestellt, ich sah die Sanddünen als dunkle Linien, die sich scharf vor dem helleren Himmel abzeichneten, und hörte das schwache, unruhige Murmeln der abebbenden Flut.

Ja, das Wasser befand sich eindeutig auf dem Rückzug. Vom Dünenkamm blickte ich hinab auf eine scheinbar endlose, matt schimmernde Sandfläche, die in weiter Ferne von dünnen, weißen Schaumbögen, den letzten Ausläufern des Meeres, begrenzt wurde.

Und nun, da sich meine Augen an die Dunkelheit gewöhnt hatten, schien es mir, als würden überall Lichter eingeschaltet und huschten und tanzten flackernd über das Wasser auf mich zu. Die Lichter jenes namenlosen Flachbaus auf der östlichen Landspitze; die Lichter – eine ganze Reihe von winzigen Punkten – eines langgestreckten Wasserfahrzeugs, das echsengleich über den Horizont kroch: der helle, blinkende Scheinwerfer einer fernen Station der Küstenwache; und, dichter am Ufer, mehrere laternenähnliche Pünktchen nahe an unserem Wrack – Warnleuchten vermutlich, um vorbeifahrende Schiffe von dem unsichtbaren Hindernis fernzuhalten.

Das Wrack. Bis zu diesem Moment war ich nicht sicher gewesen, wohin ich mich wenden sollte, aber jetzt hatte ich keine Zweifel mehr. Ich war überzeugt, daß Sally sich gewünscht hätte, an den Schauplatz ihres nachmittäglichen Abenteuers zurückzukehren; könnte sie ihre Begleiter etwa gar überredet haben, noch einmal ein Boot zu Wasser zu lassen und das Erlebnis vom Nachmittag unter dem Sternenhimmel zu wiederholen?

Hätte Richard das gestattet? Hätte dieser Einfall in Edwins wie auch immer geartete Pläne gepaßt?

Denn Edwin führte etwas im Schilde, soviel war sicher. Aber was? Wenn er Richard schaden wollte, warum forderte er dann *Sally* zu einem mitternächtlichen Bad auf? Im Rückblick begreife ich nicht mehr, warum mir die Antwort nicht sofort einfiel, sie lag doch so nahe. Ich kann nur sagen, daß die Erleuchtung ausblieb. Vielleicht war mein Verstand einfach überfordert angesichts meiner ungeheuren Angst und der unendlichen Weite des Nachthimmels, dieses unbeschreiblich riesigen Gewölbes über meinem Haupt, das den Anschein zu erwecken suchte, mir vertraut zu sein. Stand nicht die gute, alte Kassiopeia fast genau über mir?

Der Große Bär, der Kleine Bär, Perseus, alle waren sie an ihrem Platz, wo ich sie schon als Kind gesehen hatte, und auch Orion funkelte nach seiner langen, sommerlichen Abwesenheit gut sichtbar am südlichen Himmel.

Sie alle liebte und kannte ich nun schon so lange, und doch waren sie in Wirklichkeit vollkommen unbekannt, unendlich fremd, für die menschliche Phantasie nicht zu erreichen. So etwa muß ich empfunden haben. Dann spürte ich wie in einem Traum, der nichts mit mir zu tun zu haben schien, daß ich es eilig hatte, daß meine Füße im lockeren Sand versanken, als ich zu laufen versuchte, und daß meine Augen angestrengt in die Dunkelheit spähten, die sich dank der fernen, mich Schritt für Schritt begleitenden Lichter jenseits des bewegten Wassers unablässig veränderte.

»Angestrengt spähen«, sagte ich, dabei wußte ich in diesem Stadium noch gar nicht, wonach ich suchte; und ich wußte auch nicht, wie sehr ich mich eigentlich ängstigen sollte. Immerhin waren sie zu dritt; Edwin würde wohl kaum versuchen, Richard vor Sallys Augen umzubringen; und er hätte gewiß auch keine Gelegenheit, vor Richards Augen mit Sally intim zu werden. Nicht etwa, daß ich annahm – oder jemals angenommen hätte –, Edwin sei darauf besonders erpicht. Was Edwin über alles begehrte, war Bewunderung, und die wurde ihm von Sally ohnehin reichlich zuteil, er hatte es gar nicht nötig, sich noch mehr zu beweisen. Und was sie von ihm bekam, war sicher genau das gleiche: Bewunderung. Daß zwei im Grunde ihres Herzens so ichbezogene Menschen sich jemals aufraffen sollten, diese angenehme, kleine Seifenblase gegenseitiger Bewunderung platzen zu lassen und sich auf die stürmischen, unerforschten Gewässer einer richtigen Liebesaffäre hinauszuwagen, war in höchstem Maße unwahrscheinlich.

Während ich weitereilte, versuchte ich mit den Augen, so gut es ging, die Dunkelheit zu durchdringen. Wonach hielt ich Ausschau? Was erwartete ich zu finden? Einen störenden, schwarzen Fleck irgendwo auf dem fahlen Strand? Drei Gestalten, dicht aneinandergedrängt, in ein förmliches Gespräch vertieft, vielleicht widerwillig überlegend, wie es nun weitergehen sollte? Oder bereits im seichten Wasser, wild herumspritzend und kreischend wie ganz normale Badende? Zumindest zu Sally hätte es gepaßt.

Kein Kreischen. Keine dunklen Gestalten im weißen Schaum. Und der schwarze Fleck, den ich schließlich entdeckte, war kleiner als erwartet und befand sich weit unten, dicht am Wasser.

»Hallo, Clare! Wie haben Sie uns nur gefunden? Sie sind wirklich klug! Oh, es ist so aufregend! Sie schwimmen *um die Wette* – zum Wrack und wieder zurück! Sehen Sie? – Sehen Sie nur! Die Köpfe sind ganz schwach zu erkennen – dort ist Richard, er hat einen kleinen Vorsprung; ich beobachte sie von Anfang an, deshalb weiß ich, daß er es ist. Sehen Sie! Sehen Sie nur! Da ist er, jetzt erreicht er gerade den helleren Streifen, wo das Ende des Wracks schräg nach oben ragt . . . ! *Sehen Sie . . .* !«

Von Sally einen zusammenhängenden Bericht zu bekommen, war schon immer schwierig, ganz gleich, worum es ging. Sie neigte dazu, in der Mitte zu beginnen, an der aufregendsten Stelle, und ließ sich nur durch geduldiges Fragen dazu bewegen, sich ihr hübsches Köpfchen über das weniger spannende Warum und Wozu zu zerbrechen.

Ich übte mich also in Geduld, und wie ich mir schließlich zusammenreimte, war folgendes geschehen: Sie war natürlich begeistert gewesen von Edwins Vorschlag, um Mitternacht schwimmen zu gehen, und alle drei waren losgezogen, auch wenn Richard ein wenig muffelig gewesen war, Strömungen und Sog, und all das. Edwin dagegen hatte sich einfach *großartig* verhalten und erklärt, der Wasserstand sei genau richtig für ein solches Vorhaben, und es würde *überhaupt* keine Strömungen geben. »Er hatte die Idee, an den Teil des Strands zu gehen, wo wir heute nachmittag waren. ›Das wäre der beste Badeplatz‹, sagte er. ›Und von dem vielen Sonnenschein diesen Sommer ist das Wasser sicher noch ganz warm ...‹ Mann, *da* hat er sich aber geirrt! Es war *eisig*, Clare, ganz entsetzlich! Ich habe nur einen winzigen Moment lang die große Zehe hineingehalten, und schon habe ich aufgeschrien, ich konnte gar nicht anders, und bin sofort rausgerannt! Ich dachte, die beiden geben auch auf, aber nein! ›Machen wir doch ein Wettschwimmen!‹ rief Edwin, ›Kommen Sie, Barlow! Um das Wrack herum und wieder zurück. Es sind nicht viel mehr als zweihundert Yard! Sally kann den Schiedsrichter spielen. Wie wär's? Schaffen Sie das?‹ Und schon ging es los. Ich gab das Startzeichen – ›Eins-zwei-drei‹, und – nun, da sind sie. Sie können sie immer noch sehen – jetzt sind sie fast da!«

»Schaffen Sie das?« Mit diesen Worten hatte Edwin seinen Begleiter herausgefordert, in Sallys Beisein. Was hätte Richard denn antworten *können*? In diesem Moment fügten sich alle Teile zu einem Bild von schrecklicher Klarheit zusammen. Edwin hatte mein Telefongespräch mit Daphne belauscht und dabei erfahren, daß Richard unter einer Herzschwäche litt und zudem im Moment seine Tabletten nicht zur Hand hatte. Er hatte sich keineswegs eingebildet (wie Jessica angenommen hatte), die Nordsee sei im Oktober »noch wunderbar warm«, er hatte genau gewußt, wie eisig kalt sie sein würde (Sally hatte es am eigenen Leibe erfahren), und sich ausgerechnet, daß Richard nur irgendwie zum Baden überredet werden mußte, um höchstwahrscheinlich einen Herzanfall zu bekommen – und daran zu sterben, falls ihn nicht ein rettender Engel ganz schnell aus dem kalten Wasser zog. Und einen solchen Retter würde es nicht geben. Edwin selbst würde im entscheidenden Moment einfach zu weit entfernt sein. Und niemand konnte ihm den geringsten Vorwurf machen. Er hatte Richard ja nicht einmal ermuntert, zum Schwimmen mitzukommen; er hatte nur Sally dazu aufgefordert, wohl wissend, daß Richard, von verzehrender Eifersucht geplagt, sie niemals allein würde gehen lassen. Er würde unbedingt mitkommen wollen – und dafür konnte Edwin nun ganz sicher nichts! Als Richard dann nicht gleich bei der ersten Berührung mit der Eiseskälte den erwünschten Herzanfall bekam, hatte Edwin seinen Reserveplan in Kraft treten lassen und ihn veranlaßt, sehr lange im Wasser zu bleiben und sehr lange weiterzuschwimmen. Ohne die Hilfe der gewohnten Tabletten mußte sein Herz doch irgendwann versagen? Und auch dies wäre doch nun wirklich nicht Edwins Schuld! Er hatte Richard schließlich nicht *gezwungen*, zum Wrack hinauszuschwimmen. Er hatte ihn nur ganz unbekümmert dazu herausgefordert, in Sallys Gegenwart.

»Da? ... Sehen Sie, Clare? Sie sind praktisch Kopf an Kopf, gerade umrunden sie ... Richard hat die Außenbahn, die ist schwieriger, wenn er also gewinnt, ist es ein glänzender Sieg! Oh, er ist ein großartiger Schwimmer ...«

»Das ist Edwin auch«, gab ich unwillkürlich zurück, sehr zu meiner eigenen Überraschung. Merkwürdig, daß ich es nicht ertragen kann, wenn jemand anderer ihn herabsetzt, auch wenn ich selbst die abscheulichsten Dinge über ihn denke. »Er hat sogar einmal die Bezirksmeisterschaften gewonnen ...«

Sally bereute sofort. »Aber *natürlich*!« beeilte sie sich zu sagen. »Ich meinte nur – sie sind einfach großartig, alle beide. Nicht wahr?«

Ich gab keine Antwort, und sie wurde ein wenig unsicher, drehte sich um und sah mich an. »Finden Sie nicht, Clare? Daß sie beide großartige Schwimmer sind?«

»Ja«, sagte ich und dachte: Gott sei Dank, Edwin ist wieder gescheitert! Auch *dieser* Plan funktioniert nicht. Richard wird es schaffen: sein Mut, seine Stärke, seine Entschlossenheit werden ihn am Leben halten, Herzschwäche hin oder her. Allen Respekt! Allmählich zeigte sich immer deutlicher, daß Edwin ihm nichts anhaben konnte, was immer er auch ausheckte...

Wäre es nicht allmählich Zeit, daß einer der dunklen Köpfe auf der anderen Schiffsseite wiedererschien? Die kleinen Warnlampen warfen einen schwachen Schein auf das Wasser im Umkreis des Wracks, und wir verstummten und starrten wie gebannt auf diesen flimmernden, schwankenden Fleck. Vielleicht war die Strecke um das zerstörte Heck herum länger, als es von hier aus den Anschein hatte? Vielleicht waren sie auch nicht mehr so schnell, was durchaus verständlich wäre. Vielleicht schonte auch jeder seine Kräfte für den Endspurt kurz vor dem Ziel?

Und so warteten wir. Und warteten.

Ich war die erste, die meinte, wir müßten etwas *tun*. Hilfe holen? Alarm schlagen?

»Oh nein!« protestierte Sally anfangs. »Sie wären bestimmt wütend auf uns; wir würden alles verderben!« Und eine Minute später: »NEIN. Oh bitte, Clare, Richard möchte so gern gewinnen, Sie können das nicht verstehen... Wenn jemand eingreift, hat er das Gefühl, er hätte nicht richtig gewonnen!«

Hatte er das Gefühl, richtig gewonnen zu haben, in diesen letzten Augenblicken seines Lebens? Wir werden es nie erfahren. Natürlich griffen wir irgendwann doch ein; wir versuchten, eines von den Booten zu Wasser zu lassen, aber es war aussichtslos, es war Ebbe, und das Meer war Hunderte von Yard weit draußen. Also rannte ich zum Haus zurück, um zu telefonieren, während Sally sich zwar nicht von der Stelle rührte, aber wenigstens um Hilfe rief.

Natürlich zu spät. Im Morgengrauen wurden die beiden Leichen mit der Flut angespült, und der amtliche Befund lautete natürlich auf Tod durch Ertrinken.

Warum auch nicht? Schließlich war ich die einzige, die an jenem Nachmittag den mörderischen Haß in Richards Augen bemerkt hatte. Und ich war auch die einzige, die um Edwins finstere, verzweifelte Absichten wußte. Ich konnte mir ausmalen, als wäre ich selbst dabeigewesen, wie sich die beiden Männer, tiefen Groll im Herzen, in die schwarze, eisige See stürzten. Jeder war mit der Absicht losgeschwommen, den anderen hinter dem Wrack, im Schutz des mächtigen Rumpfes zu ertränken; in den tückischen,wogenden Fluten hatten sie sich mit tödlichem Griff umklammert und letztlich beide ihr Ziel erreicht.

An die folgenden Stunden vermag ich mich kaum zu erinnern, obwohl mir einzelne Bilder wie aus einem lebhaften Traum ganz deutlich vor Augen stehen. Irgendwann war es zum Beispiel Morgen, und Sally saß neben mir und schluchzte: »Ich glaube es nicht! Es kann nicht wahr sein, unmöglich!« Und ich versuchte, sie zu trösten, und merkte dabei, daß ich selbst nichts empfand – überhaupt nichts. Wie wenn man sich die Zehe anstößt. Es gibt da einen Moment – mindestens eine Sekunde lang –, in dem es überhaupt nicht weh tut; so lange braucht der Schmerz, um durch die langen Nervenbahnen von der Zehe bis ins Gehirn zu gelangen. So etwa ist es auch jetzt. Das Gefühl ist unterwegs, ich weiß es, aber noch spüre ich es nicht. Und natürlich weiß ich auch noch nicht, was für ein Gefühl es sein wird.

Ich habe wohl ausreichend deutlich gemacht, daß Edwin und ich keine sehr glückliche Ehe führten. Andererseits habe ich immer wieder erlebt, daß oft gerade diejenigen Witwen am untröstlichsten sind, deren Ehe die reine Hölle war. Warum das so ist, weiß ich nicht. Vielleicht werde ich es nur allzu bald erfahren.

Vorerst kann ich nur an die vielen Dinge denken, die *erledigt* werden müssen. Der Anruf bei Daphne etwa.

Seltsamerweise meldete sich niemand. Dabei war sie so besorgt gewesen, daß man angenommen hätte, sie würde sich keinen Augenblick vom Telefon wegrühren. Doch dann ging mir eine Bemerkung durch den Kopf, die im Zusammenhang mit dem Herzleiden ihres Sohnes gefallen war: »Er hat die Veranlagung von beiden Seiten der Familie mitbekommen.« Das konnte nur bedeuten, daß auch ihr Herz geschädigt war. Hatten Streß und Angst schließlich zur Katastrophe geführt? Ich ertappte mich bei der leisen Hoffnung, dem sei womöglich so; und es möge sie vor der tragischen Nachricht bewahren.

Was muß ich sonst noch tun?

Natürlich, Jason anrufen. Dabei wird mir klar, daß ich ebenso wenig weiß, wie er empfinden wird, wenn er das Geschehene begreift, wie ich meine eigenen Gefühle einschätzen kann.

Ich weiß nur eines: Ich werde ihm nicht die Wahrheit sagen. Genau wie Sally ihrem Barnaby nicht die Wahrheit sagen wird (falls sie sie überhaupt kennt). Jeder unserer Söhne soll in dem tröstlichen Glauben durchs Leben gehen, sein Vater sei wie ein Held gestorben, als er versuchte, einen Freund vor dem Ertrinken zu retten.

Natürlich wird das eine Lüge sein, aber was macht das schon? Eine dicke, kitschige Lüge als Denkmal für die Ewigkeit, zumindest für Edwin erscheint mir das angemessen.

Celia Fremlin im Diogenes Verlag

Klimax

oder Außerordentliches Beispiel von Mutterliebe
Roman. Aus dem Englischen von Dietrich Stössel

Eine ganz normale Familie: der Mann manchmal etwas mürrisch, aber man weiß ja, was im Beruf verlangt wird, und die Frau vergöttert ihre zwei Töchter. Eines Tages verlobt sich die älteste mit einem tüchtigen Buchhalter – und langsam zieht ein ganz gewöhnliches Grauen ein…

»Celia Fremlin erzählt so spannend, daß man unter Garantie eine wohlige Gänsehaut bekommt.«
Freundin, München

Wer hat Angst vorm schwarzen Mann

Roman. Deutsch von Otto Bayer

»Kein Anblick konnte dieser Tage mehr Schrecken einflößen als der eines gutgekleideten Mannes mit Notizbuch in der Hand beim Betrachten eines Grundstücks.« So beginnt ein psychologisch ebenso hinterhältiger wie spannender Roman um eine Familie auf dem Land: eine mißtrauische, etwas schwerhörige Großmutter, ihre zu Höherem berufene Tochter Claudia und das Enkelkind Helen.

Die Stunden vor Morgengrauen

Roman. Deutsch von Isabella Nadolny

Nacht um Nacht schreit das Baby, ohne ersichtlichen Grund. Schlaflose Nächte lang beobachtet Louise ihr Baby und hofft auf Ruhe – für sich, ihre Familie und die neue Untermieterin, Miss Brandon. Aber aus ihrem halbwachen Dämmerzustand gibt es kein Entrinnen, sie gleitet hinüber in einen langen, quälenden Alptraum.

»Der Engländerin Celia Fremlin könnte es gelingen, der verehrten Spannungsautorin Margaret Millar den Rang abzulaufen.« *Wochenpresse, Wien*

Rendezvous mit Gestern

Roman. Deutsch von Karin Polz

Milly macht sauber bei anderen Leuten in Seacliffe. Allabendlich kehrt sie müde und allein in ihre Pension zurück. Bei ihr ist nur die Erinnerung an ein ganz anderes Leben, an die Hölle, die Ehe hieß. Doch vor der Hölle flieht man nicht so leicht…

»Eine Psycho-Krimi-Gruselstory von einer Spezialistin für die Abgründe im ganz alltäglichen Hausfrauendasein.« *Frankfurter Rundschau*

Die Spinnen-Orchidee

Roman. Deutsch von Isabella Nadolny

Mit Entsetzen stellt Adrian fest, daß es vorbei ist mit seiner kostbaren Privatsphäre, als seine ›Frau für schöne Stunden‹, Rita, plötzlich bei ihm einzieht. Mit ihr hält auch der Haß Einzug: Adrian beginnt Rita zu hassen, Rita haßt dafür Amelia, Adrians 14jährige Tochter, die seine ungeteilte Liebe genießt, und Amelia – liebt ihren Lehrer. Als Rita eines Tages das Tagebuch des Mädchens, voller erotischer Tagträumereien, findet, sieht sie ihre Chance. Denn etwas muß geschehen – etwas wie Mord zum Beispiel…

»Celia Fremlin säße schon längst im Gefängnis, würde sie nicht schreiben.« *Emma, Köln*

Onkel Paul

Roman. Deutsch von Isabella Nadolny

»Mit *Onkel Paul* übertrifft Celia Fremlin sogar ihren ersten Roman *Die Stunden vor Morgengrauen.* Ihre unheimliche Fähigkeit, die Kleinigkeiten des häuslichen Einerleis, die Langeweile und Enge des Familienalltags mit Merkwürdigem, Makabrem und Katastrophalem zu verbinden, macht ihre Geschichten einmalig.« *Times Literary Supplement, London*

Ein schöner Tag zum Sterben

Erzählungen. Deutsch von Ursula Koesters-Roth

»Eine minutiöse psychologische Studie von subtiler, aber seltener Bösartigkeit.«
Süddeutscher Rundfunk, Stuttgart

»Ein Feuerwerk von gescheiten und spöttischen, bissigen und treffsicheren Formulierungen und Szenen.«
Die Zeit, Hamburg

»Ganz sicher wünscht sich frau, daß noch viele Thriller von Celia Fremlin in deutscher Sprache auf den Markt kommen.« *Emma, Köln*

Gibt's ein Baby, das nicht schreit?

Roman. Deutsch von Isabella Nadolny

Ein verträumtes fünfzehnjähriges Schulmädchen aus ›gutem Hause‹ wird schwanger und ist furchtbar stolz, Mutter zu werden. Da ihre besorgten Eltern aber glauben, daß Miranda gar nicht absehen kann, was es heißt, mit fünfzehn ein Kind zu bekommen, überreden sie sie zu einer Abtreibung. Danach beginnt sie ihre Eltern zu hassen und läuft von zu Hause weg. Fast wie von selbst entsteht durch Mirandas Tagträume eine verhängnisvolle Lüge: Sie behauptet, wegen ihrer Schwangerschaft von zu Hause ausgerissen zu sein. Diese Lüge zieht andere nach sich.

»Eine ausgezeichnete, geschickt angelegte Puzzle-Story, die sich einmal nicht um einen Toten, sondern um eine Geburt dreht. Ein scharfsinniger, witziger Roman.« *The Times, London*

Parasiten-Person

Roman. Deutsch von Monika Elwenspoek

»Celia Fremlins Roman *Parasiten-Person* verknüpft zwei Geschichten: Die Geschichte eines männlichen Parasiten, der eine entsprechende weibliche Person gefunden hat, die sich von ihm gerne, wenn auch unter Qualen, aussaugen läßt, und dann – als zweite Geschichte – die von der ›Psychologie‹, von einer Wissenschaft, welche, wie der Leser bald erkennen muß, bei Fremlin über Leichen nicht nur im übertragenen Sinne geht.« *Franz Schuh/ORF, Wien*

Zwielicht

Roman. Deutsch von Ursula Kösters-Roth

Alice Saunders trennt sich von ihrem Mann und zieht in ein heruntergekommenes Mansardenzimmer in einer Londoner Pension. Bei der Renovierung des Zimmers stößt Alice auf eine Kiste mit Zeitungsausschnitten und Tagebuchnotizen, in denen von der Zerstörung eines Fledermaus-Biotops die Rede ist. Die junge Mary, der die Aufzeichnungen gehören, reagiert panisch auf Alices Fund...

»*Zwielicht*, virtuos erzählt, ist reich an verblüffenden Wendungen der Handlung, plausiblen Details und geistreichen Gags.«
Eckart Krumbholz/Frankfurter Allgemeine Zeitung

Die Eifersüchtige

Roman. Deutsch von Barbara Rojahn-Deyk

Rosamond haßt die neue Nachbarin. Lindy läßt keine Gelegenheit aus, allen Ehemännern zu erzählen, daß sie ein Recht darauf hätten, von einer liebenden, treusorgenden Frau verwöhnt zu werden. Wenn sie, Lindy, verheiratet wäre, würde sie das selbstverständlich tun. Eines Tages ist Lindy spurlos verschwunden...

»*Die Eifersüchtige* kombiniert alle Tugenden einer Erzählung mit der schillernden Spannung eines First-class-Thrillers.« *The Guardian, London*

Unruhestifter

Roman. Deutsch von Monika Elwenspoek

Kathy ist mit den Nerven herunter: Eine gute Gelegenheit für die lieben Nachbarinnen, ihr Beistand zu leisten und sich als Unruhestifter zu betätigen...

»Eine raffiniert aufgebaute Handlung. Miss Fremlin legt das Ganze als sehr hübsches Horror-Crescendo an.« *Julian Symons/The Sunday Times, London*

»Sie spielt in derselben Klasse wie Highsmith und Millar, ganz oben, in der Oberliga der Psychothriller-Autorinnen.« *Gudrun Boch/Radio Bremen*

Der lange Schatten

Roman. Deutsch von Peter Naujack

Imogen, die gerade verwitwet ist, möchte nichts anderes als in Ruhe über ihren Schmerz hinwegkommen. Aber genau diese Ruhe will man ihr nicht gönnen. Nacheinander ziehen der Stiefsohn mit seiner Freundin und die Stieftochter mit Ehemann und zwei Kindern ein. Kurze Zeit später taucht ein Erpresserbrief auf, in dem Imogen beschuldigt wird, ihren geliebten Mann umgebracht zu haben.

»Ein blendender klaustrophobischer Thriller mit einem überzeugenden Schluß; Mal wieder echt Fremlin!« *Cambridge Evening News*

»Eine ganz hohe Punktzahl für Spannung und Einfallsreichtum.« *Observer Review, London*